I ♥ GB
England versus USA
say no more!!
I am NOT Lily of the valley
c'est gourmand

Sonja Kaiblinger

Lilien und Luftschlösser

Alle Titel von Verliebt in Serie:

Folge 1: Rosen und Seifenblasen
Folge 2: Lilien und Luftschlösser

Sonja Kaiblinger

Lilien und ♥ Luftschlösser

verliebt in Serie

Folge 2

Loewe

Für George Clooney

FSC
www.fsc.org
MIX
Papier aus verantwortungsvollen Quellen
FSC® C014496

ISBN 978-3-7855-7879-7
1. Auflage 2015

Umschlagillustration: Eva Schöffmann-Davidov
Umschlaggestaltung: Franziska Trotzer
Redaktion: Christiane Rittershausen
Printed in Germany

www.loewe-verlag.de

Cliffhanger ['klɪfhæŋə(r)]: englisch; zu Deutsch »Klippenhänger«; ein beliebtes Stilmittel in Fernsehserien oder Seifenopern. Es bedeutet, dass eine Episode genau auf ihrem Höhepunkt endet und der Leser oder Zuschauer erst beim nächsten Mal erfährt, wie die Geschichte weitergeht. Seinen Ursprung hat der Cliffhanger in Fortsetzungsromanen des 19. Jahrhunderts.

Besonders in Fernsehserien benutzen die Drehbuchautoren häufig Cliffhanger, sodass die Fans angehalten sind, bei der nächsten Folge wieder einzuschalten. Um dies zu erreichen, lassen die Autoren oft völlig unerwartete Wendungen oder extrem gefährliche Situationen eintreten, bevor die Handlung unterbrochen wird. Aber auch Buchautoren bedienen sich dieses bei Lesern meist sehr unbeliebten Stilmittels ausgesprochen gern.

Neulich bei Ashworth Park

Ein mysteriöses Mädchen namens Abby taucht im Park des Herrenhauses der Familie Ashworth auf der britischen Isle of Roses auf. Abby scheint verwirrt zu sein und hat keinerlei Erinnerungen, wie sie nach Ashworth Park gekommen ist. Prompt wird sie für das neue Dienstmädchen gehalten, bis Tante Gladys plötzlich vorgibt, sie als ihre Nichte Abigale Barrington-Whitley aus New York wiederzuerkennen.

Einquartiert bei Tante Gladys im Nordflügel, geht das Chaos für die vierzehnjährige Abby erst richtig los. Teegesellschaften und Bälle stehen ab nun auf Abbys Tagesplan, die mit alldem nicht so recht etwas anfangen kann. Doch am schlimmsten findet Abby die affektierte Hausherrin Lady Ashworth und den aufmüpfigen jüngsten Sohn der Familie, Jasper, die alles andere als begeistert von Tante Gladys' Besuch sind. Während Jasper Abby von Anfang an misstraut, mokiert sich Lady Ashworth über Abbys unerträglichen amerikanischen Akzent! Und dann noch ihre Manieren!

Anders denkt bloß der ältere Sohn, Julian. Er entwickelt sogar amouröse Gefühle für das unkonventionelle Mädchen. Doch merkwürdigerweise zeigt Abby überhaupt kein

Interesse an dem Schönling, würde ihn viel lieber an der Seite des biederen Dienstmädchens Clarissa sehen und startet eine aufwendige Verkupplungsaktion.

Damit macht sich Abby allerdings beim zwielichtigen Nachbarn DeWitt, dessen eitler Tochter Lydia und seinem Assistenten Blackwood unbeliebt. Will das Mädchen ihre geheimen Pläne sabotieren? Zudem scheint Abby in den unpassendsten Momenten plötzlich Reißaus zu nehmen. Hat sie ein Geheimnis? Und wo kommt sie wirklich her?

Ashworth Park.
Täglich um 19:00 auf Channel Island TV.

1

Manche Dinge ergaben einfach keinen Sinn, egal wie lange ich mir darüber den Kopf zerbrach. Das lag entweder daran, dass ich erst vierzehn war und mir die nötige Lebenserfahrung fehlte. Oder daran, dass mein IQ eher so im Durchschnittsbereich lag (auf jeden Fall nicht an der Grenze zu XXL-Superhirn wie bei meiner Schwester Deborah). Vielleicht aber auch daran, dass es Sachen gab, die tatsächlich jeder Logik entbehrten, so klug oder so lebenserfahren man auch war.

Zum Beispiel, dass *Benny's Donuts* ums Eck keinen Lieferservice anbot, obwohl es sogar Mr Lee aus der zweiundzwanzigsten Straße schaffte, Essen mit dem Fahrrad bis zu uns nach Brooklyn auszufahren. Oder dass sich die wahren Freaks in New York erst nach Sonnenuntergang nach draußen trauten, wie etwa der Kerl, der jeden Abend in Unterhosen am Times Square das Ende der Welt voraussagte. Oder die Tatsache, dass es in der Schulkantine bei leckeren Gerichten nie Nachschlag gab, man bei Haferbrei aber eine gigantische Schöpfkelle bekam, die sogar noch glutheiß wie Lava über den Rand tropfte.

Tja, und natürlich das hier.

Ein Junge in unserer Wohnung.

Okay, das klingt nicht besonders seltsam, auch wenn ich mich nicht erinnern konnte, wann Deborah oder ich zuletzt ein männliches Wesen zu Gast gehabt hatten. Abgesehen von Mr Lee aus der zweiundzwanzigsten Straße, aber der brachte ja nur die Nudeln.

Es war auch nicht der Junge an sich, sondern eher das Drumherum, das mir Sorgen bereitete. Denn der Junge lag bewusstlos und durchnässt auf Mums Wohnzimmerteppich. So wie er da lag, hätte er auch ein ganz normaler Typ aus unserer Schule sein können, der beim Abschlussball zu viel von der Bowle gehabt hatte. War er aber leider nicht.

Er war eine Serienfigur.

Um ganz genau zu sein, es handelte sich um Jasper Ashworth, einen Jungen, nein, eine Rolle aus einer britischen Adelssoap, die seit geraumer Zeit an meinen Nerven zerrte. Bloß dass er sich nun nicht mehr nur auf der Mattscheibe bewegte und man ihn einfach wegzappen konnte, wenn er nervte. Nein, er lag direkt vor mir – in unserem New Yorker Appartement.

Und, ja, mir ist bewusst, wie das klingt. Ich zweifelte an meinem Verstand und war damit zumindest nicht alleine. Meiner Freundin Morgan schien es ähnlich zu gehen. Weiß wie eine Wand hockte sie auf unserem zerknautschten Sofa und starrte abwechselnd Jasper und mich an. Als Japanerin war sie zwar von Natur aus blass, aber jetzt sah sie aus, als müsste sie sich gleich übergeben.

»Abby, passiert das gerade wirklich?«, murmelte sie. Sie griff nach meinem Arm, als müsste sie sich ganz dringend festhalten. »Jasper … hat dich bei deinem Rücksprung aus Ashworth Park begleitet? Aber das … das ist unmöglich!«

Ich stieß einen gequälten Seufzer aus. Vor wenigen Tagen hatte ich auch noch geglaubt, als normaler Mensch in eine erfundene Daily Soap zu geraten, wäre unmöglich. Aber ich musste nur an mir heruntersehen, um zu wissen, dass es stimmte. Ich steckte nach wie vor in dem Kleid mit Rosenprint, das Tante Gladys mir für den Ball hatte anfertigen lassen. Im echten Leben hätte ich so was bestimmt nicht freiwillig angezogen.

Mein Blick glitt zum Fernsehbildschirm, wo nun nicht mehr Ashworth Park lief – die Soap, in die ich aufgrund irgendeines kosmischen Fluchs Tag für Tag pünktlich zum Intro hineingebeamt wurde und bis zum Ende der jeweiligen Folge unfreiwillig ein Teil der Handlung war.

Inzwischen liefen die Nachrichten. Es kam ein Bericht über den Staatsbesuch des Premierministers von Papua-Neuguinea, dazu wurden Bilder von Obama gezeigt, wie er ihm die Hand schüttelte. Mir schoss durch den Kopf, dass das in unserem Wohnzimmer die weitaus größere Story war. Auch wenn die diplomatischen Beziehungen zu Papua-Neuguinea ein äußerst gewichtiger Teil des Weltpolitikgeschehens waren. Zumindest in Deborahs Welt.

Wie war das hier passiert? Warum war ich nach der Sendezeit wie immer planmäßig aus der Serie katapultiert worden, hatte jedoch Jasper mitgenommen? Ganz offensichtlich hatten wir es hier mit einen Riss im Universum oder so etwas Ähnlichem zu tun. Denn wie sonst hätte etwas in unser Wohnzimmer gelangen können, das da keinesfalls hingehörte und uns, sobald Mum eintraf, mächtig in Erklärungsnot bringen würde? Und damit meinte ich nicht den üblen Banana-Brownie-Split-Fleck auf dem Teppich, den immer noch niemand rausgewaschen hatte.

»Wie ist er hierhergekommen?«, gab Morgan schließlich von sich und erhob sich vom Sofa, um Jasper genauer zu betrachten. »Das … ist so ähnlich wie in *The Ring*, wo dieses totenbleiche Mädchen aus dem Brunnen durch den Fernseher schlüpft und dann alle abmurkst.«

Ich schluckte. Gruselig, ja, aber ich wollte jetzt nicht an Horrorfilme denken. Ich musste meine Energie darauf verwenden, das zu tun, was jetzt wichtiger war. Ich beschloss, den ganzen Parallelweltkram auszublenden und mich auf das Wesentliche zu konzentrieren: Verletzung. Bewusstlos. Notfall.

Ohne zu zögern, kniete ich mich auf den Boden, packte Jasper an der Schulter und drehte ihn in Seitenlage, bis ich die Wunde an seiner Schläfe begutachten konnte. Seine Augen waren noch immer geschlossen und sein Gesicht kreidebleich. Beim Anblick des verschmierten Blutes ging mein Atem schneller und ich überlegte fieberhaft, was ich als Nächstes tun sollte. Im Fernsehen sah das immer so einfach aus, aber in Wirklichkeit hatte ich noch nie einen Verletzten versorgen müssen.

»Jasper?« Ich versuchte es mit einem unbeholfenen Klaps

auf die Wange. Seine Haut fühlte sich trotz der Regentropfen warm an. »Kannst du mich hören? Bitte, bitte sag irgendwas.«

Jasper sog Luft ein, blinzelte kurz und murmelte etwas Unverständliches, bevor ihm die Augen erneut zufielen. Aber, hey, ein Lebenszeichen war ein Lebenszeichen.

»Er kommt wieder zu sich. Aber wir brauchen einen Arzt, der sich die Wunde ansieht«, sagte ich und ärgerte mich, dass mir der naheliegendste Gedanke nicht schon früher gekommen war. Mal ehrlich, ich würde niemandem wünschen, mich in einem Notfall an seiner Seite zu haben. »Ruf den Notdienst an, Morgan!«

Morgan griff zum Schnurlostelefon, tippte und hielt inne. »Aber dann bringen sie ihn in die Klinik. Und wie sollen wir denen dann erklären, wer er ist? Außerdem muss er sich dort ausweisen. Sind Serienfiguren krankenversichert?«

Oh, Mist. So viel zum Ausblenden der Parallelwelt.

»Woher soll ich das wissen?«, rief ich, packte ihn unter den Schultern und stützte ihn mit meinem Oberkörper ab, um zu verhindern, dass er seine eigene Zunge verschluckte, oder was noch so alles Furchtbares passieren konnte. Meine ersten körperlichen Erfahrungen mit Jungs hatte ich mir jedenfalls komplett anders vorgestellt.

»Unwahrscheinlich. Dein Mitbringsel aus der Serie hat vermutlich noch nicht mal einen gültigen Pass«, überlegte Morgan, stand unschlüssig im Raum herum und betrachtete Jasper und seine Wunde. Er blutete noch immer ziemlich heftig.

Morgan verzog das Gesicht.

Komisch. Ich hatte gedacht, Menschen, die auf Horrorfilme standen, hätten stärkere Mägen.

»Morgan, komm schon, ich brauche deine Hilfe«, wies ich sie an, auf der Suche nach irgendetwas, um die Blutung zu stoppen und eine Art Verband anzulegen. »Geh bitte ins Bad zum Medizinschrank und such Mullbinden, etwas zum Desinfizieren und … was zum Teufel machst du denn da?«

»Abby, er ist patschnass«, gab Morgan zurück, die Jaspers Hemd schon komplett aufgeknöpft hatte. »Er muss schnellstens aus den Klamotten raus, sonst erkältet er sich noch.«

Ich hätte es nicht für möglich gehalten, dass diese Situation noch unangenehmer werden könnte, als sie es bereits war.

»Das ist jetzt wohl sein geringstes Problem«, rief ich. »Ich brauche einen Druckverband, um die Blutung zu stillen!«

Morgan gehorchte, lief ins Bad und kam wenig später mit Mums Erste-Hilfe-Kasten zurück. Ich verteilte Desinfektionslösung, presste eine Wundauflage auf die Stelle, und wickelte danach die Mullbinde ab, aber das Band reichte kaum zweimal um den Kopf.

»Ist das etwa alles?«

»Ja. Mehr war nicht da.«

»Ich brauche aber noch Stoff, um alles zu fixieren.« Ich überlegte. »Gib mir dein T-Shirt, Morgan. Nun mach schon!«

»Aber ich trage nichts darunter, bloß Unterwäsche.«

»Los, gib mir dein T-Shirt.«

»Okay, okay.« Morgan gehorchte, schlüpfte aus dem Shirt

und reichte es mir. Beinahe tat es mir leid um das Teil, das ziemlich teuer aussah, aber immerhin hatten wir hier einen Notfall.

Ich riss es in Streifen, knotete die Enden ineinander und fixierte damit den Verband. »Ich glaube, die Blutung wird weniger«, stellte ich erleichtert fest. Besonders professionell sah unsere Konstruktion zwar nicht aus, aber zumindest hielt sie fürs Erste.

In diesem Moment kam Jasper vollständig zu sich und hob sachte den Kopf. Und dann, in einem Anflug von Emotionalität, der für Jasper absolut ungewöhnlich war, warf er sich in meine Arme.

»Abby! Ist alles in Ordnung? Ich wollte vorhin nach dir sehen, und dann war da plötzlich Blackwood mit der Schaufel. Ich dachte, er hätte dich erwischt. Und ich hab dich noch für total irre gehalten, mit deinem Abraham-Lincoln-Verfolgungswahn.« Er hob die Hand und berührte mein Kinn. »Du blutest.«

»Das ist *dein* Blut, Jasper«, erklärte ich ihm. »Du bist ihm an meiner Stelle ins Messer gelaufen. Oder in den Spaten. Was auch nur bedingt besser ist.«

»Ach …« Langsam schien seine Erinnerung an die Geschehnisse im Schuppen zurückzukehren. Er griff sich an die Schläfe und verzog das Gesicht. »Ja, das erklärt die Kopfschmerzen. Wie lange war ich bewusstlos?«

»Ähm … Drei Minuten, schätze ich.«

»Na, zumindest weiß ich noch meinen Namen und sehe dich nicht doppelt.« Und dann, als wäre es das Normalste auf der Welt, hievte er sich auf unser Sofa, seufzte und ließ sich in die Kissen fallen. Eine Fernsehfigur wie Jasper auf unserem Sofa zu sehen, hatte etwas Schräges an sich, so als wäre mal eben Micky Maus zum Abendessen vorbeigekommen. Wobei, schräg traf es nicht mal annähernd. Es war absurd, surreal, verrückt. Das passende Wort dafür musste wohl noch erfunden werden.

Jasper betastete den Sofabezug. »Wo habt ihr mich hingebracht? Zu Dr. Kinkley?«

»Ähm …«, war die einzige Antwort, die mir einfiel.

»Als ich das letzte Mal hier war, sah es bei ihm ganz anders aus. Aber auch damals hatte seine Frau schon einen Hang zu gewöhnungsbedürftigen Gemälden«, fuhr er fort und betrachtete neugierig drei von Mums Bildern an der Wand: rot-schwarze Kleckskunstwerke, die sie *1., 2. und 3. Weltkrieg* getauft hatte. Dabei schien er nach etwas Ausschau zu halten, das ihm bekannt vorkam. »Sind meine Eltern hier? Oder mein Bru–«

Er brach ab, denn in diesem Moment trat Morgan ins Zimmer und blieb wie angewurzelt stehen. Jaspers Blick schraubte sich an ihrem pinken BH fest. In seinem Gesicht spiegelte sich eine Mischung aus Entsetzen und Verblüffung. »Und wer ist sie? War die etwa auch auf dem Ball?«

Morgan schnappte sich geistesgegenwärtig ein Kissen vom Sofa und hielt es sich vor die Brust.

Trotzdem starrte Jasper sie weiterhin an. Verwirrt schüttelte er den Kopf. »Es geht mich ja nichts an, aber warum trägt sie denn kein Shirt?«

»Weil du es mit deinem Blut besudelt hast.« Morgan streckte ihm ihre rechte Hand entgegen, während sie mit der anderen das Kissen festhielt. »Ich bin Morgan, Abbys Freundin.«

Ich wurde immer nervöser. Jeden Moment würde Jasper feststellen, dass das hier nicht Dr. Kinkleys Haus war. Und ich hatte nicht die geringste Ahnung, was ich dazu sagen sollte.

»Morgan«, wiederholte Jasper. Langsam kam er auf die Beine und wanderte ziellos im Zimmer umher, bis er vor der riesigen Glasfront stehen blieb, wegen der Mum die Wohnung eigentlich ausgesucht hatte. Den Großteil der Sicht versperrte zwar eine abgrundtief hässliche Hauswand mit einem Werbeplakat für eine neue Colasorte, aber wenn man in die rechte Ecke trat, konnte man über den Expressway bis zum East River blicken.

Jasper stützte sich an der Wand ab, als drohten ihm die Knie wegzubrechen. Sein Gesicht konnte ich nicht erkennen.

»Alles okay?«, fragte ich und wusste im selben Moment, dass das eine reichlich dumme Frage war.

»Wartet mal. Dr. Kinkley wohnt in einem Cottage in Rosington.« Jasper sprach langsam, als wählte er jedes Wort mit Bedacht. »Und wir sind hier irgendwo im dritten Stock mitten in …«

»Im zweiten, um genau zu sein. Das Penthouse oben war uns zu teuer, außerdem ist es dort im Sommer grässlich heiß. Inzwischen wohnt da ein Inder, Mr Vishvatma Balakrishna

Parkarvarkar.« Früher hatten Deborah und ich ein Spiel daraus gemacht, wer den Namen öfter fehlerfrei aufsagen konnte. Aber irgendwann waren wir dazu übergegangen, ihn einfach nur Mr Gandhi zu nennen, weil er klein war und eine riesige Brille trug. »Ich glaube, der ist Hitze gewöhnt.«

Ich hatte keine Ahnung, warum ich Jasper das alles erzählte. Leider war ich schon immer der Typ gewesen, der in unangenehmen Situationen einfach drauflosplapperte, egal ob es nun Sinn ergab oder nicht. Meine Hirnschranke versagte in solchen Momenten vollkommen.

»Ah.« Jasper dachte eine Weile nach. »Wir sind also im zweiten Stock in …« Er wandte sich zu Morgan und mir um. Sein Blick war unergründlich. »Wo sind wir eigentlich?«

»New York«, murmelte ich und tat, als hätte ich in diesem Moment einen Fleck auf meinem Rosenkleid entdeckt, um den ich mich ganz dringend kümmern musste.

»Um genauer zu sein, Brooklyn«, merkte Morgan mit erhobenem Finger an. »New York ist nicht gleich New York.«

»Ah«, machte Jasper erneut, drehte sich zum Fenster und schwieg.

Ich warf Morgan einen unschlüssigen Blick zu. Das war nicht unbedingt die Reaktion, mit der ich gerechnet hatte. Ich hatte eher befürchtet, er würde losschreien oder mir an die Gurgel springen. Immerhin legte er in Ashworth Park des Öfteren psychopathische Züge an den Tag.

Nachdem Jasper einige Sekunden verdattert aus dem Fenster gestarrt hatte, schien ihm etwas einzufallen. »Und wieso kann ich mich nicht daran erinnern, wie ich hierhergekommen bin?« Er drehte sich wieder zu uns um und musterte mich. »Zum Beispiel daran, wie ich die Insel verlassen habe und in ein Flugzeug gestiegen bin? Wie viel Zeit ist inzwischen vergangen?«

Verzweifelt wog ich ab, ob ich es lieber mit einer Lüge, der Wahrheit oder irgendeiner kreativen Halbwahrheit versuchen sollte.

Ich beschloss, auf Zeit zu spielen. »Das sind aber ganz schön viele Fragen«, antwortete ich. Mein Puls raste und ich hatte keine Ahnung, wie ich aus dieser Sache wieder rauskommen sollte.

»Es ist nur eine einzige Frage. Ich will wissen, was hier los ist. Sofort«, knurrte er. Er fuhr sich durch sein struppiges braunes Haar und bedachte mich wieder mit diesem Blick, den ich mittlerweile nur zu gut kannte. Als hielte er es für sinnlos, mit geistig Unterbelichteten zu diskutieren.

»Was hier los ist?«, wiederholte ich und sah mich unschuldig in der Wohnung um. »Was meinst du?«

»Noch mal langsam zum Mitschreiben, Abby«, begann er und schob seinen Unterkiefer vor, wie mein Mathelehrer Mr Clifford, wenn er an mir verzweifelte. »Ich bin hier. In New York. In den Vereinigten Staaten. Dabei wurden wir beide erst vor fünfzehn, oder meinetwegen zwanzig Minuten in der Scheune von Ashworth Park von Mr Blackwood attackiert. In England, wohlgemerkt. Weißt du das denn nicht mehr? Bitte sag mir, dass du dich daran erinnerst.«

Ich blickte angestrengt an die Decke, als hätte ich wirklich Probleme, mich zu erinnern.

Jasper schien drauf und dran, zu verzweifeln. »Ich dachte, wir sind Freunde, Abby. Na ja, zumindest haben wir uns zuletzt ganz gut verstanden. Und dann reise ich wie durch Zauberhand von England nach New York. In Minuten. Nein, in Sekunden. Und weder du noch deine Freundin in Unterwäsche hier findet es der Mühe wert, mir zu erklären, was geschehen ist.« Er blickte mich eindringlich an.

Ich schwieg, während ich mir wünschte, der Boden unter mir würde sich auftun. Ich war an meinem Tiefpunkt angelangt. Ich hatte absolut keinen Plan, was ich Jasper erzählen sollte. Er durfte auf keinen Fall die Wahrheit erfahren. Denn meine Schwester Deborah hatte mir ausdrücklich verboten, irgendeiner Serienfigur zu verraten, dass ihre Serienwelt nichts anderes als ein abgedrehtes Paralleluniversum war.

Vor lauter Verzweiflung fasste ich einen Entschluss. Es war die irrste Idee, die ich jemals gehabt hatte, aber ich musste es zumindest versuchen. Mir blieb nichts anderes übrig.

»Sekunden?« Ich gab ein verächtliches Kichern von mir. »Man kann unmöglich einen ganzen Ozean in so kurzer Zeit überqueren. Das funktioniert nur bei Daten. Übers Internet. Bilder oder Musik kann man in digitale Pakete zerlegen.«

»Weiß ich doch«, knurrte er genervt und ließ sich wieder aufs Sofa fallen. »Mit Materie ist das unmöglich. Man müsste einen Mensch in seine Atome zerlegen und an anderer Stelle exakt wiederaufbauen.«

»Demnach spricht alles dafür, dass dir dein Unterbewusstsein einen Streich spielt und du physisch eigentlich gar nicht hier bist. Kann es sein, dass du immer schon nach New York wolltest? Dass das hier nichts weiter als eine Art Wunschprojektion ist?«

Morgan starrte mich verwirrt an. Vermutlich fragte sie sich, was in aller Welt ich da faselte. Ich betete, dass mein Plan aufgehen würde. Jasper hatte mir anvertraut, dass er von der Insel fortwollte, und nun versuchte ich, diesen Joker auszuspielen.

Jasper runzelte die Stirn. »Du meinst, ein Traum? Quatsch. Ich weiß, wie es sich anfühlt zu träumen, und das hier ist real.« Er kniff sich in den Arm. »Aua! Siehst du? Echte Schmerzen. Ich will die Wahrheit hören.«

»Aber das ist die Wahrheit.« Morgan nahm mitfühlend Jaspers Arm. Sie hatte verstanden und spielte das Spiel mit. »Was ist das Letzte, an das du dich erinnern kannst?«

»Abby und ich haben zusammen auf dem Ball getanzt, zu diesem furchtbar schmalzigen Song, den ich nicht ausstehen kann. *Unchained Melody.* Und dann ist sie plötzlich verschwunden. Ich bin ihr hinterhergelaufen, über die Freitreppe, durch den Park bis nach draußen in den Schuppen. Es hat wie aus Eimern geregnet.« Jasper kaute angestrengt auf seiner Unterlippe. »Und dann war da nicht nur Abby, sondern plötzlich auch Lydia. Und DeWitts Assistent Blackwood. Er hat Abby und mich attackiert und mich mit einer Schaufel am Kopf getroffen.«

»Soso, eine Kopfverletzung«, stellte ich fest und spitzte die Lippen. »Das erklärt einiges.«

»Ach ja?«

»Somit käme eine komatöse Fantasie in Folge eines Schädel-Hirn-Traumas infrage«, sagte ich und hob wissend eine Braue. Ich hatte keine Ahnung, ob so etwas medizinisch überhaupt möglich war, dieser Quatsch war mir bloß von irgendeiner Arztserie im Gedächtnis geblieben. »Wusstest du, dass im Koma das Bewusstsein uneingeschränkt aktiv ist?«

»Koma?« Er kniff die Augen zusammen. »Du willst mir also sagen, dass ich gar nicht wirklich hier sitze, sondern immer noch blutend und bewusstlos in der Scheune liege? Tolle Vorstellung.«

»Na ja, nicht in der Scheune. Vielleicht eher am Tropf und künstlich beatmet auf der Intensivstation.«

»Das macht es gleich viel besser, danke.« Er ließ den Kopf hängen und fuhr sich durchs Haar. »Das ist also die einzige Erklärung, die ihr auf Lager habt? Eine Komafantasie?«

Ich nickte vorsichtig.

»Nun ja, Komapatienten hat es auf Ashworth Park in der Tat schon eine ganze Menge gegeben«, räumte er schließlich ein.

Da hatte er allerdings recht. Komapatienten waren in einer Serie wie Ashworth Park keine Seltenheit. Der Pförtner der Ashworths beispielsweise war einmal unabsichtlich über die Klippen gestürzt, nachdem er erfahren hatte, dass Lady Ashworth ihren Busen hatte machen lassen. Er hatte vorgehabt, diese Information an die Klatschpresse zu verkaufen, doch als er aus dem Koma aufgewacht war, hatte sich herausgestellt, dass er sein Gedächtnis verloren hatte, und Lady Ashworth war gerade noch mal ungeschoren davongekommen.

»Na also«, sagte ich und klopfte ihm wohlwollend auf die Schulter. »Klingt doch alles höchst plausibel, nicht wahr?«

»Plausibel?« Skeptisch sah Jasper zu mir auf. »In deinen Augen ist das alles hier also nichts weiter als ein Hirngespinst? Eine Komafantasie, die sich merkwürdig real anfühlt?«

Sein Blick ging mir durch und durch. Zum ersten Mal, seit wir uns kannten, hatte ich das Gefühl, dass mich Jasper nicht länger für eine minderbemittelte Erbschleicherin hielt, sondern für ihn zählte, was ich tat, dachte und sagte. Hier war ich seine einzige Bezugsperson. Er vertraute mir.

Und ich musste ihn belügen.

»Da du noch nie im Koma gelegen hast, kannst du nicht wissen, wie real es sich anfühlen kann«, murmelte ich.

»Hm … kann schon sein.« Jasper bedachte mich erneut mit einem langen Blick, als wir draußen ein Bellen hörten. Pebbles!

»Abby, deine Mum und Deborah sind zurück!«, rief Morgan aufgeregt. »Sie werden jeden Moment hier oben sein. Was machen wir jetzt mit ihm?«

Auch das noch. Die Erleichterung darüber, dass Jasper meine Lüge offenbar geschluckt hatte, wich jetzt nackter Panik. Ich konnte schon das Brummen des Aufzugs hören.

»Deine Mum?«, echote Jasper.

»Ja, verdammt, meine Mum!« Hilflos packte ich ihn an der Hand und zerrte ihn in mein Zimmer. Ich musste ihn irgendwo verstecken. Und zwar schnell! Mein Blick fiel auf die Tür zu meinem begehbaren Kleiderschrank. Da würden Mum und Deborah bestimmt nicht hineinschauen, weil darin unermessliches Chaos herrschte. »Dachtest du etwa, ich wohne hier alleine?«

»Du wohnst hier«, murmelte Jasper, während ich ihn mit sanfter Gewalt in den Schrank bugsierte. Perplex sah er sich darin um. Morgans Gästematratze lag zwischen den Regalreihen. Eingeklemmt zwischen zwei T-Shirts ragte ein BH hervor.

»Na ja, nicht hier im Schrank, sondern im angrenzenden Zimmer. Jasper, bitte hör mir einen Moment lang zu.« Ich sah ihn direkt an. Sein wuscheliges Haar war inzwischen trocken, die Schatten unter seinen blauen Augen hatten gigantische Ausmaße angenommen, außerdem hatte er rote Flecken um den Hals, vermutlich vor Aufregung. Trotzdem sah er immer noch gut aus. »Bitte, vertrau mir nur dieses eine Mal! Meine Mum darf auf keinen Fall wissen, dass du hier bist. Okay? Verhalte dich ruhig, oder noch besser: versuch zu schlafen oder so …«

Jasper hob eine Augenbraue. »Ich schlafe doch schon.«

»Wie bitte?«

»Na, ich liege doch im Koma.« An dem Sarkasmus in seiner Stimme erkannte ich, dass er mir die Story doch nicht ganz abkaufte. »Ein Komatraum, sagtest du doch. Nicht wahr?«

»Auch in Träumen kann man schlafen«, versicherte ich ihm rasch und warf einen schnellen Blick in den Flur. Morgan rotierte, immer noch halb nackt, durch die Wohnung und pfefferte das Desinfektionsmittel ins Eisfach des Kühlschranks. Hoffentlich hatte Mum nicht vor, heute Tiefkühlmakkaroni zu kochen.

»Also sozusagen … ein Traum im Traum?« Jasper kratzte sich am Kopf.

»Jasper, können wir das vielleicht später klären?«, flehte ich. Ich hörte, wie sich der Wohnungsschlüssel umdrehte.

»Na fein.« Jasper sah sich um. »Ich nehme nicht an, dass ich hier trockenes Zeug finde, in das ich passen könnte?«

Mir fiel ein, dass im Abstellraum noch eine Plastiktüte mit Uraltklamotten von Dad lagerte, die er sich nach der Scheidung nie von Mum abgeholt hatte. Das Zeug stammte aus den Achtzigern, aber es war besser als gar nichts. »Ich kümmere mich um passende Klamotten.«

Ich war schon halb aus der Tür, als mich Jasper zurückhielt. Ein Lächeln huschte über seine Lippen. »Das ist alles total verrückt, Abby.«

Ich hielt inne. Verrückt? Er wusste doch nur die Hälfte. Ihm war zum Beispiel noch nicht klar, dass ein kosmischer Fluch auf mir lastete, der mich jeden Tag in eine Daily Soap zog. Und dass er selbst nichts als eine Serienfigur darin war, die ich irrtümlich mitgebracht hatte.

»Verrückt, ja!« Das Glucksen, das ich von mir gab, ließ mich klingen wie eine Irre aus der geschlossenen Abteilung. »Verrückt, verrückt, verrückt. Gute Nacht, Jasper.«

2

Vor lauter Verrücktheit hätte ich um ein Haar vergessen, dass ich immer noch Tante Gladys' Rosenkleid trug. Schnell schlüpfte ich in den nächstbesten Jogginganzug, bevor ich zu Mum und Deborah in die Küche ging, wo sie gerade ihre Einkaufstüten auspackten. Morgan hatte aus Mangel eines Oberteils ihre Jacke angezogen, begrüßte die beiden noch kurz und rauschte gleich darauf ab.

Beim Abendessen gab ich mir größte Mühe, mir nichts anmerken zu lassen, obwohl ich kaum einen Bissen von meinem Hühnchen herunterbrachte. Während ich innerlich tausend Tode starb, schienen Mum und Deborah keinen Verdacht zu schöpfen, dass noch jemand außer uns in der Wohnung war. Hoffentlich schlief Jasper wirklich und kam nicht auf die Idee, sich ein bisschen in unserem Appartement umzusehen.

Als Mum die Küche aufräumte (die – wie immer, wenn sie gekocht hatte – einem Schlachtfeld glich), nahm Deborah mich beiseite, um mich nach den Geschehnissen der letzten Folge auszuquetschen. Meine Schwester war eine der wenigen Mitwisserinnen, was mich und den Serienfluch um Ashworth Park betraf. Leider hatte sie es trotz ihres hohen IQs noch nicht geschafft, mich davon zu befreien.

»Also, wie ist Operation ›Happy End‹ verlaufen?«, wollte sie wissen. »Ist aus Julian und Clarissa was geworden?«

»Das weiß ich nicht so genau.« Ich zuckte mit den Schultern. »Ich hab mein Bestes gegeben, und sie haben sogar miteinander getanzt. Aber ob der Fluch jetzt für immer gebannt ist … keine Ahnung. Das erfahren wir wohl erst morgen um sieben, wenn die Serie startet. Oder eben nicht startet.«

Deborah schien unzufrieden und für einen Moment hätte ich mich am liebsten heulend in ihre Arme geworfen und ihr von dem Schlamassel mit Jasper erzählt. Doch dann fiel mir wieder ein, wie Deborah über die Überschneidung der Welten dachte.

Eine solche Überschneidung hatte ja mit Jaspers Reise hierher eindeutig stattgefunden. Als Hobby-Physikerin, Stephen-Hawking-Fan und Nerd par excellence war Deb nämlich der Ansicht, dass es sich bei unserer Welt und der von Ashworth Park um sogenannte »koexistierende Parallelwelten« (wirklich schräg!) handelte.

Aber alles von Anfang an: Deborah hatte mir eröffnet, dass sich beim Urknall mehrere Universen aus einzelnen Blasen eines Multiversums (noch schräger!) gebildet hatten, die nun koexistierten. Und dass diese Hypothese schon in der Antike von Philosophen wie Platon oder Aristoteles erörtert worden war. (Mal ehrlich: Hätten sich die nicht über etwas Nützlicheres Gedanken machen können, wie zum Beispiel die Abschaffung der Sklaverei oder die Entwicklung der Demokratie?) Danach hatte sie mir einen Artikel auf Wikipedia zum Thema Parallelwelten gezeigt, von dem ich nur die Hälfte verstanden hatte.

Um es kurz zu machen: Labormäuse hatten ihr verraten, dass man diese einzelnen Parallelwelten nicht vermischen durfte. Was dann geschah, wusste Deborah eigentlich selbst nicht so genau (ihre Szenarien reichten von »gar nichts« bis hin zur Apokalypse), und ein leises Gefühl hatte mir geraten, nicht weiter zu bohren, denn Deborah konnte sehr ungehalten werden, wenn sie an die Grenzen ihres eigenen Wissens stieß.

Dasselbe leise Gefühl riet mir jetzt, mich ebenso in Schweigen zu hüllen, was die Serienfigur in meinem Wandschrank betraf.

Das Geräusch einer zufallenden Tür ließ mich hochschrecken. Zunächst brauchte ich einen Moment, um mich zu orientieren. Es war halb zwei Uhr morgens und ich befand mich in meinem Bett in New York, nicht in Ashworth Park. Einen klitzekleinen Augenblick überlegte ich, ob ich die Sache mit Jasper vielleicht doch bloß geträumt hatte – dann fiel mein Blick auf den Wandschrank. Die Tür stand offen.

Mist! Ich war sofort hellwach, sprang in Windeseile aus dem Bett und stürmte ins Wohnzimmer. Hektisch blickte ich mich in der dunklen Wohnung um. Wo war er?

Hatte er sich etwa nach draußen geschlichen? Panik kroch

in mir hoch. Was, wenn Jasper tatsächlich abgehauen war und durchs nächtliche New York wanderte? Im Geiste sah ich mich bereits im Schlafanzug den Central Park durchsuchen, alle Telefonzellen checken und im Polizeirevier eine Vermisstenanzeige aufgeben (»Irgendwelche besonderen Merkmale?« – »Sie meinen, außer der Tatsache, dass er eine Serienfigur ist?«), aber dann hörte ich von der anderen Seite der Wohnung, wo Deborahs Zimmer lag, einen Schrei, gefolgt von einem lauten Poltern. Dann war alles ruhig.

Oh, verdammt! Ich machte kehrt und lief in die Richtung, aus der der Schrei gekommen war. Auf dem Boden vor Deborahs Tür entdeckte ich ein Häufchen Fell, das sich bei näherem Hinsehen als Deborah in ihrem neuen flauschigen Plüschpyjama herausstellte, ein hässlicher Einteiler, der an ein Halloweenkostüm erinnerte. Ihr gegenüber rieb sich Jasper mit schmerzverzerrtem Gesicht die Schulter. Sogar Pebbles war aufgewacht und knurrte.

»Was … was ist hier los?«, flüsterte ich.

»Ein Einbrecher. Die werden immer jünger«, japste Deborah, drückte mir eine Blumenvase in die Hand und ließ Jasper nicht aus den Augen. »Da, zieh sie ihm über, Abby. Ich habe ihn mit dem Spock-Griff erst mal geschwächt.«

»Du hast *was*?« Ich starrte meine Schwester an. Deborah und ich hatten den vulkanischen Nervengriff früher an uns selbst trainiert, um zu sehen, ob wir den Gegner bewusstlos umfallen lassen konnten. Leider funktionierte das wohl nur bei Mr Spock in der Serie, in echt tat es bloß höllisch weh. Zumindest, wenn Deborah zwickte.

»Ich kann nichts dafür!«, presste Jasper hervor. »Ich wollte mir bloß ein Glas Wasser holen, und dann stand sie plötzlich vor mir. Sie hat sich in diesem ... diesem Bisamrattenkostüm angeschlichen und mich attackiert.«

»Das ist ein Biber!« Deborah nahm die Fellkapuze mit den Schnurrbarthaaren ab und präsentierte den platten Schwanz. »Sieht das etwa aus wie der Schwanz einer Bisamratte? Und jetzt ruf die Polizei, Abby!«

»Beruhige dich, Deborah. Und sei gefälligst leise«, zischte ich. »Das ist kein Einbrecher, sondern mein Gast, okay?« Ich seufzte. »Das hysterische Fellknäuel da ist übrigens meine Schwester Deborah.«

Jasper streckte ihr unwirsch die Hand entgegen. »Ich bin Jasper. Du hast mich in den Nacken gezwickt, Bisamratten-Schwester.«

»Es ist ein Biber! Wie oft denn noch?«, murmelte sie und rappelte sich so würdevoll auf, wie es in einem Bisamratten-, pardon, Biberkostüm möglich war. Sie schien Jaspers Hand schütteln zu wollen, doch etwas hielt sie zurück. Ihre Biberaugen wurden plötzlich riesig. »Jasper, wie Jasper Ashworth aus Ashworth Park?«

»Du hast ihr von mir erzählt?« Jasper klang geschmeichelt.

Deborah wurde käseweiß. »Was hast du getan?«, hauchte sie und betonte dabei jedes Wort, als hätte ich mich der dunklen Seite der Macht zugewandt.

»Lange Geschichte«, winkte ich ab. Ich musste sie einweihen, das war leider klar. Aber nicht jetzt. »Lass uns morgen darüber reden. Jasper tut niemandem was, schläft in meinem Zimmer und morgen ist er wieder –«

»Er schläft in deinem Zimmer?«, rief der Biber eine Oktave höher. Ich konnte von Glück sagen, dass unsere Mum ganz am anderen Ende der Wohnung mit Ohrenstöpseln schlief.

»Im Wandschrank«, verbesserte Jasper.

Deborah stöhnte. Einen Moment lang starrte sie erst Jasper und dann mich an, dann tippte sie mir mit dem Finger an die Brust. »Wie ist das möglich? Sag schon!«

»Woher soll ich das wissen? Frag doch die Blasen des Multiversums. Oder Platon und Aristoteles.«

»Wie das möglich ist?« Jasper lachte laut auf. »Das habe ich mich heute auch schon mehrmals gefragt. Und zwar wie um aller Welt ich binnen Sekunden von Ashworth Park nach New York gelangt bin.«

Deborah warf mir einen erschrockenen Blick zu. Für einen Moment schien jegliches Selbstbewusstsein aus ihrem Gesicht gewichen zu sein. Nervös kratzte sie ihr Biberkostüm, als würden Flöhe darin hausen.

Ich kannte diesen Blick. Sie suchte händeringend nach einer Erklärung, die sie Jasper auftischen konnte.

»Aber dann hat Abby mir erklärt, dass mich Blackwoods Schlag in eine Art komatösen Zustand versetzt hat«, fuhr Jasper fort und sah sich in der nächtlichen Wohnung um. Vorsichtig betastete er eins von Mums Bildern an der Wand. »All das ist nicht real, auch wenn es mir noch schwerfällt, das zu glauben. Es fühlt sich einfach zu echt an.«

Deborah hob eine Augenbraue und nickte mir anerkennend zu. Offenbar zollte sie mir tatsächlich Respekt für meine gelungene Ausrede. Normalerweise war sie diejenige mit den Geistesblitzen.

»Klingt absolut logisch«, stellte sie fest.

»Du gibst ihr also auch recht«, brummte er. »Und woran machst du das fest, Miss Biber?«

»Gäbe es einen so rattenscharfen Schlafanzug in echt?«, antwortete Deborah.

Jasper quittierte es mit einem pflichtschuldigen Schmunzeln und mich überkam das dringende Bedürfnis, ihn aufzumuntern. »Wart's ab. Vielleicht ist der Spuk morgen früh zu Ende und du wachst zu Hause in Ashworth Park auf.«

Ich hoffte, ich würde recht behalten. Aber damit lag ich leider falsch.

3

Als ich erneut wach wurde, war es bereits sieben Uhr morgens. Mein erster Blick galt dem Schrankraum. Ich war sofort alarmiert, als ich dort nur ein zerwühltes Bett vorfand. War Jasper wieder abgehauen? Oder war er vielleicht sogar zurückgesprungen?

In der Küche klärte sich die Lage. Deborah, Jasper und Morgan hockten am Küchentisch, löffelten Cornflakes und waren dabei in eine hitzige Diskussion vertieft. Von Mum fehlte jede Spur und mir fiel auf, dass das Bett in ihrer Atelier-Ecke ordentlich zusammengeklappt war. Komisch, üblicherweise schlief sie um diese Uhrzeit noch.

»Es geht mir gut!«, rief Jasper gerade, erhob sich vom Stuhl und klopfte sich mit den Fingerknöcheln auf die Stirn. »Alles intakt. Alles, was ich will, ist, mir ein bisschen die Stadt anzusehen. Ich bin doch nicht euer gottverdammter Gefangener!«

In diesem Moment entdeckte mich Deborah. »Abby, na endlich!«, rief sie und nickte in Jaspers Richtung. »Kannst du Jasper bitte verklickern, dass es für jemanden wie ihn gar keine gute Idee ist, in der Stadt herumzulaufen?«

»Für jemanden wie mich?«, regte sich Jasper auf. »Bloß weil ich auf einer Insel lebe, heißt das nicht, dass ich in einer Großstadt verloren gehe. Ich bin fast sechzehn und längst alt genug.«

Deborah rollte mit den Augen. »Ich meinte, für jemanden mit einer ernsthaften Kopfverletzung, Blödmann.«

Auweia, ich hätte ahnen müssen, dass Jasper auf die Idee kommen würde, sich die Stadt anzusehen. Aber was, wenn ihn jemand entdeckte? Wir gingen zwar davon aus, dass nur wir Ashworth Park empfangen konnten, aber sicher sein konnten wir uns nicht. Ich stellte mir vor, wie sich eine Horde kreischender Fans auf den vermeintlichen Schauspieler stürzte. Was, wenn er wildfremden Menschen von seinem Sekundensprung und seinem Komatraum erzählte und womöglich in der Klapse landete? Oder wenn er sich mitten am Times Square in Luft auflöste, sobald die Serie wieder anfing? Ich wusste nicht, welches dieser Szenarien das schlimmste war.

Jasper musste hierbleiben, so viel stand fest.

»Jasper, Deborah hat leider recht«, sagte ich, auch wenn er mir zugegebenermaßen etwas leidtat. Da schaffte er es endlich aus seinem Serienkosmos bis nach New York, und jetzt sperrten wir ihn ein. »Denk daran, dass du gestern bewusstlos warst.«

»Nicht mal ein Foto von der Freiheitsstatue?«, versuchte es Jasper.

»Nein!«, fauchte Deborah.

»Dann eins vom Empire State Building?«

»Nein!«

Wütend stand Jasper auf und pfefferte sein Glas in die Spüle. »Und warum dürfen die beiden heute Abend auf eine Party und ich muss in dieser langweiligen Wohnung sitzen?«, rief er und deutete auf Morgan, die die Eintrittskarten zu Trevors Party in den Händen hielt.

»Wir gehen auf keine Party«, zischte ich. Ich hatte Trevors Kostümparty beinahe vergessen, dabei hatte ich mich noch bis vor wenigen Tagen wahnsinnig darauf gefreut. Aber angesichts dessen, was hier gerade los war, konnten wir doch nicht ernsthaft in Betracht ziehen, auszugehen! Die Parallelwelten waren aufeinandergeprallt und wir gingen auf eine Party? Ich hatte doch nicht mal ein Kostüm!

»Gehen wir nicht?« Morgan sah verdutzt aus.

»Nein, gehen wir nicht.«

»Warum denn nicht?«

»Na, seinetwegen natürlich.« Ich deutete auf Jasper.

»Mir geht es gut, wirklich«, versicherte uns Jasper, lehnte sich gegen den Küchentresen und verschränkte die Arme.

Morgan nickte zufrieden. »Siehst du?«

»Du musst trotzdem alleine gehen«, erklärte ich.

»Aber das geht nicht«, jammerte Morgan. »Wir müssen gemeinsam dorthin. Wenn ich alleine komme, denkt Jake bestimmt, ich stehe total auf ihn und bin seinetwegen da.«

»Aber das stimmt doch.«

»Und wennschon. Er soll es nicht wissen.« Morgan spielte mit einer pinken Haarsträhne. »Und außerdem dachte ich, du stehst auf Trevor.«

»Wer ist Trevor?«, fragte Jasper dazwischen und hob eine Augenbraue.

Ich beachtete ihn gar nicht. Wenn ich über eine Sache nicht mit Jasper sprechen wollte, dann war das Trevor. »Morgan, in New York gibt es ständig Dachterrassenpartys. Wir verschieben es einfach, okay?«

»Eine Dachterrassenparty?«, wiederholte Jasper und sah Deborah an. Seine blauen Augen blitzten. »Wir könnten doch alle dorthin gehen. Da könnte ich bestimmt tolle Fotos schießen. Und Morgan bekommt auch, was sie –«

»Jetzt reicht es aber!« Deborah baute sich vor uns auf. »Habt ihr nicht gehört, was ich gesagt habe? Niemand hier macht auch nur einen verdammten Schritt aus der Wohnung! Alle bleiben hier. Außer Morgan, die kann gehen. Wieso bist du eigentlich schon wieder hier? Hast du kein eigenes Zuhause?«

»Entschuldige mal bitte, du Freak! Abby hat mir gestern Abend eine SMS geschrieben und mich zum Frühstück eingeladen«, beschwerte sich Morgan lautstark. »Ich wusste nicht, dass wir dich erst um Erlaubnis fragen müssen.«

»Könnt ihr nicht mal ruhig sein?«, rief ich.

In diesem Moment hörten wir, wie sich der Schlüssel im Schloss drehte. Augenblicklich verstummten wir alle.

Mein Herz setzte einen Schlag aus.

»Das ist Mum«, flüsterte ich. Deborah, Morgan und ich tauschten panische Blicke. Mum kannte die Serie und würde Jasper erkennen.

Die Tür ging auf und Pebbles stürmte in die Wohnung.

Kurz darauf tauchte Mums Lockenschopf im Türrahmen auf. Es war zu spät. Jeden Moment würde sie die Serienfigur entdecken, die in Dads altem Boy-George-T-Shirt am Küchentresen lehnte.

In meiner Verzweiflung bemühte ich mich, ein möglichst unschuldiges Grinsen aufzusetzen.

»Guten Morgen, meine Lieben!«, flötete Mum und winkte uns allen fröhlich zu. »Ich war mit Pebbles Gassi und hab euch frische Donuts mitgebracht!« Als sie die Pappschachtel auf dem Küchentisch abstellte, verharrte ihr Blick einen Moment lang auf Jasper. »Oh, hallo!« Sie schenkte ihm ein Lächeln, dann lief sie pfeifend weiter zur Garderobe, wechselte in Windeseile die Schuhe und schnappte sich ihre Handtasche. »Ich habe gleich einen Termin in der Stadt, danach fängt meine Schicht im Deli an. Könnte heute spät werden. Essen steht im Kühlschrank.«

Dann fiel die Wohnungstür hinter ihr ins Schloss.

»Ich habe noch eine Theorie, was mit Mum los sein könnte. Die vierte inzwischen«, sagte Deborah und setzte sich auf den Barhocker am Küchentresen. »Die Aliens, die neulich Crazy Fred entführt haben, haben sich jetzt auch Mum geschnappt und ihr das Gehirn herausgesaugt. Ha!«

Nicht schlecht. Inzwischen war es nach fünf Uhr nachmittags und Deborah und ich hatten schon die wildesten Spekulationen angestellt, warum Mum Jasper Ashworth an unserem Frühstückstisch nicht bemerkt hatte. Sie reichten von a) einem plötzlichen blinden Fleck genau dort, wo Jasper in ihr Sichtfeld getreten war (dagegen sprach allerdings, dass sie ihm Hallo gesagt hatte), über b) eine Hypnose, die an Mum angewandt worden war, c) einen plötzlich auftretenden Gedächtnisverlust, der nur das Zentrum für Erinnerungen an grottenschlechte Serien befiel, bis zu der neuesten, d) der Alienentführung. Hätte Morgan uns geholfen, wäre uns bestimmt noch mehr eingefallen, aber die hatte mir vorhin erklärt, dass ich die schlechteste Freundin der Welt sei, mir die Karten für Trevors Party vor die Füße geknallt und war nach Hause gestürmt.

In einer knappen Stunde würde die Feier anfangen – ohne uns. Seit dem Vormittag hatten Deborah und ich Jasper nicht aus den Augen gelassen. »Wenn du auch nur einen Schritt in Richtung Tür machst, hetze ich den Hund auf dich!«, hatte Deborah ihm gedroht. Unsere Dackeldame war zwar alles andere als ein gefährlicher Kampfhund, aber seitdem verhielt sich Jasper überraschend ruhig. Nachdem er zuerst Cartoons im Fernsehen angeschaut und anschließend die halb fertigen Bilder in Mums Atelier begutachtet hatte, saß er nun schon seit geraumer Zeit am Fenster und starrte gedankenverloren hinaus.

Ich beschloss, ihn etwas aufzuheitern. »Bestimmt ist es ein schwacher Trost, aber Deborah besitzt einen dicken Reiseführer über New York. Soll ich ihn dir –« Ich hielt inne, als Jasper sich mir zuwandte. »Ist alles in Ordnung? Fühlst du dich nicht gut?«

Schweißperlen standen ihm auf der Stirn, während seine Augenlider flatterten. »Mir ist ein wenig übel.« Er rieb sich die Schläfen. »Nichts Gravierendes. Außerdem habe ich Kopfweh, aber sonst geht es mir gut. Ihr müsst euch keine Sorgen machen.«

Er sah allerdings ganz und gar nicht gut aus. Er wirkte benommen, abwesend. Beinahe, als würde er geradewegs durch mich hindurchsehen.

Nun kam auch Deborah herüber, kniete sich neben Jasper und betrachtete die Wunde auf seiner Stirn. »Sieht normal aus. Aber wir wissen nicht, ob er sich gestern nicht auch innere Verletzungen zugezogen hat.«

Jasper blinzelte erneut und starrte sie mit großen Augen an. »Deborah. Sag mal, warum trägst du denn schon wieder dein Biberkostüm?«, fragte er und seine Stimme klang merkwürdig lallend.

»Was?« Deborah sah an sich herab. »Tue ich doch gar nicht.«

»Außerdem sehe ich dich plötzlich doppelt.« Jaspers Kopf wankte von rechts nach links. »Ach du Schande! Zwei Biber. Nein, drei Biber. Ich glaube, mir wird schlecht.«

»Deborah!«, rief ich aufgeregt, als Jasper in sich zusammensank und die Augen schloss. Was war denn plötzlich mit ihm los? Passierte das, wenn Serienfiguren in unserer Welt strandeten? Starben sie ganz einfach, wie Fische auf dem Trockenen? War das die Gefahr, vor der mich Deborah gewarnt hatte?

»Ach du liebe Güte, Abby!« Deborah war aufgesprungen

und funkelte mich an. »Die Symptome, von denen er spricht, klingen nach einer Gehirnerschütterung. Habt ihr ihn denn gestern nicht untersuchen lassen?«

»Deborah, von wem denn?«, zischte ich ihr zu. »Sorry, aber Dr. Derek Shepherd aus *Grey's Anatomy* hatte gerade zu tun.«

»Oh, Mist!« Deborah packte Jasper unter den Armen und wir zogen ihn gemeinsam aufs Sofa. »Kopfschmerzen, Übelkeit, Sehstörungen, Bewusstseinstrübung. Das gefällt mir gar nicht. Ich muss sehen, ob ich etwas in Mums Notfallschrank finde. Fünfhundert Milligramm Schmerzmittel helfen bestimmt erst mal gegen die Symptome. Und dann müssen wir ihn in ein Krankenhaus schaffen. Wir sagen, er ist ein Obdachloser und wir haben ihn auf der Straße gefunden. In Dads alten Klamotten glauben sie ihm das bestimmt.«

»Nein!« Jasper war wieder bei Bewusstsein und hob abrupt seinen Kopf. »Ich weiß, was hilft. Dr. Kinkleys Arzneien. Bei Gehirnerschütterungen und Stürzen aller Art verschreibt er ein Fläschchen Silber-Meteorit-Rosenessenztropfen aus eigener Herstellung. Habt ihr so etwas zu Hause?«

»Silber-Rosenessenz-was?« Deborah schüttelte den Kopf. »Versuchen wir es doch erst mit den Mitteln, die wir im Haus haben.«

Als Antwort verdrehte Jasper die Augen und hielt sich die Hand vor den Mund. »Ich … ich muss mich gleich übergeben.«

»Nicht auf Mums Teppich!«, rief Deborah. »Der sieht schon schlimm genug aus.«

»Mein Gott, Deborah, holen wir ihm doch diese blöden Tropfen«, sagte ich genervt. Ich schwitzte inzwischen mehr, als es Jasper tat. »In der Apotheke werden wir die schon bekommen.«

»Wohl eher im Voodoo-Laden«, brummte Deborah.

»Na, und wennschon.« Eilig schlüpfte ich in meine Jacke. »Du versuchst es unten in der Apotheke und ich zwei Straßen weiter in dem Laden für Heilkräuter, aus dem es immer so merkwürdig riecht. Wir treffen uns in fünf Minuten wieder hier.«

Deborah nickte. Wir brachten Jasper noch ein Kissen und ein Glas Wasser, dann schnappten wir unsere Handys und eilten über die Treppe nach unten.

Leider verlief meine Suche nach den Tropfen erfolglos. Von Dr. Kinkleys Silber-Meteorit-Rosenessenztropfen hatte der Verkäufer noch nie etwas gehört (wie auch? Dr. Kinkley war eine Serienfigur!), aber als Ersatz verkaufte er mir zumindest ein Rosenparfüm, Rosenöl und einen Minze-Rosenbalsam, der gegen Kopfschmerzen helfen sollte. Ich hoffte, dass Deborah in der Apotheke mehr Glück haben würde.

Wenige Minuten später trafen wir uns im Erdgeschoss unseres Wohnhauses. »Und?«, fragte ich nervös, während sich der Aufzug surrend in Bewegung setzte.

»Fehlanzeige.« Deborah schüttelte den Kopf. »Das dämliche Kraut wächst wohl nur auf den Kanalinseln. Oder auf Kanalinseln in Paralleluniversen. Oder im Märchenland, hinter dem Regenbogen. Wo auch immer, in New York kennt es kein Mensch.«

Wir beschlossen, es doch erst mal mit den Schmerztabletten zu versuchen. Doch das war gar nicht notwendig. Als wir die Wohnungstür öffneten, war Jasper verschwunden. Genau wie sein Smoking, den er auf dem Ball getragen hatte und den ich zum Trocknen ins Bad gehängt hatte. Und eine der Eintrittskarten für Trevors Party, die Morgan hiergelassen hatte.

4

Er hat es schon wieder getan«, schimpfte ich, während Deborah und ich aus der U-Bahn stürmten. Wir waren am Times Square, der Station, die am nächsten zu Trevors Wohnung lag. Von hier aus mussten wir nur über die Straße laufen, hinein ins nächste Gebäude. »Er hat mich schon wieder an der Nase herumgeführt. Genau wie neulich in der Serie, als er einen plötzlichen Heulanfall vorgetäuscht und mir mein Tagebuch geklaut hat.«

»Dann schnapp ihn dir!«, befahl Deborah und drückte mir die Karte in die Hand. »Und dann bringen wir ihn sofort nach Hause, wo er hoffentlich Punkt sieben Uhr ohne irgendwelche Zeugen zurück in die Serie verschwindet.«

Ich nickte. »Kommst du nicht mit hoch?«, fragte ich und rückte mein Rosenkleid etwas zurecht. Deborah hatte darauf bestanden, dass ich dasselbe Kleid trug, das ich während des Balls in Ashworth Park getragen hatte – für den Fall, dass mich die Serie erneut einsaugte. Wegen der Kontinuität.

Ich persönlich fand, dass wir ein viel größeres Problem hatten: eine entlaufene Serienfigur, allein in der Großstadt. Die Kontinuität war mir scheißegal.

»Ich kann nicht mit hoch kommen. Wir haben nur eine Einladung und der Empfang in der Lobby ist streng. Das sagen zumindest die Tussis aus meiner Klasse, die jedes Jahr versuchen, sich hier reinzuschmuggeln«, erwiderte Deborah. »Genauso gut könnte man versuchen, unerlaubt ins Pentagon einzudringen.«

Also gut, sagte ich zu mir selbst und atmete tief durch. Dann würde ich ihn eben alleine da rausholen. Ich zeigte meine Karte am Empfang vor und wurde prompt von einem Liftboy in den zweiundfünfzigsten Stock gebracht. Als die Aufzugtüren schließlich auseinanderglitten, schlug mir lauter Bass entgegen. Unzählige verkleidete Teenager drängten sich in der Wohnung.

Ein Pärchen hatte offenbar vor der Aufzugtür herumgeknutscht und das Mädchen funkelte mich wütend an, bevor sie sich zusammen mit dem Jungen verzog.

War ich auf der richtigen Party? Eine Geburtstagsparty mit Karaoke, Gamingstation und Schokobrunnen hätte ich mir etwas anders vorgestellt. Bis auf die Karaokeanlage schien es davon nichts zu geben. Dafür musste irgendwo ein Swimmingpool sein, denn es zwängten sich ständig Jungs und Mädchen in Badekleidung vorbei, dazu war der Parkettboden eine Rutschpartie. Und statt des Schokobrunnens, das war die Enttäuschung des Tages, erhob sich in der Mitte des Zimmers ein Turm aus Sektflöten, über den Trevors Bruder Hunter, nur mit Badehose bekleidet, den Inhalt einer Champagnerflasche goss. Die Menge johlte und irgendwo ging ein Glas zu Bruch.

Ich sah mich hektisch um. Wo steckte Jasper? Gerade als ich auf einen der Stühle klettern wollte, um den Raum zu überblicken, stand plötzlich Trevor vor mir.

Er trug kein Shirt, dafür ein Kopftuch und eine Augenklappe, dazu braune Pumphosen und derbe Boots. Den schwarz umrandeten Augen nach zu urteilen, sollte er wohl den Piraten Jack Sparrow darstellen – und ganz ehrlich, so schlecht stand ihm dieser Look gar nicht. Es ärgerte mich, dass ich wegen der vielen Haut heiße Wangen bekam.

»Hi, Abby.« Passend zum Kostüm duftete er nach Kokos, was zum Glück besser roch als das miese Parfüm im Kino neulich. Trevor musterte mein Rosenkleid. »Hübsches Kostüm. Stellst du eine Prinzessin dar?«

»Erraten.« Ich zog ihn zur Seite. Leider ging das nicht so gut, weil soeben eine riesige Menschenmenge zur Karaokebühne drängte und die ersten Takte eines Songs ertönten. »Hör mal, Trevor, du musst mir helfen. Ich suche einen Jungen. Er müsste hier auf deiner Party sein.«

Trevor nahm die Augenklappe ab und musterte mich. »Deinen Freund?«

»Was? Nein! Meinen … äh … Cousin. Er ist Engländer.« Die Musik aus der Karaokebox schwoll immer stärker an. Jemand schmetterte gerade einen Song von Sting ins Mikrofon, während die Partygäste jubelten. Es war die schlechteste Karaokeeinlage, die ich je gehört hatte, selbst Deborah konnte besser singen. »Er ist etwas älter als ich. Trägt einen dunklen Anzug und einen Verband um die Stirn. Wobei, ich wette, den hat er abgemacht.«

»Ach, du meinst James Bond.« Trevor lachte. »Ja, da musst du dich bloß umdrehen.«

Verdutzt folgte ich Trevors Blick und erstarrte. Jasper war auf den Esstisch geklettert, hielt ein Mikro in der Hand und sang gerade voller Inbrunst *Englishman in New York*. Die hohen Töne gerieten mächtig schief und auch das Taktgefühl ließ zu wünschen übrig, aber die Menge liebte ihn.

»Was zur …«, stöhnte ich.

»*New York, New York* von Frank Sinatra hat er schon gesungen«, erzählte Trevor. »Klang aber auch nicht besser. Bei den hohen Tönen am Schluss ist eins der Sektgläser zersprungen. Vielleicht hat es aber auch mein Bruder ruiniert, keine Ahnung.«

Ich konnte nicht glauben, was ich da sah. War Jasper denn komplett durchgeknallt? Meine Vermutung, dass der Unfall irreversible Schäden hinterlassen hatte, wurde immer stärker. Der alte Jasper Ashworth hätte so etwas nie getan. Der hätte den anderen Sängern das Kabel durchgeschnitten.

Kurzerhand ließ ich Trevor stehen und zwängte mich durch die Menge zu Jasper. Dabei warf ich einen Blick auf meine Uhr. Uns blieben noch acht Minuten und dreißig Sekunden bis zum Serienstart. Egal, ob wir springen würden oder nicht, ich musste ihn von hier wegschaffen. Also kletterte ich auf den Tisch, packte ihn am Arm und versuchte, ihn wegzuzerren. In der Menge buhten mich einige Mädchen aus, offenbar hatte er bereits weibliche Fans.

»Huch! Hallo, Abby.« Jaspers blasse Wangen bekamen nervöse rote Flecken, ähnlich wie gestern nach dem Seriensprung. Den Verband musste er tatsächlich vor der Party abgenommen haben. Dafür hatte er ein paar Haarsträhnen über die Wunde gekämmt und trug die oberen Knöpfe seines Hemds geöffnet. »Du bist also auch hier. Wie du siehst, geht es mir wieder gut. Ist das nicht ein großartiger Zufall?«

»Du warst doch nie krank, du elender Simulant!«, schrie ich gegen den Lärm an. Trevors Bruder Hunter hatte sich inzwischen das Mikro geschnappt und sang gemeinsam mit einer drallen Blondine den Titelsong von *Baywatch*. »Was ist nur los mit dir? Du singst hier Karaoke?«

»Sorry wegen der angeblichen Gehirnerschütterung«, murmelte Jasper, lehnte sich gegen eine Säule und verschränkte die Arme. Bree Tanner, die blonde Fotografin aus dem Redaktionsteam, lief an uns vorbei und säuselte ein lang gezogenes »Hi, Jasper«, doch Jasper winkte ihr nur abwesend zu. »Abby, ich wollte das echte Leben hier kennenlernen. Und was das Karaoke betrifft, das war bloß ein Test.«

»Was für ein Test?« Ich war stinksauer. Wusste er eigentlich, was er mir da antat? Während ich halb durchdrehte, hatte er die Ruhe weg und machte einen auf Rockstar. Ein schneller Blick auf meine Uhr. Fünf Minuten vierzig noch bis zum Serienstart.

»Ein Test, ob ich tatsächlich im Koma liege. In Wirklichkeit hasse ich Karaoke und kann keinen Ton halten. Ich dachte mir, in einem Traum wäre das vielleicht anders.«

»Ist es aber nicht, Frank Sinatra.« Wutentbrannt packte ich ihn an der Schulter. »Wie auch immer, du kommst sofort mit nach Hause.«

»Nein. Du kannst mir gar nichts befehlen!«, rief er, riss sich los und presste sich voran in Richtung der Dachterrasse.

Mist. Eilig rannte ich ihm hinterher. Die Zeit drängte. »Jetzt komm schon. Wo willst du hin? Der Aufzug ist dort drüben.«

»Geht das nicht später?«, rief er mir zu und schob die Glastür zur Dachterrasse auf. »Ich will noch Fotos machen. Deine Freundin Bree Tanner hat mir ihre Polaroid geliehen.«

Bree Tanner war bestimmt nicht meine Freundin. Die war doch berühmt dafür, sich auf Partys an jeden ranzuschmeißen, aber um das zu erklären, hatte ich jetzt auch keine Zeit.

Missmutig folgte ich ihm. Die Sonne versank gerade hinter einer Häuserreihe und am Geländer hatten sich einige Grüppchen gebildet, um das Schauspiel zu beobachten.

Okay. Ruhig bleiben, Abby. Wenn Jasper nicht in den Aufzug steigen wollte, brauchte ich eben einen Plan B, um ihn pünktlich zu Serienbeginn von den Menschenmengen wegzuschaffen. Nur welchen?

Links von der Terrassentür wand sich eine eiserne Wendeltreppe, vor die eine Kordel gespannt war, bis aufs Dach des Wolkenkratzers.

Vier Minuten dreißig noch bis zum Serienstart.

»Da. Sieh mal.« Ich vergewisserte mich, dass niemand zu uns herübersah, und kletterte über die Absperrung. »Wir gehen hier hoch. Von dort kannst du deine Bilder schießen.«

»Nach ganz oben? Aber ich kann auch von hier unten –«

»Oben ist aber weniger los!« Ich bemerkte Jaspers hochgezogene Augenbrauen, und bevor er es für einen Annäherungsversuch halten konnte, setzte ich hinzu: »Außerdem machen mich Menschenmassen immer klaustrophobisch.«

Gott sei Dank waren wir die Einzigen. Nicht einmal das wild knutschende Pärchen von vorhin war auf die Idee gekommen, sich hier hochzuschleichen. Dabei war dieses Plätzchen ziemlich romantisch: Auf den wenigen Quadratmetern drängten sich teuer aussehende Statuen, ein kleiner plätschernder Brunnen und pompöse Blumenarrangements, die Trevors Mum bestimmt vor der Partymeute in Sicherheit gebracht hatte. Falls der Serienfluch in wenigen Minuten wieder zuschlug und einen von uns beiden erwischte – hier hätten wir keine Zeugen.

Seite an Seite blickten wir über die Dächer der Stadt.

»Es ist nicht zu glauben, dass das alles nicht echt sein soll. Die unzähligen Menschen. Dieser Trevor … Sein Kostüm sah furchtbar aus, findest du nicht? Ich meine, er trägt Eyeliner«, murmelte Jasper, während er drauflosfotografierte und sich ein Polaroid nach dem anderen mit einem Surren aus der Kamera schob. »Komm mal neben mich, wir machen ein Foto von uns beiden.«

Ich stellte mich an seine Seite und lächelte in die Linse. Jasper drückte auf den Auslöser, nahm das Bild aus dem Apparat und schüttelte es. Langsam formte sich das Grau auf dem Foto zu den Umrissen unserer Köpfe. Genau dazwischen ragte die Spitze des Empire State Buildings hindurch.

Das Bild war toll geworden. Wir wirkten wie zwei alte Freunde. Nicht wie eine New Yorkerin und jemand, der gar nicht hier sein durfte. Zugegeben, ich hatte tatsächlich für einen kurzen Moment vermutet, Jasper würde gar nicht auf dem Fotopapier erscheinen. Aber er war ja kein Geist oder Vampir, sondern bloß eine Serienfigur.

»Hier, für dich.« Jasper reichte mir das Foto.

Wenn ihn die Serie in wenigen Augenblicken einsaugen und ich hoffentlich hierbleiben würde, hätte ich wenigstens einen Beweis dafür, dass ich mir das alles nicht eingebildet hatte. Ich musste bloß aufpassen, dass Mum das Foto niemals zu Gesicht bekam.

Jasper lehnte sich ans Geländer und hatte plötzlich diesen Blick, als würde ein Gedanke in ihm heranreifen. »Weißt du, woran ich vorhin gedacht habe? Wenn das alles hier eine Fantasie ist, nichts weiter als ein Geisteszustand … dann könnte ich doch eigentlich alles tun, oder?«

»Nun ja, vermutlich schon. Nur bitte, fang nicht wieder an zu singen.«

Er lächelte und ließ seinen Blick nach unten zur Straße schweifen, von der Sirenenlärm zu hören war. »Ich könnte mich allerdings wie Spiderman durch die Häuserschluchten schwingen. Und selbst wenn ich abstürze, würde mir nichts passieren, weil ich nach Blackwoods Attacke im Koma liege und mich eigentlich noch im Stall befinde. Oder in Dr. Kinkleys Praxis, was vermutlich angenehmer wäre. So hattest du es mir doch erklärt, nicht wahr?«

»Ähm …« Ich knetete nervös meine Hände. Die neue Entwicklung des Gesprächs verunsicherte mich. Jasper würde sich doch jetzt hoffentlich nicht in selbstmörderischer

Absicht vom Dach stürzen? Oder wollte er mich bloß testen?

Doch er sprang nicht. Er schnalzte bloß immer und immer wieder mit seinem rechten Handgelenk in die Luft. »Kommt schon, Spider-Fäden«, befahl er angestrengt, doch dann ließ er es bleiben und seufzte enttäuscht. Jungs.

»Zu schade.« Ein schiefes Lächeln umspielte seine Lippen und ich entspannte mich wieder. »Das klappt leider nicht. Aber es ist immer noch meine Komafantasie, oder? Ich habe vielleicht keine Superkräfte und kann außerdem immer noch nicht singen, aber ich kann trotzdem alles tun, was ich will.«

Ich überlegte, was er damit meinte. Der Wind türmte seine braunen Haare und seine Augen leuchteten in der untergehenden Sonne. New York stand ihm gut. Er wirkte weniger blass als in Ashworth Park, seine Augenringe waren fast ganz verschwunden und er sprühte nur so vor Energie. Noch dazu verhielt er sich hier in meiner Welt wirklich nett. Er war zwar immer noch derselbe mürrische, streitlustige Jasper, aber dabei ziemlich charmant. Als hätte jemand eine zentnerschwere Last von ihm genommen.

Hier oben ergriff mich plötzlich dasselbe Unsicherheitsgefühl wie im Ballsaal von Ashworth Park, als Jasper und ich vor Julian zu *Unchained Melody* getanzt hatten. Nur, dass wir uns nicht länger in der Serie befanden und uns niemand beobachtete.

Mutig hielt ich seinem Blick stand. »Was möchtest du denn gerne tun?«

»Dir Geheimnisse anvertrauen«, antwortete er.

»Geheimnisse? Welche Geheimnisse denn?«

»Die wahre Geschichte über den Brand auf Ashworth Park.«

Ich winkte ab. »Ich weiß. Du sagtest, es wäre ein Unfall gewesen. Ich glaube dir, okay?«

Er sah mich aufmerksam an. »Nur war es nicht mein Unfall. Sondern Giles' Unfall. Ein Glimmstängel. Ein Vorhang. Es war mitten in der Nacht und Giles hat geschlafen, als es passiert ist. Tante Gladys' Rosenvorhänge brennen wie Zunder, das kannst du mir glauben. Giles und ich haben gemeinsam versucht, den Brand zu löschen, aber wir hatten nicht die geringste Chance. Wir können von Glück sagen, dass es keine Verletzten gab.«

Diese Enthüllung überraschte mich. Ich dachte eine Weile darüber nach. »Du hast Giles also gedeckt und den Brand auf deine Kappe genommen?«

Jasper zuckte mit den Schultern. »Ich wollte es zumindest versuchen. Giles ist schon lange unser Butler und ich mag ihn. Allerdings war ich mir anfangs nicht sicher, ob mir Mum die Geschichte glauben würde, immerhin war der Brand im Westflügel ausgebrochen, wo die Dienstboten schlafen. Und der befindet sich meilenweit entfernt von meinem Zimmer, wo ich meine Fotos entwickle.« Er schnaubte. »Aber ich kam Mum als Sündenbock viel zu gelegen, als dass sie auch nur einmal darüber nachgedacht hätte. Als dass *irgendjemand* auch nur einmal darüber nachgedacht hätte.«

Autsch. Das saß. Sogar ich hatte nie Zweifel daran gehabt, dass der Brand Jaspers Schuld gewesen war, egal ob Unfall oder Mutwilligkeit.

»Tut mir leid.«

»Ist schon okay. Vielleicht hätte ich es dir auch nicht erzählen sollen. Im Komazustand sinkt die Hemmschwelle offenbar ganz dramatisch. Was daran liegt, dass einfach nichts schiefgehen kann. Und wenn doch, dann ohne Konsequenzen. Das ermutigt ungemein.«

Jasper machte einen Schritt auf mich zu und war jetzt so nah, dass ich seinen Atem spüren konnte. Einen Moment lang sahen wir uns an. Seine Augen musterten nachdenklich jeden Winkel meines Gesichts und blieben schließlich an meinen Lippen hängen, als ich es plötzlich wahrnahm: Sein Haar duftete nach unserem Limonen-Shampoo. Und nicht nur das – viele andere Gerüche hafteten auf seiner Haut: etwas Würziges. Etwas Liebliches. Wie berauscht atmete ich sie ein.

Wie merkwürdig. In Ashworth Park gab es keine Gerüche. Nichts roch nach irgendetwas, weder die Pflanzen noch die Speisen. Und schon gar nicht die Figuren selbst.

Jasper erschien mir mit einem Mal um hundert Prozent menschlicher. Konnte er womöglich in dieser Welt auch Gerüche wahrnehmen? Beispielsweise mein Parfüm? Ich überlegte gerade, wie ich ihn am besten danach fragen sollte, als er sich plötzlich zu mir vorbeugte.

Ich schloss die Augen. Jasper so nah zu sein, ließ ein merkwürdiges Gefühl in mir aufsteigen, als würde ich gleich über die Brüstung kippen. Bloß, dass ich keine Angst vor dem Fall hatte.

Das Gefühl hielt so lange an, bis mich die Realität einholte.

Oder eher die Serie.

Die Serie, die inzwischen meine Realität war.

»Hörst du das?«, fragte er plötzlich. »Da spielt jemand Geige. Scheußliches Lied. *Oh, may thy roses bloom.*«

»Wie bitte?« Ich öffnete die Augen und blinzelte ins Licht. Jasper war einen Schritt zurückgewichen und ich fragte mich, ob er mich überhaupt hatte küssen wollen. Wenn nicht, musste ich mit gerecktem Kinn und geschlossenen Augen eine ziemlich dumme Figur abgegeben haben. Was war nur mit mir los?

»Oh, mögen deine Rosen blühen. Das ist ein altes Volkslied von der Isle of Roses, das Mum meistens zur Eröffnung gesellschaftlicher Events spielen lässt. Dann legen sich alle die Hand aufs Herz.« Er beugte sich übers Geländer und sah hinab auf die Terrasse, auf der inzwischen Fackeln loderten. »Nur, warum spielen sie es denn hier? Wir sind meilenweit von der Isle of Roses entfernt. Was für ein schräger Zufall.«

Jetzt hörte ich es auch. Jemand spielte Geige, obwohl weit und breit kein Musiker zu sehen war. Ich kannte die Tonfolge nur zu gut. Es war die Anfangssequenz von Ashworth Park. Und spätestens, als ein starkes Kribbeln meine Beine lähmte und sich bis zu meinem Bauch hinaufzog, war mir klar, was es zu bedeuten hatte, dass Jasper und ich die gleiche Melodie hörten.

Die Serie war nicht zu Ende. Es gab kein Happy End. Noch nicht. Weil sich Julian entweder doch nicht unsterblich in Cinderella, das nette, aber etwas farblose Hausmädchen verliebt hatte (verdammte Soap, ließ sie doch sonst kein Klischee aus!), oder weil mir dieser grottenschlechte Albtraum von Serie womöglich neue Stolpersteine in den Weg legte. Wie auch immer die aussehen mochten.

Angst stieg in mir hoch. Angst, diesem Serienwahnsinn nie mehr entkommen zu können. Einem Gefühl folgend, griff ich nach Jaspers Hand, die an der Brüstung lag. Seine Finger fädelten sich wie von selbst durch meine und ich spürte die Wärme seiner Haut. Wie damals am Tag meiner Ankunft, als er meine Hand genommen und mich durchs Schlosstor gezogen hatte, doch diesmal fühlte es sich besser an. Sicher spürte Jasper dasselbe unbehagliche Kribbeln wie ich.

Und dann war es, als zöge uns eine unbekannte Kraft die Pflastersteine unter den Füßen weg und schubste uns Hand in Hand geradewegs in den New Yorker Abgrund.

INNEN - ASHWORTH PARK - BALLSAAL - NACHT

Die Galanacht zu Ehren der schönsten Rose der Insel ist in vollem Gange. **LORD ASHWORTH**, der zu tief ins Glas geschaut hat, um sich von den hysterischen Anfällen seiner Frau abzulenken, betritt sichtlich angetrunken die Bühne.

LORD ASHWORTH
Meine lieben Freunde … *hicks* … Gäste … un' alle anderen hier von der I'of Roses. Ich habe eine Bekanntgabe su machen. *Hicks.*

PUBLIKUM
Hört, hört!

Die Rockmusik verstummt. **LADY ASHWORTH** folgt ihrem Ehegatten auf die Bühne und entreißt ihm das Mikrofon.

LADY ASHWORTH
Liebe Gäste, was mein allerliebster Ehemann wegen bereits fortgeschrittener … Erschöpfung nicht mehr imstande ist zu sagen, ist, dass wir nach all den Programmpunkten des heutigen Abends ein weiteres Highlight für Sie haben. Nicht wahr, Montgomery?

LORD ASHWORTH
Hicks. Dusagses. *Hicks.*

LADY ASHWORTH

Lord Ashworth hat vor wenigen Minuten beschlossen, sich für das Amt des Bürgermeistes aufstellen zu lassen. Die Wahlkampagne wird sich über die nächste Woche erstrecken und uns vor neue Herausforderungen stellen. Aber eins sei gewiss: Lord Ashworth will seine Macht für einen noblen Zweck einsetzen. Und welcher Zweck wäre nobler als der des Gemeinschaftswohls? Stimmt's, mein Liebster?

LORD ASHWORTH

Gansdeinermeinung.

TANTE GLADYS *(zu sich selbst)*

Nicht zu vergessen der noble Zweck, trotz fehlenden Intellekts für Hochglanzmagazine abgelichtet zu werden, und sei es nur als Beiwerk eines Mannes.

LADY ASHWORTH

Und da uns die Kandidatur ins mediale Rampenlicht stellt, habe ich, als erste Wahlkampfassistentin, beschlossen, den besten Medienberater zu engagieren, den es auf dieser Insel gibt. Mr DeWitt, kommen Sie bitte zu uns auf die Bühne? *(Blickt sich suchend um.)* Wo ist er nur? *(Entdeckt die patschnasse Lydia, die durch den Ballsaal huscht.)* Lydia, Liebes, holen Sie bitte Ihren Vater?

LYDIA
Ich fürchte, mein Vater ist unpässlich, Lady Ashworth. Er schläft draußen auf dem Balkon und ist nicht wach zu kriegen.

TANTE GLADYS *(dreht zufrieden an ihrem Ring)*
Das gute alte Schlafmittel. DeWitt wird auch noch schlafen, wenn der Reinigungstrupp morgen anrückt. Die können ihn dann gleich mit entsorgen. Unnützer Mensch.

LADY ASHWORTH *(starrt auf Lydias Kleid, das durch den Regen durchsichtig geworden ist)*
Huch, Lydia, wie sehen Sie überhaupt aus? Sind Sie in den Teich gefallen? *(Wird nervös.)* Wie auch immer, Mädchen, können Sie nicht noch einmal versuchen, Mr DeWitt aufzuwecken?

LYDIA
Keine Chance. Sieht aus, als hätte er getrunken. *(Schüttelt den Kopf.)*

LORD ASHWORTH
Hicks. Kann ich ihm nich' verübeln. Nach fünf Gläsern Bowle gewinnt selbst eine alte Schabracke wie du noch Symphathiepunkte. *(Gibt seiner Frau einen schlabbrigen Kuss auf die Wange.)*

LADY ASHWORTH wird rot, stammelt eine Entschuldigung und verspricht, eine offizielle Kandidatur einzureichen, sobald DeWitt und Lord Ashworth sich »wieder wohler« fühlen.

TANTE GLADYS
Na prima. Ein sturzbetrunkener Lord, ein krimineller Medienmogul und eine geliftete Größenwahnsinnige wollen die Macht auf der Isle of Roses übernehmen. Da kommen ja rosige Zeiten auf uns zu.

5

Ich war zurück in Ashworth Park, daran bestand nicht der geringste Zweifel. Zwei Gründe sprachen ganz eindeutig dafür, dass der Fluch noch immer nicht gebannt war: a) das katastrophale Kopfweh, das jeden Seriensprung begleitete, und b) dieses Gefühl eines Déjà-vus, als mir Jasper wie aus dem Nichts in die Arme fiel.

Ich war wieder exakt an der Stelle gelandet, an der ich die Serie verlassen hatte.

Das war doch alles schon mal so passiert, schoss es mir durch den Kopf, während ich die letzte Szene rekapitulierte: Jaspers plötzliches Auftauchen im Geräteschuppen, Blackwoods Angriff mit der Schaufel, der mich verfehlt und dafür Jasper direkt an der Schläfe getroffen hatte, meine Arme, die nach ihm gegriffen, ihn aber nie zu fassen bekommen hatten. Mit dem kleinen Unterschied, dass ich ihn nun auffing, bevor wir zusammen ins Heu stürzten.

Wie versteinert lag ich da und hörte das Geräusch von eiligen Schritten im Gras. Das musste Lydia sein, die vor Blackwood flüchtete. Ich hingegen wagte es nicht, mich zu bewegen oder nachzusehen, ob es Jasper gut ging und er bei

Bewusstsein war. Stattdessen blickte ich nach oben in Blackwoods dunkle Augen.

»Was in Dreihenkersnamen war denn das gerade?« Blackwood stand mit erhobener Schaufel vor uns. Kurz hatte ich Angst, dass er noch einmal zuschlagen würde, aber dann ließ er sie sinken und blinzelte verwirrt. »Ihr … ihr wart plötzlich verschwunden. Für eine Zehntelsekunde, nachdem ich den Jungen getroffen hatte.« Er machte einige Schritte rückwärts. »Das, oder ich habe nicht mehr alle Schrauben im Schrank.«

»Eher Letzteres«, schnaubte ich. »Und jetzt würde ich Ihnen raten, lieber die Leine in die Hand zu nehmen und nach DeWitt zu sehen.« Und nicht länger Redewendungen zu verunglimpfen, fügte ich in Gedanken hinzu. »Ich glaube, er braucht Sie jetzt dringender.«

Eine Weile stand Blackwood bloß da und starrte mich an. Doch dann schüttelte er den Kopf und faselte etwas von Halluzinationen, bevor er sich umdrehte und den Schuppen verließ. Ob er nun Lydia hinterher oder tatsächlich DeWitt helfen wollte, war mir ziemlich schnuppe, Hauptsache, wir waren diesen Abraham-Lincoln-Verschnitt fürs Erste los.

Ich rappelte mich vom Heu auf, als Jasper die Augen aufschlug. Müde und abwesend sah er sich um, bevor sein Blick an mir hängen blieb. Seine Augen weiteten sich.

»Wir sind wieder im Schuppen«, murmelte er. Ich konnte nicht genau einordnen, welches Gefühl in seinen Worten mitschwang. Verblüffung? Erleichterung? Er rieb sich den Kopf, starrte unschlüssig auf mein Rosenkleid, dann glitt sein Blick zur offenen Scheunentür. Draußen regnete es immer noch. »Welchen … Tag haben wir heute?«

Okay, Abby, jetzt kommt es darauf an, sagte ich in Gedanken zu mir selbst. Für eine Situation wie diese hatte ich mir schon eine Lösungsstrategie zurechtgelegt. Ich durfte Jasper auf gar keinen Fall auch nur den geringsten Anlass geben, zu denken, diese Reise nach New York und Trevors Party wären tatsächlich passiert. Für Jasper war es eine Komafantasie, aus der er an dieser Stelle erwacht war.

»Wir haben Freitag. Den Ballabend. Weißt du das etwa nicht mehr?« Dabei versuchte ich, ihn möglichst sorgenvoll anzusehen. »Oje, Blackwood muss dich wirklich schlimm erwischt haben.« Ich musste mir schon beinahe selbst für das gelungene Schauspiel gratulieren. Von einer so authentischen Darbietung konnte sich jeder Soapstar noch etwas abschauen.

»Der Ballabend … Blackwood … die Schaufel«, murmelte er, als wollte er seine Gedanken ordnen. Dann lehnte er sich mir gegenüber an die Wand des Schuppens. »War ich … bewusstlos?«

»Ja, warst du. Du … du hast die Augen verdreht und warst plötzlich nicht mehr ansprechbar«, log ich.

»Wie lange war ich bewusstlos?«

»Weiß ich nicht mehr.«

»Ungefähr?«, bohrte er nach. »Es … es kam mir total lang vor.«

»Ich weiß es wirklich nicht, Jasper. Ich bin selbst vollkommen durch den Wind.« Das war nicht mal gelogen.

Jasper betrachtete mich unschlüssig, nickte und schwieg. Eine Weile saßen wir wortlos nebeneinander, dann griff er sich an die Stirn. »Mein Kopf fühlt sich an, als würde er jeden Moment zerspringen. Dieser verdammte Blackwood!«

Ich war mir sicher, dass es sich bei seinen Kopfschmerzen eher um die Nachwirkungen des Sprungs handelte.

»Das hört bestimmt gleich wieder auf«, murmelte ich und legte in einem Anflug von Mitleid meine Hand auf seine. Eine Sekunde später bereute ich es sofort. Die Zeit in New York war für Jasper nicht passiert und in Ashworth Park waren wir noch Welten davon entfernt, einander zu vertrauen. Oder Freunde zu sein.

Vielleicht hatte ich Glück und Jasper hatte alle Erinnerungen an unsere Zeit in New York verloren? Doch dann fädelte er plötzlich seine Finger durch meine, genauso wie er es auf Trevors Dachterrasse getan hatte, und lächelte mich an.

Verdammt. Er erinnerte sich an alles. An New York. An Trevors Dachterrasse. Und an diesen kleinen Moment, als wir uns beinahe geküsst hatten, bevor uns diese schauderhaften Geigen unterbrochen hatten. Aber es half nichts, Jasper musste einfach weiterhin glauben, dass die letzten vierundzwanzig Stunden nichts weiter als ein Traum gewesen waren. Was im Klartext für unser Verhältnis bedeutete: Kühle Distanz, genau wie am Abend des Balles. Wir waren wieder in der Serie. Und die musste da weitergehen, wo alles aufgehört hatte.

Rasch zog ich meine Hand aus seiner.

In diesem Moment hörte ich, dass sich von draußen jemand näherte, und kurz darauf stand Julian in der Tür. Diesmal hatte seine blonde Haarpracht zwar etwas Regen abbekommen, aber anstatt wie ein begossener Pudel auszusehen, wirkte er, als käme er frisch von einem Fotoshooting unter einem hawaiianischen Wasserfall. Sein weißes Hemd war durchnässt und klebte wie eine zweite Haut an seinem Körper. Oh Mann! Ich stellte mir vor, wie Deborah gerade vor der Glotze schmachtete.

»Hier seid ihr! Tante Gladys und ich haben euch schon überall gesucht. Was in aller Welt tut ihr denn –« Julian brach ab und fixierte uns im Stroh. Seine Wangen begannen zu glühen, dann schlug er sich theatralisch auf die Stirn. »Oh, Julian, du bist so dumm! Einfältig und dumm! Ist doch klar, was sie hier tun. Deswegen wollte sie auch nicht mit dir tanzen. Sie steht auf Jasper!«

Julian Ashworth war, auch wenn ich es kaum glauben konnte, eifersüchtig auf seinen jüngeren Bruder Jasper. Weil er der festen Überzeugung war, wir beide hätten uns ineinander verknallt.

Ich hörte Jasper laut aufseufzen. »Julian, herrje, du missverstehst aber auch wirklich alles.«

In diesem Moment stürmte Tante Gladys an Julian vorbei in den Schuppen. »Stimmt es, was Lydia mir eben erzählt hat? Blackwood hat Jasper bewusstlos geschlagen?« Sie kniete sich neben Jasper ins Stroh. »Lass mich mal deine Verletzung ansehen.«

»Er hat das Schlimmste überstanden«, antwortete ich für ihn, in der Hoffnung, dass Tante Gladys nicht noch genauer nachfragen würde. »Die Wunde sieht eigentlich gar nicht so schlimm aus. Soweit ich das beurteilen kann.«

Doch Tante Gladys zwang ihn, den Kopf zu drehen, und untersuchte die gerötete Kruste.

»Oh, du bist verletzt …«, sagte jetzt Julian und kratzte sich im Nacken. Der übertriebene Eifersuchtsanfall schien ihm peinlich zu sein. Zu Recht. Warum um alles in der Welt war er eigentlich hier im Schuppen und nicht mehr bei Clarissa auf dem Balkon? »Bestimmt ist es eine Gehirnerschütterung, Tante Gladys. Während eines Reitturniers ist mein Klassenkamerad Max Willoughby mal vom Pferd gefallen und hat danach gekotzt. Wir mussten ihn zu Dr. Kinkley bringen. Womöglich ist mit Jasper dasselbe pass–«

»Ich denke nicht, dass es eine Gehirnerschütterung ist, Julian«, unterbrach ihn Tante Gladys. »Die Wunde sieht tatsächlich sehr gut aus. Wie merkwürdig.« Sie nahm den Blick von Jaspers Verletzung und fixierte nun mich. Ihre grauen Augen musterten mich durchdringend und zwangen mich, schuldbewusst wegzusehen. Tante Gladys besaß diese natürliche Autorität, der sich kaum jemand entziehen konnte.

»Das ist doch erfreulich. Vielleicht hat er einfach eine gute Wundheilung«, presste ich hervor, hasste mich aber im selben Moment dafür. Ich sollte besser meine Klappe halten und mich nicht benehmen, als wollte ich mich verteidigen.

Julian lief vor uns auf und ab. Er schien beunruhigt. »Ich denke, wir sollten ihn besser von einem Experten untersuchen lassen. Wie wäre es, wenn wir Dr. Kinkley rufen, Tante Gladys?«

»Nein!«, riefen Tante Gladys und ich wie aus einem Mund.

Julian machte ein irritiertes Gesicht.

»Oder willst du etwa, dass deine Mutter wieder einen Tobsuchtsanfall bekommt, wenn ihre Ballgäste erfahren, dass Blackwood während der Gala im Schuppen ein Gewaltverbrechen verübt hat?«, fügte Tante Gladys hinzu.

Auch wenn es eine rhetorische Frage war, dachte Julian kurz nach und schüttelte schließlich den Kopf.

Tante Gladys wandte sich wieder an Jasper. »Fühlst du dich denn irgendwie merkwürdig?«, erkundigte sie sich und bedachte mich dabei mit einem Seitenblick, als hätte sie dringend ein Hühnchen mit mir zu rupfen.

Mir wurde von Sekunde zu Sekunde unwohler. Ahnte Tante Gladys irgendetwas? Aber das war doch gar nicht möglich.

Jasper schüttelte zögerlich den Kopf. »Ich fühle mich ganz gut. Das Kopfweh hat nachgelassen, Tante Gladys.«

»Soll ich nicht zumindest Mum und Dad holen?«, fragte Julian und knetete seine Hände.

»Julian! Es ist doch alles in Ordnung«, herrschte Tante Gladys ihn an. »Wenn du uns helfen willst, dann bring Jasper ins Haus und sorg dafür, dass er nicht irgendwelchen dämlichen Journalisten vor die Linse rennt. Er sollte jetzt schlafen. Die letzten Stunden waren bestimmt ziemlich aufwühlend für ihn.«

Und da war er wieder, Tante Gladys' anklagender Blick, während sich Jasper mit überraschend wenig Protest von Julian (der wieder einmal passenderweise irgendwo einen

Regenschirm hergezaubert hatte) zum Herrenhaus führen ließ. Für einen Augenblick sah ich den beiden hinterher und hoffte, dass sich Jasper zu mir umdrehen würde, aber das tat er leider nicht. Ein merkwürdig schales Gefühl blieb in mir zurück. Ich hätte gerne noch mit Jasper gesprochen. Was ich ihm sagen wollte, war mir allerdings selber noch nicht ganz klar.

Als Tante Gladys und ich alleine waren, vergewisserte sie sich, dass uns niemand belauschte.

»Abby. Du … du …« Sie kam mir nervös vor. Lag es an dem Sekt, den sie den Abend über getrunken hatte? Seltsamerweise wirkte sie in diesem Augenblick aber stocknüchtern. »Du … musst aufpassen, was du tust. Dass du dich hier versteckt hast … hier im Schuppen, das war gar nicht gut. Und dass Jasper dich entdeckt hat und dir gefolgt ist –«

»Tante Gladys«, unterbrach ich sie. *Das* war also ihr Problem. Klar, nachdem Jasper und ich bei dem Tanz zu *Unchained Melody* etwas mehr als geplant auf Tuchfühlung gegangen waren, hatte sie angenommen, er und ich hätten uns, motiviert durch die romantische Kitschmusik, zum Herumknutschen hierher verzogen. Das hatte Julian ja auch vermutet. Deswegen hatte sie mich so angeguckt. »Du verstehst das völlig falsch. Es waren Lydia und Cooper, die sich heimlich hier getroffen haben.«

In Tante Gladys schien es zu arbeiten. Sie wirkte verwirrt, zögerte, doch dann räusperte sie sich und erklärte laut und deutlich: »Gut so. Denn sich einfach so vom Ball wegzustehlen, schickt sich nicht, Knusperkeks.«

Ich nickte reuevoll und war froh, aus dem Schneider zu sein.

Als wir uns schließlich auf den Weg zurück ins Haus machten, zischte sie mir etwas ins Ohr – so leise, dass ich es durch den prasselnden Regen beinahe nicht verstanden hätte. »Wir müssen dringend reden. Aber nicht hier.«

6

Doch Tante Gladys machte keine Anstalten, mit mir zu reden.

Weder als wir wenige Minuten später im Ballsaal eintrafen, wo die Party längst zu Ende gegangen war und nun der Putztrupp die Spuren der Galanacht beseitigte, noch als wir schließlich die Stufen zu Tante Gladys' Appartement im Nordflügel hochstiegen. Es war sonnenklar, dass etwas Wichtiges, Unausgesprochenes in der Luft lag, aber ich traute mich nicht, sie danach zu fragen. Ich rätselte, worauf sie wartete.

Doch vorher musste ich wissen, was zwischen Clarissa und Julian passiert war. Oder eher, was leider nicht passiert war. Hatten sie sich auf dem Balkon geküsst? Was war schiefgegangen? Wieso hatte Julian sie ganz offensichtlich zurückgelassen, um mich zu suchen? Hatte es doch nicht zwischen ihnen gefunkt? War ich womöglich deshalb noch hier? Über all diese Fragen zermarterte ich mir das Hirn und ärgerte mich gleichzeitig darüber, dass all meine Bemühungen, ein Happy End herbeizuführen, umsonst gewesen waren. Womöglich musste ich jetzt wieder ganz von vorne anfangen und den Schönling der Serie mit jemand anderem verkuppeln. Oder konnte es sein, dass er und Clarissa bloß Startschwierigkeiten hatten und sich die nötige Romanze etwas verzögert anbahnte? Vielleicht konnte ich Clarissa ja noch davon überzeugen, dass Julian der Richtige für sie war.

Ich war kurz davor, zum Pförtnerhaus zu laufen und Clarissa aufzuwecken, verschob es dann aber doch auf morgen früh. In der Serie war es immerhin kurz nach drei Uhr morgens, ich fühlte mich todmüde und war heilfroh, das verschwitzte Rosenalbtraum-Kleid ausziehen, unter die Dusche hüpfen und ins Bett kriechen zu können. Noch nicht mal die frisch überzogene, scheußliche Rosenbettwäsche in Tante Gladys' Gästezimmer hinderte mich daran einzuschlafen.

Kurz nach Sonnenaufgang war ich wieder hellwach. Ich stand auf und warf einen Blick in den Wandschrank, wo inzwischen eine stattliche Anzahl an Kleidern hing, die Tante Gladys bei der Schneiderin in Rosington für mich hatte anfertigen lassen. Leider war eines schrecklicher als das andere. Nach einer Weile entschied ich mich für ein klassisches schwarzes Modell mit einem angenähten runden Kragen. Das Ding ließ mich zwar aussehen wie eine Kreuzung zwischen einer Nonne und Peter Pans Freundin Wendy, aber es war zumindest das einzige ohne Blumendruck.

Gewaschen und frisiert machte ich mich auf den Weg in Richtung Küche. Mein Plan ging auf: Ich traf Clarissa allein an, die gerade das Frühstück für die ganze Familie zubereitete. Aus der Serie wusste ich, dass die Lady des Hauses nach Feierlichkeiten gerne ausschlief, um die Spuren der letzten

Nacht (und die des Alters. Und natürlich die, die man bekommt, wenn man stets missbilligend die Stirn runzelt) zu beseitigen. Also blieb mir bestimmt noch eine Stunde mit Clarissa allein, bevor wir Gesellschaft bekommen würden.

»Guten Morgen, Clarissa«, begrüßte ich sie. Clarissa schlug mit geübten Handgriffen Eier in eine Rührschüssel, goss Milch und Zucker hinzu und rührte alles zu einem glatten Teig. Bestimmt wurden das frische Pfannkuchen, doch wie immer auf Ashworth Park würde davon leider nichts zu riechen sein. Man konnte beinahe Mitleid mit den Serienfiguren empfinden, weil sie niemals vom Geruch von duftendem Rührei, frischem Kaffee und kross gebratenem Speck geweckt werden würden. »Hast du gut geschlafen? Tut mir wirklich leid, dass ich gestern einfach abgehauen bin. Es ist eine lange Geschichte –«

»Abby!« Sie ließ ihre Rührschüssel stehen und begrüßte mich mit einem Küsschen. Selbst in aller Herrgottsfrühe sah sie so bezaubernd aus wie eine zum Leben erweckte Disneyprinzessin. Kulleraugen, taufrischer Teint, glänzendes Haar, kein Zeichen von Augenringen. Ich fragte mich, wie ihr das gelang, obwohl sie hier von früh bis spät schuften musste. »Ich habe dich gestern Abend gesucht. Aber Julian meinte, du möchtest vielleicht nicht gestört werden.« Sie biss sich auf die Unterlippe und zuckte mit den Schultern, als hätte sie keinen Schimmer, was Julian damit angedeutet haben könnte.

Ich beschloss, gar nicht erst auf Clarissas Anspielung einzugehen. Ich wollte nicht über Jasper reden, sondern mehr über das Balkon-Date erfahren. Warum zum Geier hatte es zwischen Clarissa und Julian nicht gefunkt?

»Wenn wir schon von Julian sprechen«, begann ich und versuchte, das Gespräch in die richtige Richtung zu lenken. Bei Clarissa musste man vorsichtig sein. Wenn man mit der Tür ins Haus fiel, blockte sie ab. »Ihr habt gestern miteinander getanzt, nicht wahr?«

Clarissas Wangen überzogen sich mit einem Hauch von Rot und ich wertete das als gutes Zeichen. »Stimmt. Wir haben länger miteinander gesprochen …«

»Und dann?«

Sie kam noch einen Schritt näher. »Dann haben wir uns geküsst«, flüsterte sie.

»Wow!« Ich hielt verzückt die Luft an.

»Aber es war schauderhaft, Abby. In genau diesem Augenblick hat sich ein Platzregen über uns ergossen und alles zerstört.« Sie hob die Schultern. »Hat wohl nicht sein sollen.«

Ich musste mich zusammennehmen, um nicht loszuschreien. *Hat wohl nicht sein sollen?* Was war denn das für eine Aussage! Nur wegen des Regens verbuchte sie den Abend als Katastrophe? War das nicht etwas zu voreilig?

Ich hätte der Serie, oder welche kosmische Kraft auch immer für das Regenwetter verantwortlich war, gut und gerne den Hals umgedreht. War das etwa Absicht gewesen? Hatte der Platzregen nur eingesetzt, um mir mein mühsam aufgebautes Happy End zu ruinieren? Andererseits war es auch Julians und Clarissas Schuld, nicht das Beste aus dem Regen zu machen – in Filmen gab es schließlich auch romantische

Regen-Küsse. Dazu brauchte man sich bloß Tobey Maguire und Kirsten Dunst in *Spiderman* anzusehen.

In diesem Augenblick bog Jasper in einer karierten Pyjamahose und in einem ausgeleierten T-Shirt um die Ecke. Als er mich entdeckte, erschrak er, doch dann ging er zum Kühlschrank, nahm die Milch heraus und trank sie ungeniert aus der Packung.

Schnell sah ich weg und starrte stattdessen auf das Hellfire-Yukatan-Chili-Bäumchen. Das ganze Kuss-Gerede mit Clarissa hatte leider dazu geführt, dass ich an den Moment auf Trevors Party denken musste, als Jasper und ich uns fast geküsst hatten. Und an diesen Duft, der mich dabei benebelt hatte. Ich fragte mich, ob er nun wieder nach gar nichts roch. Aber er stand leider zu weit weg, als dass ich es hätte überprüfen können.

»Guten Morgen, Jasper«, begrüßte ihn Clarissa und hielt ihm wortlos ein Glas hin.

Jasper griff nicht danach. »Morgen«, antwortete er und stellte die Milchpackung zurück in den Kühlschrank. Dann lehnte er sich gegen die Kühlschranktür, verschränkte die Arme und sah mich einen Moment lang ratlos an, bis ihm einzufallen schien, warum er in die Küche gekommen war. »Ich soll ausrichten, dass Lydia und Mr DeWitt zum Frühstück kommen. Mum hat vor, irgendeine Bekanntgabe zu machen.« Er schnaubte. »Ich hoffe, es ist ihr Einstieg bei den Anonymen Alkoholikern.«

Clarissa und ich lachten nicht. Clarissa nickte nur, rührte noch etwas mehr Mehl und Milch in den Pfannkuchenteig und machte sich auf, um zusätzliches Gedeck aus den Vitrinen im Blauen Salon zu holen.

Als Clarissa weg war, kam Jasper auf mich zu. Frühmorgens waren seine Haare noch viel verstrubbelter als sonst und er strich sie sich unruhig zurück, was irgendwie niedlich aussah. »Meine Eltern wissen, was Blackwood im Schuppen angestellt hat, Abby. Und sie glauben mir«, flüsterte er mir zu und fasste sich an die Stirn. »Diesmal mussten sie mir glauben. Ich hatte schlagkräftige Beweise.«

»Tut mir leid, dass Blackwood dich erwischt hat«, murmelte ich. Das wollte ich ihm schon viel zu lange sagen. »Tut es noch weh?«

»Nein.« Er sah mich aufmerksam von der Seite an. »Es ist schnell verheilt.«

Ich kicherte betreten. »Zu welchen Höchstleistungen der menschliche Körper fähig ist, nicht wahr?«

Ich war erleichtert, dass er sich immer noch so nett und freundlich wie in New York verhielt und sich nicht wieder in das mir nachspionierende Ekel verwandelt hatte, das es sich zum Ziel gemacht hatte, mich der Erbschleicherei zu überführen.

Oder führte er etwa wieder etwas im Schilde, wie damals, als er mein Tagebuch geklaut hatte? Konnte ich ihm vertrauen? Für den Fall, dass Jaspers Freundlichkeit tatsächlich ernst gemeint war, hatte ich womöglich einen Verbündeten gegen die DeWitt-Front. Nach Blackwoods Angriff gestern Abend konnte selbst Jasper nicht länger leugnen, dass nicht ich der Bösewicht war, sondern DeWitt.

Plötzlich ertönte die Big-Ben-Melodie der Türklingel und unterbrach meine Gedanken. Butler Giles eilte an der Küche vorbei, um das Tor zu öffnen. Gatsby, der Irische Wolfshund der Ashworths, tapste ihm hechelnd hinterher.

»Das müssen schon die DeWitts sein«, meinte Jasper. Er vergewisserte sich, dass Clarissa nicht gerade zurückkam und fuhr fort: »Dad will nicht lockerlassen, bis DeWitt Blackwood gefeuert hat. DeWitt hat ja keine Ahnung, welchen Irren er da eingestellt hat. Wird Zeit, dass er es erfährt.«

War das etwa sein Ernst? War er wirklich so naiv, zu denken, dass Blackwood der einzige Übeltäter war und dass DeWitt nichts damit zu tun hatte?

»Aber es ist nicht nur Blackwood. DeWitt ist noch viel gefährlicher, das musst du mir glauben. Er hat mich während des Balls mit einer Waffe bedroht«, flüsterte ich. »Ich bin fast gestorben vor Angst.«

»Er hat *was*?« Jasper riss die Augen auf, doch dann dachte er nach und schüttelte den Kopf. »Aber das ist absurd. Warum sollte er so etwas tun?«

»Weil er ein schleimiger Mistkerl ist, der Amerikaner hasst. Oder weil ich Lydia beim Flirten mit Julian behindert habe.« Ich hob die Schultern. »Womit auch immer ich mich letztendlich unbeliebt gemacht habe, es war für ihn Grund genug, mir einen Revolver in den Rücken zu drücken. Nur weil ihm Tante Gladys im richtigen Moment ein Schlafmittel eingeflößt –«

»Und den hast du mit eigenen Augen gesehen?«, unterbrach er mich.

»Was?«

»Den Revolver.«

»Klar.«

Jasper runzelte die Stirn. »Aber du sagtest, er hat ihn dir in den Rücken gedrückt.«

»Trotzdem habe ich ihn gesehen.« Ich zögerte. »Na ja, streng genommen nicht. Aber ich habe ihn gespürt.« Mann, was sollte denn das? Waren wir hier bei Gericht?

Jasper schien irritiert. »Aber wie kannst du dir denn sicher sein, dass es ein Revolver war? Giles hätte doch nie zugelassen, dass jemand Waffen in den Ballsaal schmuggelt, Abby.«

»Aber –«

»Vielleicht war es … ein Flaschenhals. Oder DeWitts Fingerkuppen, die auf deinem Rücken lagen. Du musst schon zugeben, dass es sehr schräg klingt, wenn du die Waffe noch nicht mal gesehen hast.« Jasper hob die Schultern. »Aber wenn du DeWitt nicht magst, musst du dich ja nicht mit ihm anfreunden. Alles was ich weiß, ist, dass sein Assistent Blackwood ein kranker Mistkerl ist, der heute hoffentlich seinen Job verliert.«

Gerade als ich protestieren wollte, war Jasper schon halb aus der Tür in den Korridor getreten. »Ich muss mich umziehen. Halt mir einen guten Platz frei.«

Während Jasper die Treppen in sein Zimmer hinauflief, braute sich Wut in mir zusammen. DeWitt war falsch, zwielichtig, schleimig und noch dazu brutal. Einen Serienschurken wie DeWitt roch ich für gewöhnlich schon mehrere

Hundert Meter gegen den Wind (na ja, vielleicht nicht wortwörtlich, aber trotzdem). Warum ging das nicht in Jaspers Kopf?

Als DeWitt kurz darauf sein Sakko an die Stuhllehne hängte, vor seinem hübschen Porzellantellerchen Platz nahm und mir scheinheilig zunickte, hätte ich ihm am liebsten ins Gesicht gespuckt. Es reichte mir schon vollkommen, dieses Ekelpaket überhaupt zu sehen, doch dann begann er auch noch, eine Ansprache zu halten. Ich verspürte das dringende Bedürfnis, mir die Ohren zuzuhalten, so sehr graute es mir davor, seine schleimige, honigglatte Stimme zu hören.

Noch bevor Clarissa den Tee und den Kaffee eingegossen hatte, erhob er sich und klopfte mit seinem Teelöffel gegen seine Porzellantasse. Alle sahen zu ihm auf. »Verehrte Familie Ashworth, es ist klar, eigentlich gebührt Lady Ashworth heute Morgen das Wort, was die geplante Verlautbarung angeht.« Er zwinkerte zur Stirnseite des Tisches, wo die Lady eben eine Bohne auf ihrer Silbergabel aufspießte. »Aber ich möchte dennoch das schändliche Verhalten meines Assistenten Charles Blackwood zur Sprache bringen, der Ihrem Sohn Jasper eine schmerzhafte Wunde mit der Schaufel zugefügt hat. Es war ein bedauernswertes Versehen, so hat er mir versichert.«

Ich legte mein Besteck laut am Tellerrand ab. *Ein bedau-*

ernswertes Versehen? Das war ja wohl der Witz des Jahrhunderts! Das klang so, als hätte er mal eben einen Rosenstrauch eingepflanzt und Jasper dabei versehentlich an der Stirn erwischt. Aber er hatte eigentlich mich treffen wollen. Mich! Aber das schien hier niemanden zu interessieren.

DeWitt nahm wieder Platz und fuhr fort: »Nichtsdestotrotz habe ich beschlossen, Blackwood aus meinen Diensten zu entlassen. Er ist bereits auf dem Weg zurück zum Festland.« Er nippte an seinem Tee und spreizte dabei seinen kleinen Finger ab, was total lächerlich aussah. »Des Weiteren habe ich davon Abstand genommen, ihm ein Dienstzeugnis auszustellen. Als gerechte Strafe für seine schlechten Manieren.«

Blackwood und schlechte Manieren? Ich musste mich zusammenreißen, um nicht loszulachen. Jasper, der Milch aus der Packung trank, besaß schlechte Manieren. Aber Blackwood war ein Verbrecher.

»Entlassen also! Sehr gut. Bravo, DeWitt«, verkündete Lord Ashworth und biss genüsslich in ein gefülltes Croissant.

Auch wenn diese »Bestrafung« lächerlich war (selbst Mums Strafen waren drakonischer), atmete ich innerlich auf. Dass Blackwood die Insel verlassen hatte, war ein Erfolg. Oder zumindest ein Teilerfolg. Damit war eine große Gefahrenquelle aus der Serie verbannt worden und ins Serienfiguren-Nirwana geschickt worden. (Der Gedanke daran, was mit den Figuren nach ihrem »Ausstieg« geschah und was wohl auf der anderen Seite des Ärmelkanals auf sie wartete, bereitete mir Unbehagen und ich beschloss, nicht weiter darüber nachzudenken.) Blieb nur noch der Drahtzieher DeWitt. Aber der wiederum schien Experte darin zu sein, seine Weste immer schön reinzuhalten, indem er seine Schandtaten anderen in die Schuhe schob.

Lady Ashworth lächelte milde. »Machen Sie sich keine Sorgen, Mr DeWitt. Ich weiß ohnehin nicht, was mein Sohn in diesem Schuppen zu suchen hatte. Wenn Jasper sich nicht vom Ball weggestohlen hätte, wäre das niemals passiert. Und es geht ihm ja wieder gut, wie Sie sehen. Nur ein kleiner Kratzer. Es ist ja nicht so, als wäre eine Bluttransfusion vonnöten gewesen.«

Jasper lachte auf. »Ich hätte gerne gewusst, wie ihr auf dieser Insel an für mich passende Blutkonserven gekommen wärt. Menschen mit der seltensten Blutgruppe der Welt sollten besser nicht in der Einöde leben.«

»Wie aufregend, ein seltener Blutgruppenträger. Ist das wahr, Lady Ashworth?«, erkundigte sich DeWitt bemüht interessiert. Vermutlich interessierte ihn sogar der Dreck unter Lady Ashworths Fingernägeln (falls sie überhaupt welchen besaß).

»Das weiß ich doch nicht, Mr DeWitt.« Genervt schüttelte sie ihren blonden Haarschopf. Sicher merkte sie gerade, dass sie nicht mal Jaspers Geburtstag kannte. »Hören Sie nicht auf den Jungen. Er will nur versuchen, Mitleid zu erwecken. Dabei schert er sich selbst keinen Deut darum, was aus uns wird. Stellen Sie sich nur vor, was passiert wäre, wenn die Klatschpresse davon Wind bekommen hätte. Ich sehe die Schlagzeile schon vor mir: *Skandal! Sohn aus altehrwürdiger*

Adelsfamilie in Schlägerei verwickelt. Erst hat der Bengel das halbe Haus in Brand gesetzt, und nun das. Was habe ich nur falsch gemacht?«

»Du hättest in der Schwangerschaft nicht so viel trinken dürfen«, entfuhr es Jasper.

Das Prusten, das von Tante Gladys kam, und Julians schockiertes Aufschnappen schien niemand mitzubekommen. Alle Blicke richteten sich auf Lady Ashworth, die kreidebleich wurde. Tonlos hauchte sie »Auf dein Zimmer!« in Jaspers Richtung.

»Mit dem größten Vergnügen«, knurrte Jasper, schob den Stuhl zurück und biss im Gehen herzhaft in ein Scone, während ich zum ersten Mal tatsächlich Mitleid mit ihm empfand. Wie konnte Lady Ashworth ständig über ihren eigenen Sohn herziehen? Das war echt gemein. Was für eine Mutter war sie nur?

Ich musste mich einmischen. »Aber … es war alles meine Schuld, Lady Ashworth!«, rief ich. »Ich habe mich im Schuppen versteckt, weil der Ball mich … ähm … ganz furchtbar gelangweilt hat. So sind wir nun mal, wir Amerikaner, uns interessieren bloß Hollywood-Filme mit viel Krawall, nackter Haut und Action. Kultur überlassen wir lieber den Briten. Jasper ist mir gefolgt, um mich zu überreden, zurückzukommen.« Kaum jemand reagierte darauf, bloß Jasper lächelte mich traurig an.

»Wer's glaubt«, murmelte Julian mürrisch.

»Das ist die Wahrheit«, versicherte ich ihm. Zumindest fast – es war die Version, die für Serienfiguren freigegeben war. Dass ich in den Schuppen geflüchtet war, weil sich ein Sprung angekündigt hatte, ließ ich natürlich aus.

Julian reagierte nicht und rührte angestrengt in seiner Tasse Kaffee.

»Wie auch immer.« Lady Ashworth schnippte mit den Fingern, woraufhin Clarissa die Flügeltür zum Korridor öffnete. Giles und einige andere Figuren, die ich als Nebenrollen kannte, betraten den Raum. »Es gibt Neuigkeiten. Dazu habe ich auch Giles, Cooper und unser übriges Personal in den Frühstücksraum gebeten, um auch ihnen alles mitzuteilen. Denn wie schon angekündigt, wird sich hier bald einiges ändern.«

Gespannt richteten sich die Blicke des Personals auf sie.

»Vielleicht hat es der eine oder andere von Ihnen schon gestern erfahren: Lord Ashworth wird sich kurzfristig für das Amt des Bürgermeisters aufstellen lassen. Und wir alle werden ihm dabei helfen. Ich als seine rechte Hand. Giles und Clarissa bei diesem und jenem. Und Lily Bloom, unsere Buchhalterin, wird sich um die Finanzen kümmern.«

Mein Blick glitt auf eine hübsche Frau mit blondiertem hüftlangem Haar, Minirock und knalligem Lippenstift. Das war tatsächlich die Buchhalterin? Vermutlich besaß sie keine großen Qualifikationen, sondern hatte sich beim Lord für die Stelle eingeschleimt. Den grinste sie nämlich schon seit geraumer Zeit an. Tante Gladys hob die Krempe ihres Huts. »Du willst also tatsächlich Bürgermeister werden, Montgomery?« Sie warf Lord Ashworth einen entgeisterten Blick zu. »Warum denn das?«

Lord Ashworth stellte seine Teetasse ab. »Das habe ich mir selbst noch gar nicht so genau über–«

»Na, weil er bereits weitreichende politische Überlegungen zum Wohle der Insel angestellt hat, Gladys«, unterbrach ihn Lady Ashworth. »Misch dich nicht in Angelegenheiten ein, von denen du keine Ahnung hast. Und zudem ist der amtierende Bürgermeister Maurice Fillmore ein nichtsnutziger Betrüger, den es auszubremsen gilt. Als er noch unser Pferdezüchter war, hat er uns bestohlen, diese linke Bazille. Willst du so jemanden über die Isle of Roses regieren lassen, hm?«

Maurice Fillmore. Der Name sagte mir etwas. Ich erinnerte mich an einen Charakter mit diesem Namen – einen ehemaligen Jockey, den die Ashworths mit der Pferdezucht betraut hatten, bis es in einer Episode zu einem kolossalen Streit gekommen und Fillmore entlassen worden war. In der nächsten Folge hatte dann auch schon ein kerniger Schönling namens Cooper um den Job im Stall angeheuert und seither strotzte die Serie nur so vor Coopers nackter Haut. Fillmore hatte immer Flanellhemd und Steppweste getragen, das bescherte eben keine allzu guten Quoten.

»Geht das nicht alles etwas zu schnell, Mum? Die Wahl ist doch schon bald und wir haben gar keine Ahnung von Politik«, mischte sich Julian ein. Als er meinen Blick spürte, hob er kurz den Kopf, sah aber sofort wieder weg.

»Wir haben vielleicht keine Ahnung«, erklärte die Lady und deutete mit dem Löffel auf DeWitt. »Aber dafür haben wir ja Mr DeWitt. Als Vorstand eines Medienunternehmens kennt er sich bestens aus und hat exzellente Beziehungen. Aus diesem Grund habe ich ihn gestern zu unserem Medienberater ernannt. Seine Aufgabe wird es sein, Montgomery in der Öffentlichkeit ins rechte Licht zu rücken.«

DeWitt nickte selbstzufrieden und mir drängte sich ein Verdacht auf: Ihm kam die Kandidatur des Lords äußerst gelegen. Zumindest wenn er, und an dieser Vermutung hielt ich fest, immer noch die Nähe der mächtigsten Familie der Insel suchte. Mit seinem neuen Job als Lord Ashworths Medienberater konnte er sich nun unentbehrlich machen und war zudem dicht an den Ashworths dran.

Erhoffte er sich selbst etwas von Lord Ashworths Kandidatur oder dessen Karriere als Bürgermeister der Insel? Wollte sich DeWitt bloß wichtigmachen oder den Ashworths womöglich sogar Schaden zufügen?

Oder wollte er sich einfach etwas Kohle dazuverdienen? Ich vermutete insgeheim, dass er trotz seines Jobs als Vorstand eines Zeitungsunternehmens doch nicht ganz so wohlhabend war, wie er uns alle glauben ließ. Immerhin trug er Tag für Tag denselben Anzug.

»Die Medien?« Lord Ashworth schien alles andere als begeistert. »Muss ich dazu wirklich in die Medien?«

»Aber natürlich, Liebling.«

Der Lord brummte unwillig. »Ich weiß wirklich nicht, warum dir das so wichtig ist, wo du doch genau weißt, dass ich nicht gerne in der Öffentlichkeit stehe. Andererseits haben wir schon so viel gemeinsam durchgestanden und das Leben hält stets neue Prüfungen bereit.« Nachdenklich blickte er auf seinen Teller und mir wurde klar, warum der Lord die Lady nicht einfach sausen ließ. Auf irgendeine abgedrehte Art und Weise hatte er dieses aufbrausende Biest tatsächlich gern. »Jaspers Brandstiftung. Fillmore, der uns beklaut hat. Oder Du-weißt-schon-wer, der vor Jahren beinahe unsere Ehe zerstört hätte.«

»Wer war Du-weißt-schon-wer?«, erkundigte sich Julian und hörte plötzlich auf, in seinem Kaffee zu rühren.

Ich hatte den Eindruck, dass Lady Ashworth ihrem Mann unterm Tisch einen Tritt versetzte, jedenfalls zuckte er merklich zusammen. »Äh … niemand Wichtiges. Was ich sagen wollte, ist, dass dieser Wahlkampf eine weitere Prüfung wird. Eine Prüfung, die ich absolviere, um meine Ehe zu retten.«

»Mein Gott, Monty, jetzt spar dir die Theatralik und heb dir die großen Emotionen lieber für die Presse auf.« Lady Ashworth klatschte in die Hände und wandte sich wieder den Angestellten zu. »Denn ich habe für morgen eine große Pressekonferenz anberaumt, in der Lord Ashworth sich erstmals zu seiner Kandidatur äußern wird. Die Journalisten werden außerdem eine Homestory über uns machen.«

Morgen? Wie absurd war denn das? In Amerika liefen echte Wahlkämpfe über Monate, und hier in der Serie passierte wieder mal alles über Nacht. Ein untrügliches Zeichen dafür, wie unausgegoren das Drehbuch war. Realitätsbezug gleich null.

»Schon morgen?«, stöhnte Tante Gladys, die offenbar dasselbe dachte wie ich. Sie trommelte mit ihren langen dunkelroten Fingernägeln auf den Tisch.

Lady Ashworth nickte ernst. »In der Tat, morgen. Von dir, Gladys, erwarte ich, dass du bis dahin den Rasen und die Rosenbeete in Topzustand bringst. Für die Homestory muss Ashworth Park aussehen wie aus dem Märchenland, verstanden? Miss Barrington-Whitley kann dir dabei unter die Arme greifen.«

»Aber ich habe überhaupt keine Ahnung von Rosen«, protestierte ich. »Und außerdem muss ich davon ständig niesen.« Wieder einmal schien sich niemand dafür zu interessieren, was ich sagte. Noch schlimmer als die Gleichgültigkeit, die mir Lady Ashworth und DeWitt entgegenbrachten, fühlte sich allerdings Julians Ablehnung an. Als wir aufgegessen hatten, trug er sein Geschirr eigenhändig in die Küche (etwas, was er sonst nie tat), anstatt sitzen zu bleiben und mit mir zu plaudern. Dabei konnte ich sehen, dass er sein Frühstück bis auf wenige Bissen nicht angerührt hatte (was er sonst ebenfalls nie tat). Ich beschloss, heute noch ein klärendes Gespräch mit ihm zu führen.

Leider war es so gut wie unmöglich, ihn alleine zu erwischen. Ashworth Park stand kopf. Die überraschende Kandidatur des Lords hielt alles und jeden im Herrenhaus auf Trab. Das Musikzimmer, wo Tante Gladys einige ihrer empfindlichen Rosenstecklinge kultivierte, wurde kurzerhand zur Wahlkampfzentrale umfunktioniert und Tante Gladys' Pflanzen in den Keller verfrachtet. Gemeinsam mit DeWitt führte die Lady in ihrer neuen Wahlkampfzentrale ein straffes Regiment, kommandierte das Personal herum und traf Vorkehrungen für den morgigen Pressebesuch. Dazu war ein ganzes Team an Friseuren und Imageberatern (mir war nicht klar, was Letztere eigentlich taten, aber sie mussten wichtig sein, denn Lady Ashworth hatte gleich fünf davon engagiert) damit beschäftigt, Lord Ashworth optisch in einen Vorzeigepolitiker zu verwandeln – aalglatter Haarschnitt, Strahlelächeln und Gewichtsreduktionsprogramm inklusive.

Sogar Tante Gladys nahm ihre Aufgabe ernst. Den ganzen Nachmittag kümmerte sie sich darum, die Rosenbeete auf Vordermann zu bringen. Vielleicht war sie aber auch einfach nur froh, dem ganzen Wahnsinn zu entkommen.

»Homestory! Dass ich nicht lache!«, schimpfte sie und wischte sich die Hände an der Schürze ab. Selbst zum Gärtnern trug sie einen riesigen Hut, allerdings war dieses Modell aus Stroh. »Da können die Rosen an der Fassade noch so schön blühen. Taucht man unter die Oberfläche, schlägt einem eklige Fäulnis entgegen. Jeder halbwegs clevere Journalist erkennt zumindest auf den zweiten Blick, dass hier nur alles schöner Schein ist. Irgendwann wird es die Presse herausfinden und Ashworth Parks Image dem Erdboden gleichmachen.«

»Aber das wird die Lady nicht zulassen«, warf ich ein. Meine Aufgabe war es, eine unfassbar hässliche Rosengirlande um die Marmorsäulen zu wickeln, die sich links und rechts von der Freitreppe des Herrenhauses befanden.

»Nein. Eher lässt sie sich das ganze Botox aus der Stirn entfernen«, lachte Tante Gladys.

Eine Weile arbeiteten wir stumm nebeneinanderher, bis mir eine Idee kam. »Tante Gladys, weißt du noch, dass du mir gestern, als wir aus dem Schuppen gelaufen sind, etwas Wichtiges sagen wolltest?«

Tante Gladys sah auf. Sie wirkte plötzlich verärgert. Lag es daran, dass ich sie drängte? Es hatte zwar so geklungen, als wollte sie den Zeitpunkt für unser Gespräch selbst bestimmen, aber ich konnte mir keinen geeigneteren Moment vorstellen als jetzt. Bis auf zwei Gärtner, die in weiter Entfernung einen Buchsbaum rund schnitten, war niemand zu sehen. Wir waren alleine.

»Ja. In der Tat.« Sie räusperte sich. »Ich wollte sagen, dass du mir ganz dringend mal die Gartenkralle holen solltest. Unsere Möchtegern-First-Lady hat all meinen Kram aus dem Musikzimmer in den Keller verfrachtet und die hier ist schon ganz stumpf.«

»Aber –« Wie vom Donner gerührt starrte ich sie an. *Das* wollte sie mir sagen? Aber sie hatte doch gestern Abend unmöglich wissen können, dass ihre blöde Gartenkralle stumpf sein würde. Was war nur los mit ihr?

»Was ist? Los, mach schon. Ich habe nicht ewig Zeit!«, befahl sie mir schroff und ganz ohne zuckersüße Spitznamen.

Na schön. Dann also nicht. Ich nickte widerwillig und ließ mir erklären, wo sich die Gartenutensilien befanden.

Doch als ich schließlich im Keller angelangt war, wurde ich zunehmend unsicherer. Wie sollte ich mich hier bloß zurechtfinden? Der Keller des Herrenhauses war beunruhigend dunkel, was daran lag, dass es nirgendwo ein Fenster gab und ich auch keinen Lichtschalter fand. Nur die Tatsache, dass es, nach Seriengesetz, in Ashworth Park nie stockdunkel wurde, ließ mich zumindest erahnen, was vor mir lag: ein Labyrinth aus Gängen, Ausbuchtungen und Gewölberäumen, in denen, verstaut in Kisten, alles lagerte, was die Seriengeschichte so hergab. Alte Ölgemälde, Truhen, Reitutensilien, Bücher, Kinderklamotten, Hochprozentiges. Das Ausmaß des Kellers verschlug mir die Sprache, zumal ich ein minimalistisches New Yorker Kellerabteil gewohnt war, in dem es a) immer kalt und nass war und b) man aufpassen musste, nicht von Christbaumdekoration erschlagen zu werden, wenn man an den Reisekoffer gelangen wollte.

Als ich mich umsah, kam mir ein schauriger Gedanke. Was, wenn irgendwo hier unten eine Leiche versteckt war? Womöglich würde ich sie jeden Moment finden, zum Beispiel, indem ich darüberstolperte. Wäre das nicht ein idealer Cliffhanger?

Ich erschauderte, doch dann versuchte ich, mich zusammenzureißen. Wo steckte Tante Gladys' Gartenkralle?

In einem besonders feuchten Raum entdeckte ich schließlich einige der Pflänzchen, die bereits halb tot aussahen. (Das hatte Lady Ashworth bestimmt mit Absicht gemacht. Pflanzenmörderin!) Dahinter stapelten sich mehrere Umzugskartons.

Ich sah mir einen davon genauer an. Darin befand sich leider nicht der Gartenkram, sondern bloß ein Haufen halb verschimmelter Fotos. Gerade als ich ihn schon enttäuscht zuklappen wollte, stach mir eins davon ins Auge und ich griff danach, um es mir anzuschauen.

Es war ein Foto von Tante Gladys in bräunlicher Sepia,

schätzungsweise aus den Siebzigern. Darauf war sie vielleicht Anfang zwanzig und trug ein leichtes Sommerkleid, aber ich erkannte sie sofort. An ihrer Seite stand ein Mann, den ich nicht kannte. Er hatte den Arm um sie gelegt und lächelte sie verliebt an. Doch das war nicht das Außergewöhnliche an diesem Foto. Es war der Hintergrund.

Die beiden standen vor dem Eiffelturm.

7

Der Eiffelturm!

Der sich bekanntermaßen in Paris befand. Und nicht in Ashworth Park. Oder in Rosington. Oder auf der Isle of Roses.

Um den Eiffelturm zu besichtigen oder sich davor fotografieren zu lassen, musste man zwangsläufig nach Paris. Und davor musste man die Isle of Roses verlassen.

Das war prinzipiell möglich, siehe Blackwood, der heute Morgen mit der Fähre zum Festland übergesetzt hatte. Aber wer einmal die Serie verlassen hatte, der kam nicht mehr zurück. Ein Abschied von Ashworth Park war bis jetzt immer endgültig gewesen. Und was die Kernfamilie betraf, so hatte es überhaupt noch nie einen derartigen Abschied gegeben. Warum hatte also Tante Gladys nach Paris reisen und wieder zurückkehren können?

Ich sah mir das Foto etwas genauer an. War es vielleicht eine Fotomontage? Womöglich handelte es sich gar nicht um den echten Eiffelturm, sondern um einen Trick? Aber wie hätte Tante Gladys das anstellen sollen – und vor allem, aus welchem Grund?

»Herrje, meine Rosenpflänzchen! Guck dir das nur mal an, Marzipanschweinchen. Die sind halb tot. Das wird mir diese geliftete Schreckschraube büßen.«

Erschrocken fuhr ich herum und steckte das Bild zurück in den Karton. Nur wenige Meter von mir entfernt inspizierte Tante Gladys soeben mit einer Taschenlampe das Gewächs vor sich.

»Tante Gladys! Du hast mich aber erschreckt.«

»Du hast so lange gebraucht, da wollte ich nach dir sehen.« Sie griff in einen der Kartons links von ihr und förderte die Gartenkralle zutage. »Ach, da ist das Ding ja. Los, mein Schokomuffin, wir müssen weitermachen. Wir wollen doch den Tag nicht hier im Keller verbringen.«

Während ich Tante Gladys nach oben folgte, dachte ich angestrengt nach. Anstelle einer Frage hatte ich nun gleich zwei. Es interessierte mich brennend, was es mit dem Foto auf sich hatte, aber Tante Gladys darauf anzusprechen, wäre wohl keine so clevere Idee gewesen. Sie nach dem Foto zu fragen, hätte gleichzeitig bedeutet, dass ich von Seriengesetzen wusste, welche die Flucht von Ashworth Park verhinderten – wovon wiederum die Seriendarsteller nichts ahnten.

Ganz schön kompliziert, die Sache.

Es musste einen anderen Weg geben, um herauszufinden, was Tante Gladys wusste. Sobald der nächste Cliffhanger eintrat, musste ich unbedingt Deborah danach fragen, bestimmt hatte sie eine zündende Idee.

Blöd nur, dass der Cliffhanger auf sich warten ließ. Wäre ich Drehbuchautor, hätte ich den Höhepunkt der Spannung auf den Abend verlegt. Das Abendessen war bei den Ashworths immer ein Garant für Katastrophen, aber davon war heute nichts zu spüren. Das gesamte Dinner verlief geradezu friedlich. Die DeWitts waren ausnahmsweise nicht da und Lady Ashworth schwafelte über die Blumendekoration für die Homestory morgen, während Julian ihr zuhörte, ab und an Fragen stellte und höflich nickte. Er beachtete mich nach wie vor nicht und aß immer noch kaum.

Jasper indes hatte gute Laune. Er plauderte mit Tante Gladys, während mir die Frage durch den Kopf schoss, wie viele öde Dinnergesellschaften ich wohl noch überstehen musste, bis ich von meinem Ashworth-Park-Fluch erlöst wurde. Falls es noch lange dauern würde, würde ich mich irgendwann noch in die wohlerzogenste Internatsschnalle zwischen hier und Oxford verwandeln und jede Benimmregel auswendig herunterbeten können. Schon jetzt hatte sich meine Besteckführung deutlich verbessert. Und seit ich mir nur mehr die Mundwinkel abtupfte, sah meine Stoffserviette nach dem Essen auch nicht mehr so ekelig aus, als hätte ich damit den Boden von *Benny's Donuts* aufgewischt. Und das, obwohl es nie meine Absicht gewesen war, Etikette zu lernen.

Als schließlich der Hauptgang aufgetragen wurde, überlegte ich fieberhaft, ob es noch eine Chance für mich gab, Ashworth Park für immer den Rücken zu kehren. Es musste einfach einen Weg geben, die Serie zum Ende zu bringen. Ich war doch Miss Troubleshoot, verdammt! Aber bei der Kummerkastenpost hatte es natürlich nie einen Brief gegeben, in dem jemand gefragt hatte, wie man aus einer grottenschlechten Seifenoper entkommen konnte. Und wenn doch, hätte ich ihn weggeworfen und über den blöden Scherz gelacht.

Nach einer Weile fiel mein Blick auf Clarissa. Ich bemerkte, dass sie während des Auftragens des Hauptgangs immer wieder innehielt. Vielleicht war sie der Schlüssel? Auch wenn es mit Julian nicht geklappt hatte, war der Ansatz, Ashworth Parks hauseigener Cinderella zu ihrem Glück zu verhelfen, möglicherweise gar nicht so verkehrt gewesen.

Plötzlich kam mir ein Gedanke. Jedes Mädchen auf der gesamten Insel (mal abgesehen von mir) war in Julian verliebt. Es musste einen triftigen Grund geben, warum Cinderella dem Charme des Prinzen nicht erlegen war. Und dann fiel es mir mit einem Mal wie Schuppen von den Augen: Womöglich war Clarissa heimlich in jemand anders verliebt!

Der Gedanke ließ mich nicht mehr los. Ich dachte daran, als Tante Gladys sich darüber mokierte, dass es zum Nachtisch nur eine Handvoll Apfelstücke gab, weil Lady Ashworth Kalorien sparen wollte. Ich wälzte den Gedanken weiter, als die Lady entgegnete, Tante Gladys könne auch gut und gerne mal eine Diät vertragen. Und ich war mir schließlich sicher, als Clarissa beim Abservieren immer wieder verträumt auf einen imaginären Punkt in der Luft starrte. Wer zum Geier war ihr Auserwählter?

Ich musste mit ihr reden. Wenn ich erfuhr, wer es war, konnte ich nach dem Rücksprung schleunigst Deborah und

Morgan zu Rate ziehen und Clarissa helfen. Und mich damit für immer aus Ashworth Park befreien.

Nach dem Dinner wartete ich in meinem Zimmer, bis Tante Gladys endlich zu Bett gegangen war. Danach schlüpfte ich in meine Jeansjacke und schlich mich durch den Korridor bis zur Wendeltreppe, die nach unten in den Hof führte. Clarissas Zimmer befand sich im Pförtnerhaus, weit entfernt von Tante Gladys' Räumen. Ich musste also durch den Hof, am steinernen Brunnen vorbei, entlang der Stallungen bis vorne zu den Schlossmauern laufen.

Diese merkwürdige Sache mit den undefinierbaren Lichtquellen sorgte dafür, dass es hier zumindest nicht stockdunkel war. Ich folgte also dem Kiesweg in Richtung des Pförtnerhauses, als ich plötzlich schnelle knirschende Schritte etwas links von mir vernahm. Mist! Gesellschaft konnte ich eigentlich nicht gebrauchen.

Ich blieb stehen und sah mich angestrengt um. Hoffentlich war es nicht Lady Ashworth, die so spät abends noch durch die Parkanlagen wanderte. Seit Jasper in einer Folge nachts heimlich nach Rosington ausgebüxt war, überkam sie hie und da ein spontaner Kontrollanfall. Davon abgesehen stahl sie sich allerdings auch ganz gerne mal eine Flasche Scotch aus dem Vorrat des Pförtners, wenn ihr eigener alle war.

Instinktiv versteckte ich mich hinter einer der sauber getrimmten Buchshecken, die den Kiesweg säumten und versuchte, keinen Mucks zu machen. Wenn die Lady mich dabei erwischte, wie ich nachts zu Clarissa schlich, konnte ich mich auf eine Standpauke gefasst machen. Sie fand Freundschaften zwischen Bewohnern und dem Hauspersonal nicht vertretbar.

Die Schritte kamen näher und nach einer Weile formten sich die schwarzen Umrisse zu einer menschlichen Silhouette. Erleichtert atmete ich aus. Es war nur Giles, der in seiner schwarzweißen Butlerkluft durch den Schein einer Parklaterne lief. In seiner Hand trug er eine Gießkanne. Wenn der Gärtner nicht da war, war es nämlich Giles' Aufgabe, die Kletterrosen zu gießen, die die Sprinkleranlage nicht erreichte, weil sie sich entlang der Schlossmauer erstreckten. Den Abschluss der Kletterrosenbeete bildete eins dieser superprotzigen Schlosstore mit zwei Statuen rechts und links (Aphrodite und Zeus), die von ihren steinernen Sockeln auf jeden Besucher herabblickten. Unter ihren Blicken fühlte man sich gleich wie ein unbedeutendes Nichts.

Nachdem Giles an mir vorbeigegangen war, wartete ich sicherheitshalber einen Moment. Wenn er mich nach Mitternacht hier draußen entdeckte, würde Lady Ashworth sicherlich davon Wind bekommen. Und bestimmt fielen ihr Dutzende Motive ein, warum ich nachts im Park herumschlich. Diebstahl, Vandalismus, eine heimliche Affäre mit einem Bediensteten … Als Tante Gladys' Nichte floss ihrer Ansicht nach ohnehin schon das Blut des Teufels in meinen Adern.

Inzwischen war Giles vor dem Schlosstor stehen geblieben und zückte seinen Schlüsselbund, als sich von der anderen Seite der Schlossmauer ein knatterndes Motorengeräusch näherte. Ein Fahrzeug hielt direkt vor dem Tor und ein heller Scheinwerfer leuchtete Giles direkt ins Gesicht. Ich konnte die Schemen eines alten Motorrads ausmachen.

Der Motor erstarb, dann erlosch der Scheinwerfer. Nun lag der Park wieder im Dunkeln. Wer kam denn nach Mitternacht noch zu Besuch? Neugierig reckte ich den Hals und erwartete fast, dass es sich um DeWitt handelte, der wegen des Pressetermins morgen vorbeischneite. Doch diesmal lag ich falsch. Im Licht der Parklaterne entdeckte ich einen hochgewachsenen Kerl mit langen Koteletten, der mir äußerst bekannt vorkam.

Blackwood. Ach du Scheiße. Ich schluckte und presste mich panisch an die piksende Buchshecke. Was war denn hier los? Ich hatte gedacht, Abraham Lincoln hätte heute Morgen die Insel verlassen. Jede Faser meines Körpers spannte sich an und ich begann plötzlich zu schlottern. Entweder lag es an meiner Panik oder es war binnen Sekunden erstaunlich kalt geworden.

Während ich ins feuchte Gras sank und dort sitzen blieb, fiel mein Blick auf eine kahle Stelle in der Hecke, durch die ich gefahrlos hindurchspähen konnte, ohne gesehen zu werden. Wenn ich mich anstrengte, konnte ich sogar verstehen, was sie sprachen.

»Suchen Sie Mr DeWitt? Ich fürchte, der war heute Abend gar nicht hier, Mr Blackwood«, versuchte Giles Blackwood abzuwimmeln und machte Anstalten, das Tor vor dessen Nase zu schließen. »Ich nehme an, Sie finden den Weg zum Cottage selbst?«

»Ich weiß, dass das Cottage nur einen Katzenwurf entfernt ist.« Ungefragt schlüpfte Blackwood durch das Tor und tippte Giles mit dem Zeigefinger auf die Brust. »Ich bin hier, um mit dir mal so richtig Achilles zu reden, mein Lieber.«

Oh Mann. Am liebsten hätte *ich* mit Blackwood mal richtig Tacheles geredet und ihm nahegelegt, sich endlich ein Sprichwörterbuch anzuschaffen. Das war ja nicht mehr auszuhalten.

»Entschuldigen Sie bitte, Sir«, entgegnete Giles. Nicht einmal vor Blackwood verzichtete er auf seine Manieren. »Was auch immer Sie von mir wollen, lassen Sie uns das morgen früh in aller Ruhe klären. Und jetzt nehmen Sie Ihren Finger von meiner Brust, wenn ich bitten darf.«

»Hör auf, mir Honig um die Nase zu pinseln, du Lackaffe!« Blackwood griff in seine Tasche, zog ein Bündel Geldscheine heraus und wedelte damit vor Giles' Gesicht herum. »Ich möchte mich mit dir über die Familie Ashworth unterhalten. Bestimmt haben sie ein paar Geheimnisse, von denen du mir erzählen kannst. Für jede Information werde ich dich äußerst christlich entlohnen.«

Giles runzelte die Stirn und machte einen Schritt zurück. »Sir, ich habe wirklich keine Ahnung, was Sie von mir wollen. Sie verwirren mich.«

Blackwood machte erneut einen Schritt auf ihn zu. »Du gehst mir auf die Palme, Butler! Denk nach! Ich meine Familiengeheimnisse. Schulden. Liebschaften. Eine eingemauerte Leiche im Keller. Alles, was die Ashworths hinter dieser perfekten Schlossfassade vor der Öffentlichkeit verstecken.« Er hielt Giles die Geldscheine direkt unter die Nase.

»Ich will Ihr Geld nicht.« Giles schien entrüstet. »Denken Sie, ich wäre bestechlich? Worum geht es Ihnen, Blackwood? Wollen Sie in schmutziger Wäsche wühlen und die Informationen an die Presse verkaufen?«

Ich hielt die Luft an und schüttelte möglichst leise die Ameisen ab, die über meine Beine krabbelten. Plötzlich passte eins zum anderen. DeWitt war als Lord Ashworths neuer Medienberater für die große Wahl eingestellt worden. Aber er hatte gewiss nicht vor, das Image des Lords aufzupolieren. Das genaue Gegenteil war der Fall – offenbar plante er mit Blackwoods Hilfe, den Lord öffentlich bloßzustellen. Wer weiß, vielleicht war die gesamte Kandidatur DeWitts Idee gewesen? Er musste gewusst haben, dass die Lady sofort Feuer und Flamme sein würde.

»Du bewegst dich auf seidenem Faden, Pinguin. Es muss doch irgendwelche schmutzigen Geheimnisse geben.«

»Mr Blackwood … wenn ich es Ihnen sage, es gibt tatsächlich nichts, was die Ashworths verbergen. Warum fragen Sie nicht ein Mitglied aus der Familie? Zum Beispiel die verehrte Lady. Oder Lord Julian.«

»Julian?« Blackwood lachte sein kehliges Lachen. »Lydia hat schon versucht, ihn zu bezirzen und ihm Informationen zu entlocken. Aber dann hat ihr dieser Stallbursche den Hals verdreht und sie hat es vorgezogen, mit ihm herumzuturteln.«

Langsam wurde Giles verzweifelt. »Und wennschon! Mr

Blackwood, Ihre Bemühungen sind völlig umsonst. Die Ashworths sind eine glückliche Familie.«

Ich schnaubte innerlich. Ja, sicher. Deshalb gingen sie sich auch stündlich an die Gurgel. Schmutzige Wäsche gab es bei den Ashworths eine Menge, dessen war ich mir sicher. Aber der gute Giles war zu loyal, um Geheimnisse zu erzählen.

»Zieh dich nicht aus der Atmosphäre!« Blackwoods Ton wurde rauer. Er grunzte, steckte das Geld weg und zog stattdessen einen silbernen Revolver aus seinem Hosenbund. Es war derselbe, den ich beim Reitturnier an ihm gesehen hatte. »Ich habe noch einen Triumph im Ärmel. Wollen wir doch mal sehen, ob dich das ein wenig gesprächiger macht. Oder dich für immer zum Schweigen bringt.«

Mit pochendem Herzen beobachtete ich die Szene, die sich vor meinen Augen abspielte. Alles, nur das nicht. Bitte kein Mordfall! Wäre es nicht Giles gewesen, sondern Julian, wäre ich relativ beruhigt gewesen. Hauptcharaktere starben nie. Nebencharaktere hingegen segneten schon ab und an das Zeitliche, das war in beinahe jeder Serie gleich. Mist!

Ich musste etwas tun.

Ohne groß nachzudenken, krabbelte ich aus meinem Versteck und stellte mich gut sichtbar auf den Kiesweg. »Nein!«, schrie ich. »Tun Sie es nicht, Blackwood! Wenn Sie Giles erschießen, bekommen Sie erst recht keine Informationen. Nur ein Verfahren wegen Mordes.«

Blackwood ließ irritiert den Revolver sinken, blinzelte und richtete seinen Blick auf mich. Dann, bevor ich reagieren konnte, rannte er mit großen Schritten auf mich zu und packte mich am Kragen meiner Jeansjacke. Grob zerrte er mich bis zum Schlosstor. »Wir haben offensichtlich eine Zuhörerin. Du gehst mir gewaltig auf den Strich, Mädchen!« Er packte mich von hinten am Hals und hielt mir die Waffe an die Schläfe. Dann wandte er sich wieder an Giles. »Vielleicht kann ich dich ja auf diese Weise aus der Konserve locken, Giles. Hast du mir jetzt etwas zu sagen?«

Das Herz schlug mir plötzlich bis zum Hals, während ich den Lauf des Revolvers auf meiner Haut spürte. Der Gedanke von vorhin schoss mir wieder durch den Kopf. War ich in der Serie eigentlich eine Haupt- oder eine Nebenfigur? Was würde passieren, wenn Blackwood tatsächlich abdrückte?

Warum zur Hölle hatte ich nicht bedacht, dass es nicht länger Giles, sondern mir an den Kragen gehen würde, sobald ich mich zu erkennen gab? Hatte ich angenommen, dass sich Mut und Tapferkeit in Serien stets bezahlt machte?

Giles wischte sich über seine faltige Stirn. Durch das viele Rauchen sah er ohnehin viel älter aus, als er tatsächlich war, und nun wirkte er beinahe wie ein Greis. »Ich sagte doch schon … niemand hat … ein Geheimnis«, stotterte er. »Nun ja, bis auf Lily Bloom vielleicht.«

»Wer ist Lily Bloom?« Blackwood starrte ihn herausfordernd an.

Giles seufzte. »Lord Ashworths Buchhalterin hat früher als Nachtclubtänzerin gearbeitet«, brachte Giles hervor. Seine Augen glänzten, fast, als wäre er vor lauter Verzweiflung den Tränen nahe. »Aber das weiß bereits die ganze Insel. Oder zumindest alle Herren. Aber das ist wirklich alles, ich schwöre es. Bitte tun Sie Miss Barrington-Whitley nichts an. Ich flehe Sie an!«

»Schon gut, jetzt heulen Sie nicht rum wie ein Schoßhund.« Blackwood ließ die Waffe sinken und verpasste mir einen festen Stoß. Ich verlor das Gleichgewicht, stolperte und landete neben der Mauer im Gebüsch. Aua! »Ich erschieße das Mädchen nicht. Bei der dummen Göre ist ohnehin schon Hoffnung und Schmalz verloren. Aber ich werde zumindest dafür sorgen, dass Sie morgen mächtig Ärger bekommen, Sie dämlicher Pinguin.«

Ich wagte nicht, mich zu bewegen, obwohl die Sträucher meine Arme zerkratzten. Froh darüber, dass DeWitts Handlanger sich mit dieser lächerlichen Information zufriedengab und wir offenbar mit einem Schrecken davonkamen, sah ich zu, wie Blackwood einige Schritte auf das Tor zuging. Plötzlich hallte ein lauter Knall durch den Park und der steinerne Kopf der linken Steinfigur zerbarst in tausend Stücke.

Fassungslos rappelte ich mich auf und starrte auf die enthauptete steinerne Aphrodite. War Blackwood total irre? Doch bevor ich überlegen konnte, was Lady Ashworth dazu sagen würde, spürte ich ein unangenehmes Kribbeln auf der Haut. Ich sah auf meine Beine, doch diesmal waren es keine Ameisen, die an mir hochkrabbelten.

Natürlich, der Cliffhanger. Welche Stelle wäre dafür besser geeignet? Bis zu meinem Sprung würde es nur noch Sekunden dauern.

»Ich würde euch beiden raten, über unser Treffen keine

Wörter zu verlieren«, erklärte Blackwood zum Abschluss. Vor seinen Füßen lag ein großer, deformierter Steinbrocken. Aphrodites Kopf – oder vielmehr das, was davon übrig war. Er versetzte ihm einen festen Tritt mit dem Fuß und grinste dabei wie ein Verrückter. »Denn sonst geht es euch wie der armen Aphrodite.«

8

Als wäre der Rücksprung in meine Welt mit all dem Kopfweh nicht schon schlimm genug, landete ich auch noch mit dem Hintern ausgerechnet in den Primeln von Trevors Mum. Und dabei hatte ich noch Glück, denn im Blumenbeet daneben wuchsen mindestens fünfzehn Kakteen. Ich richtete mich auf, klopfte mir die Blumenerde vom Kleid und sah mich um.

Ein Glück, ich war zurück in New York, Parallelwelten entfernt von diesem gestörten Blackwood! Der Schreck steckte mir immer noch in den Knochen, während ich auf die Terrasse unter mir blickte. Inzwischen war die Sonne untergegangen. Trevors Party war noch in vollem Gange, auch wenn sich inzwischen kaum noch Menschen auf der Terrasse aufhielten. Obwohl es beinahe Juni war, war es draußen ganz schön kalt geworden.

Wie auch immer, ich musste sofort von hier verschwinden, Deborah suchen und ihr davon erzählen, dass alle Versuche, ein Happy End zu erzeugen, vergebens gewesen waren und mich die Serie immer noch gefangen hielt. Wir brauchten einen neuen Plan. Und zwar dringend.

Ich kletterte über die Absperrung nach unten und zwängte mich an ein paar Rauchern vorbei durch die Terrassentür. Die Musik war inzwischen unerträglich laut, der Boden klebte und ein paar Mädchen aus der Klasse über mir tanzten ausgelassen auf dem Tisch. Als ich mich mühsam in Richtung des Aufzugs vorkämpfte, vibrierte mein Handy.

Es war Deborah. »Es ist schon wieder passiert, Abby!«, rief sie.

»Was du nicht sagst, du Genie. Bist du noch in der Lobby?«

»Ich bin längst nach Hause gefahren, um Ashworth Park zu schauen. Komm sofort nach Hause. Oder warte, wir treffen uns besser bei *Benny's Donuts*.«

»Okay. Bin gleich da«, antwortete ich und legte auf. Ich beschloss, darauf zu verzichten, mich von Trevor zu verabschieden. Bestimmt würde er seltsame Fragen stellen, wenn ihm auffiel, dass ich die Klamotten gewechselt und nun in Tante Gladys' maßgeschneidertem schwarzen Klosterfrauen-/Schulmädchen-Tageskleid steckte. Zum Glück konnte ich ihn ohnehin nirgends entdecken. Schnell schlüpfte ich in den Aufzug, fuhr hinunter in die Lobby und nahm den kürzestmöglichen Weg nach Brooklyn, zu unserem Lieblings-Donutladen.

Dort waren Deborah und Morgan bereits über Cola, Chai-Tee und einem ganzen Stapel Donuts in eine hitzige Diskussion vertieft. Hatte Deborah sie angerufen und ihr erzählt, dass mich der Ashworth-Park-Fluch schon wieder eingeholt hatte? Zumindest schien sie wegen der Party nicht mehr sauer auf mich zu sein. Ein handfester Streit mit meiner besten Freundin war das Letzte, was ich jetzt gebrauchen konnte.

Ich kaufte mir eine Limonade und setzte mich zu den beiden.

»Morgan, jetzt denk doch mal nach! Julian kann nicht der Schlüssel sein, um Abby von dem Fluch zu befreien«, behauptete Deborah und klopfte energisch mit der Hand auf die Tischplatte. »Die Idee mit dem Happy End ist zwar ein guter Ansatz, aber Julian alleine glücklich zu machen, mit welchem Mädchen auch immer, löst nicht das übrige Chaos, das sich die Serie jeden Tag aufs Neue ausdenkt.«

»Aber warum verfolgen wir nicht die einzige Spur, die wir haben?«, beharrte Morgan. »Es *muss* für Julian ein Happy End geben. Und wenn das Mädchen seiner Träume nicht Clarissa ist, muss es jemand anders sein.«

»Und wer?«, brummte Deborah.

Morgan sah mich an. »Julian ist immer noch in Abby verliebt. Am Frühstückstisch hat er wie ein ausgesetztes Hündchen geguckt, weder gegessen noch getrunken und in seiner Kaffeetasse die Milch zu Butter gerührt.«

Deborah knirschte mit den Zähnen. »Aber das muss ja nicht an Abby liegen. Vielleicht hat er einfach schlecht geschlafen, weil er wieder mal eine ganze Nacht lang mit einem Gedicht beschäftigt war.«

»Doch. Julian hat Liebeskummer, das merkt jeder, der die Serie halbwegs kennt.« Morgan seufzte. »Deborah, vielleicht ist tatsächlich Abby der Schlüssel zu einem Happy End. Womöglich muss sie Julians Freundin werden, um sich selbst von dem Fluch zu erlösen.«

»Aber –«, protestierte ich, doch keine der beiden hörte mir zu. Deborah und Morgan benahmen sich, als würden sie meinen zukünftigen Bräutigam auswählen und sich nicht die Bohne dafür interessieren, was ich dazu überhaupt zu sagen hatte. Haarsträubend war das.

»Aber das ist ein Paradoxon!«, übertönte mich Deborah.

»Ein *was*?«, fragte Morgan.

»Na, eine Aussage, die scheinbar oder tatsächlich einen unauflösbaren Widerspruch enthält. Abby muss freiwillig in der Serie bleiben, um nicht mehr in die Serie gebeamt zu werden. Das ist surreal.«

»Und außerdem … kompletter Quatsch«, murmelte ich und starrte auf meinen Donut. Leider war es nur ein klassischer Schokodonut und nicht meine Lieblingssorte mit der blauen Zuckerglasur. Crazy Fred war heute nicht im Laden und deswegen gab es nur die normalen Sorten. »Julian kann mich ganz gut leiden, pardon, *konnte* mich gut leiden, aber er ist bestimmt nicht mehr in mich verliebt. Ihr wisst doch selbst, dass er sich ständig neu verliebt. Somit kann ich gar nicht der Schlüssel zu einem Happy End sein.«

Morgan riss die Augen auf. »Du liegst so was von falsch. Wegen Jaspers Ausflug nach New York haben wir überhaupt noch nicht darüber geredet, was in der vorletzten Folge zwischen Clarissa und Julian passiert ist. Julian hat die ganze Zeit über nur von dir geredet!«

Ich sah auf. »Ist das wahr?«

Morgan nickte eifrig, während Deborah schnaubte. »Ich habe wirklich keine Ahnung, was Julian an dir toll findet. Du hast so viele miserable Eigenschaften. Lässt deine Teller in der Spüle stehen, bis sie stinken. Vergisst, die Klopapierrolle zu wechseln. Brichst drei Packungen Orangensaft an, anstatt eine davon auszutrinken. Wenn du krank bist, liegen deine verschmutzten Taschentücher überall herum und –«

»Mein Gott, geht's vielleicht noch etwas lauter?«, unterbrach ich sie. Das musste ja nicht gleich jeder mitbekommen, wir waren schließlich nicht allein hier im Laden.

»Ungeachtet deiner fehlenden Manieren versuche ich gerade, Morgan zu erklären, dass wir vielleicht am falschen Ende nach dem Happy End gefahndet haben. Wir sollten uns lieber um DeWitt und Blackwood kümmern. DeWitt plant, an geheime Informationen über die Ashworths zu kommen, um sie im Wahlkampf gegen den Lord verwenden zu können.« Sie nickte wie eine Detektivin, die gerade ihren Meisterfall gelöst hatte. »Bin ich nicht genial?«

»Also, entschuldige mal bitte! Wenn ich mich nicht unter Einsatz meines Lebens vor Blackwoods Kanone hätte zerren lassen, würden wir immer noch im Dunkeln tappen. Ich hätte dabei draufgehen können.«

»Noch ein Grund, weshalb du dich besser von DeWitt fernhalten solltest«, schärfte mir Deborah ein. Sie nahm einen Schluck von ihrem Chai-Tee und verzog das Gesicht. »Mist, schon kalt … Also, wir sollten beobachten, welche Schritte er als Nächstes macht, und ihn dann überführen. Verstanden?«

»Wir haben allerdings noch ein anderes Problem«, warf ich ein. »Und zwar Mum. Wie lange schaffen wir es noch, sie jeden Abend von der Mattscheibe fernzuhalten, bis sie merkt, dass wir eine … na ja, kosmische Unregelmäßigkeit vor ihr verbergen?«

Deborah überlegte. »Darüber habe ich mir auch schon Gedanken gemacht. Als sie vorhin von ihrer Schicht im Deli nach Hause gekommen ist, hatte ich schon befürchtet, dass sie sich gleich aufs Sofa schmeißen wird, um Ashworth Park zu gucken.«

Ich hielt die Luft an. »Und? Hat sie?«

»Merkwürdigerweise nicht.« Deborah schnaubte. »Sie hatte überhaupt keine Zeit für Ashworth Park. Jammerschade.«

»Jammerschade?« Morgan verstand nicht ganz. Ich ebenso nicht.

»Na klar! Weil ich bereits davor eine preisverdächtige Ausrede entworfen hatte, um sie von der Glotze fernzuhalten. Ich wollte ihr erzählen, ich hätte Fieber, weil ich mich kürzlich in der Schulkantine mit Shigellen infiziert hätte und nun unter einer seltenen Form der nordafrikanischen Bakterienruhr leide. Sie hätte bis nach Queens fahren müssen, um mir die richtigen Antibiotika zu bringen. Und wenn sie endlich zurückgekommen wäre, hätte ich mir vor ihren Augen ein blaues M&M eingeworfen und ihr von einer spontanen Heilung erzählt. Zu schade, dass ich meine Genialität nicht unter Beweis stellen konnte.«

Ich gab es nur äußerst ungerne zu, aber was kreative Ausreden anging, machte meiner Schwester niemand etwas vor.

»Aber das war wie gesagt gar nicht nötig. Nachdem du losgelaufen bist, um Jasper von der Party zu holen, kam sie bloß kurz nach Hause, hat sich umgezogen und ist wieder verduftet. Sie meinte, sie sei zum Abendessen in einem Laden namens *Francesco's* verabredet. Muss wohl irgendein italienisches Lokal sein.«

»Sie wollte allein zum Italiener?«, überlegte ich und runzelte die Stirn.

Deborah zuckte mit den Schultern.

»Seid ihr schon mal auf die Idee gekommen, dass eure Mum ein Date haben könnte?«, meinte Morgan. »Ich war zwar noch nie dort, aber *Francesco's* ist der romantischste Laden in ganz Brooklyn. Meine Eltern haben sich dort verlobt. Und sich später dort getrennt. Und dann wieder verlobt. Dort gibt es ganz viele Ecken, wo man unbemerkt knutschen kann. Vorausgesetzt, man bestellt sich vorher nicht die Knoblauchspaghetti.«

Verwirrt sah ich Deborah an und biss dabei in meinen Donut. Ich fühlte mich mit einem Schlag todmüde, so als hätte jemand den Stecker gezogen. Vielleicht half mir der Zucker dabei, wach zu bleiben. »Ein Date? Aber warum sollte sie uns nichts davon erzählen?«

Morgan spielte mit einer ihrer pinken Strähnen. »Vielleicht ist es jemand, den ihr kennt. Zum Bespiel einer unserer Lehrer. Vielleicht ist es ... Mr Clifford!«

»Mr Clifford?«, echote ich. Mein Mathelehrer? Der Mum schon Dutzende Male zum Elternsprechtag eingeladen und sich darüber beschwert hatte, dass er eher einem minderbemitteltem Pavian die Prozentrechnung beibringen könnte als mir? Der würde doch nie mit Mum ausgehen!

Die beiden hätten wahrscheinlich noch Stunden über Mums vermeintliches Geheimdate gerätselt, aber ich konnte mich kaum mehr auf den Beinen halten und sehnte mich nur noch nach meinem Bett.

»Können wir uns mal bitte auf das Wesentliche konzentrieren?«, beschwerte ich mich. »Ich brauche eine neue Strategie.«

Morgan seufzte. »Okay, okay.«

Als wir den Laden verließen und uns von Morgan verabschiedeten, hatten wir eine hübsche To-do-Liste für meinen nächsten Seriensprung. Sie bestand aus a) schleunigst herausfinden, was DeWitt plante und welchen Schaden er als Lord Ashworths Medienberater anrichten konnte, b) Tante Gladys dazu bringen, mir ihr mysteriöses Geheimnis anzuvertrauen, c) nachforschen, warum Blackwood nicht entlassen worden war, und letztlich d) mich von Julian fernhalten, um die Erledigung von a), b) und c) keinesfalls aus den Augen zu verlieren. Es ist unnötig, zu ergänzen, dass hauptsächlich Deborah für die Hinzufügung von d) verantwortlich war.

Merkwürdigerweise hatten wir auch am kommenden Tag keine Einmischung von Mum zu befürchten. Schon als sie Jasper vorgestern fröhlich begrüßt hatte, als ginge er bei uns ein und aus, war mir der Verdacht gekommen, dass irgendjemand meine Künstler-Mum durch eine hirnlose Zombie-Mum ausgetauscht haben musste. Heute Vormittag hatte die hirnlose Zombie-Mum vor sich hin pfeifend an einem neuen Gemälde gearbeitet, danach für uns Essen gekocht (halb verkohlt, aber das passierte Künstler-Mum auch ständig) und im Anschluss verkündet, mit einem Kunsthändler zu einem Arbeitsessen in einem Lokal namens *Chez Pierre* verabredet zu sein.

»Deborah, denkst du wirklich, Mum ist zu einem Arbeitsessen gegangen?«, grübelte ich. Morgans Überlegungen von gestern fielen mir wieder ein. »Vielleicht ist es ja doch Mr Clifford. Der ist zwar kein Kunsthändler, aber er sagt immer, welch große Kunst es sei, mir Mathe beizubringen.« Ich schlüpfte in das schwarze Tageskleid von Tante Gladys und betrachtete mich im Spiegel. Viel lieber hätte ich irgendwas Cooles aus meinem Schrank angezogen, aber der Kontinuität wegen ging das ja leider nicht.

»Abby, jetzt entspann dich und sei froh, dass Mum dir nachher nicht beim Flackern zusieht und im Rückblick der letzten Folge entdeckt, dass dir DeWitts irrer Handlanger an den Kragen wollte«, meinte Deborah und machte es sich mit einer Decke auf der Couch bequem. »Und außerdem, was wäre so schlimm daran, wenn sie ein Date hätte? Gönn ihr doch etwas Privatsphäre.«

Dass Mum ausging, war nicht weiter besorgniserregend. Aber dass es sie ausgerechnet in die romantischsten Schuppen unseres Viertels verschlug, wo eine Flasche Wein mehr kostete als eins ihrer Gemälde, war sehr wohl merkwürdig. Allerdings verdiente Mr Clifford nicht schlecht und lebte an der Upper East Side ... Oh Gott. Ich würde sterben, wenn es Mr Clifford war.

»Deborah, es sind noch zwanzig Minuten, bis Ashworth Park anfängt«, erklärte ich. »Wenn ich jetzt gleich zu *Chez Pierre* laufe und mal kurz nach dem Rechten sehe, bin ich rechtzeitig wieder da.«

Deborah stand auf und holte sich einen Becher Eiscreme aus der Küche. »Nach dem Rechten sehen? Wozu soll das denn gut sein? Und was willst du Mum bitte schön erzählen, wenn sie dich entdeckt?«

»Ich will doch nur durchs Fenster gucken, um zu sehen, wer der Kerl ist. Du doch auch, gib es zu.«

Deborah zögerte. Doch dann stellte sie den Eisbecher zurück ins Gefrierfach und schlüpfte in ihren schwarzen Mantel. »Okay. Lass uns hingehen. Aber schnell. Ich will auf gar keinen Fall neben dir stehen, wenn du dich in aller Öffentlichkeit in Luft auflöst, ist das klar?«

Wir beeilten uns und schafften den Weg von der Wohnung bis in den Stadtteil Williamsburgh, wo sich das französische Lokal befand, in nur acht Minuten. Der Laden besaß zur Straße hin eine große Glasscheibe und ich versuchte, möglichst unauffällig nach innen zu spähen. »Ich kann Mum sehen. Sie sitzt ganz hinten in der Ecke und lacht gerade lauthals über irgendetwas.«

»Jetzt sag schon, wer ist es? Kennst du ihn?«, drängte Deborah, zog ein Fernglas aus der Tasche und reichte es mir.

»Hoffentlich ist es nicht dein Mr Clifford. Oder noch schlimmer, mein Physiklehrer, Mr Greene. Der ist fünfundsechzig und sein Atem riecht nach totem Fisch.«

»Ganz ruhig, Miss Gönn-ihr-doch-Privatsphäre. Der Kerl sitzt mit dem Rücken zu uns und man kann nicht viel erkennen, außer dass er Haare hat.«

»Haare? Dann ist es zumindest nicht Mr Greene. Das ist alles, was mich interessiert. Na ja, wie auch immer, Abby, du siehst ja, dass es ihr gut geht. Sie amüsiert sich prächtig. Im Übrigen sind es nur noch acht Minuten bis sieben, wir sollten uns also dringend auf den Rückweg machen.«

»Jetzt stress doch nicht so rum, Deborah. Dann verstecke ich mich eben hinter dem nächstbesten Busch und springe von dort. Habe ich ja in Ashworth Park auch so gemacht.« Ich nahm das Fernglas, um einen genaueren Blick auf den Unbekannten zu erhaschen. Die Farbe seiner Haare war irgendwo zwischen blond und dunkelbraun angesiedelt, was durchaus auf Mr Clifford zutreffen konnte, allerdings auch auf schätzungsweise fünfundneunzig Prozent aller Männer kaukasischer Abstammung. Zu Alter, Klamotten oder Statur ließ sich leider nichts sagen. So ein Mist. Irgendwann musste sich dieser Kerl doch mal umdrehen. Oder aufstehen und auf die Toilette gehen. Ich beschloss zu warten.

»Wie du meinst. Ist ja dein Fluch, nicht meiner«, meinte Deborah und spähte über meine Schulter. »Oh Mann, sie wirft schon wieder den Kopf in den Nacken und lacht. Guck nur, wie sie diesen Kerl anstrahlt. Ob das wohl Zufall ist, dass sie ganz hinten im Separee sitzen?«

»Ach du dickes Ei, Deborah«, stieß ich hervor und ließ vor Schreck beinahe das Fernglas fallen. »Sieh dir das an. Er nimmt ihre Hand.«

»Quatsch. Das kann nicht sein.« Deborah riss mir das Fernglas aus der Hand und blickte selbst hindurch. »Oh Gott. Du hast recht! Wenn sie sich jetzt auch noch küssen, kotze ich mitten auf den Rasen.«

Es sah wirklich nicht so aus, als würde dazu noch viel fehlen. Über dem Kerzenlicht stießen die beiden soeben mit ihren Rotweingläsern an und wirkten dabei wie frisch verliebte Teenager. So hatte ich meine Mum ja noch nie erlebt. Von wegen Arbeitsessen mit einem Kunsthändler.

Blieb nur zu hoffen, dass sich der Kerl nicht wieder als Reinfall entpuppte. Leider hatte Mum bisher kein besonders glückliches Händchen bei der Auswahl ihrer Dates gehabt, und wenn es mal wieder nicht klappte, schlug sich das immer auf ihre Stimmung (und auf ihre Bilder) nieder. Nach dem letzten gescheiterten Versuch hatte sie uns sogar erklärt, dass es in New York weitaus wahrscheinlicher wäre, am helllichten Tag überfallen zu werden oder in einen offenen Gully zu stürzen als mit fünfundvierzig noch an einen anständigen Mann zu geraten.

Es war ihr zu wünschen, dass sie endlich Glück hatte. Aber warum hielt sie ihren neuen Lover vor uns geheim und traf ihn in einem Restaurant, wo es vor verliebten Pärchen nur so wimmelte? Mal abgesehen von einer Frau, die ganz allein an einem der Ecktische saß.

Sie hatte ihr rotes Haar zu einem strengen Zopf gebunden, trug einen schwarzen Sweater und roten Lippenstift und aß gerade die letzten Bissen ihres Kuchens. Das war noch nicht weiter ungewöhnlich. Doch dann richtete sie ihren Blick durch die Fensterscheibe geradewegs auf mich.

Ich tippte an Deborahs Schulter. »Sieh dir mal die Dame an, die an dem Tisch da hinten sitzt«, flüsterte ich. Der durchdringende Blick, den mir die Frau zuwarf, bereitete mir Unbehagen. »Die mit den feuerroten Haaren. Ich finde, sie sieht genauso aus wie –«

»Tante Gladys«, hauchte Deborah.

»Das war auch mein erster Gedanke«, wisperte ich zurück, auch wenn uns hier draußen niemand hören konnte. »Aber das kann nicht sein. Tante Gladys ist eine Serienfigur.«

»Aber sie starrt dich an, Abby.«

»Nur weil ich sie zuerst angestarrt habe. Vielleicht fragt sie sich, warum zwei verrückte Teenager mit dem Fernglas ein französisches Restaurant ausspionieren.«

»Sie sieht Tante Gladys sehr ähnlich, das stimmt. Hmm. Aber sie ist vollkommen anders gekleidet. Tante Gladys würde doch nie ohne Hut und schrille Klamotten aus dem Haus gehen«, meinte Deborah. »In New York leben Millionen von Menschen, selbst ich habe bestimmt irgendwo einen Doppelgänger.«

Ich bezweifelte zwar, dass es einen Freak wie meine Schwester ein zweites Mal gab, allerdings hatte Morgan mal in der U-Bahn eine japanische Violinistin entdeckt, die ihr bis aufs Haar glich.

»Vielleicht hast du recht«, sagte ich nachdenklich. »Warum sollte sie auch ausgerechnet hier in New York –« Ich brach ab und griff mir an den Kopf. Diese Musik brachte mich langsam um den Verstand.

»Was ist?«

»Dieses Lied. *Oh, may my roses die.* Oder so ähnlich.«

»Hä?«

»*Oh, may thy roses bloom.* So hieß es. Jasper hat mir verraten, wie das Geigenstück heißt. Du weißt schon, die Titelmelodie von Ashworth Park.«

»Verdammt. Es geht also schon los.« Deborah sah sich um. »Guck mal, da drüben gibt es einen Hinterhof. Du könntest dich zwischen den Tonnen verstecken, um zu springen. Okay, Abby? Abby, hörst du mir zu?«

»Deborah!« Ich hatte den Blick immer noch ins Restaurant gerichtet. »Sieh dir die Frau an. Ich glaube, sie kann sie ebenfalls hören. Die Geigen. Gerade eben hat sie bezahlt, hektisch auf ihre Uhr gesehen und nun schnappt sie sich ihren Mantel. Sie verschwindet gerade über den Hinterausgang.«

»Was?« Deborah hielt inne. »Bist du sicher?«

»Wir müssen ihr nach!« Ich eilte um die Hauswand, Tante Gladys hinterher. Inzwischen machte sich auch das altbekannte Kribbeln wieder bemerkbar. Es zog sich von den Fingerspitzen bis in die Zehen und machte es mir zunehmend schwer, schnell vorwärtszukommen. Beinahe so, als wäre mein ganzer Körper eingeschlafen. »Los, zum Hinterausgang. Es kann kein Zufall sein, dass sie jetzt gerade aufbricht. Sie *muss* Gladys sein!«

»Abby! Warte!«, schrie mir Deborah hinterher, aber ich hatte keine Zeit. Ich musste Tante Gladys finden. Als ich schließlich beim Hinterausgang des Franzosen angekommen war, sah ich mich um.

Ich hatte gerade noch Zeit, mich um meine eigene Achse zu drehen und festzustellen, dass Tante Gladys verschwunden war, dann dehnte sich das Kribbeln und Flimmern bis zu meinen Wangen aus und die Serie verschluckte mich.

9

Ich landete im Dunklen und erschrak fürchterlich. Vor lauter Aufregung hatte ich vergessen, dass mich die Serie genau an die Stelle zurückbeamen würde, an der ich sie verlassen hatte. Und das bedeutete nun mal, nachts im Park in der Hecke zu landen, in die mich Blackwood gestoßen hatte.

Ich hatte keine Ahnung, wie viel Zeit in Ashworth Park nach meinem Rücksprung vergangen war. War ich wieder in derselben Sekunde gelandet, in der ich die Serie verlassen hatte? Gerade als ich mich mühevoll aus dem Gebüsch aufrappeln wollte, hörte ich, wie jemand mit schnellen Schritten über den knirschenden Kies auf mich zugelaufen kam. Giles streckte mir seine Hand entgegen.

»Miss Barrington-Whitley.« Sein faltiges Gesicht glühte im Licht der Parklaterne. »Gott sei Dank ist Ihnen nichts passiert.«

Ich ergriff seine Hand und ließ mir von ihm aufhelfen. Vor lauter Aufregung über die merkwürdige Begegnung mit Tante Gladys in New York hatte ich beinahe vergessen, welches Drama sich kurz vor dem Cliffhanger in der Serie zugetragen hatte.

Die Ereignisse der letzten Serienminuten hatten Giles sichtlich mitgenommen. Von jener stoischen Ruhe, die er als Butler immer ausstrahlte, war nichts mehr übrig. »Ich … ich weiß gar nicht, wie ich mich bedanken kann, dafür, äh … dass Sie plötzlich aufgetaucht sind«, stammelte er und rang nach Atem. »Sie haben … mir das Leben gerettet.«

Ich legte ihm beruhigend eine Hand auf die Schulter. »Giles, jetzt übertreiben Sie aber. Blackwood ist kein Mörder. Er hatte schon mehr als einmal die Gelegenheit und hat es nicht getan«, erklärte ich und klopfte mir die Blätter von den Klamotten. »Er ist einfach nur ein grober Vollidiot mit hässlichen Koteletten, die seit zweihundert Jahren aus der Mode sind.«

Inzwischen war ich davon überzeugt, dass Blackwood niemanden erschießen würde (okay, abgesehen von Statuen vielleicht). Was DeWitt betraf, war ich mir allerdings nicht so sicher. Als er mir auf der Rosengala eine Waffe an mein Ballkleid gedrückt hatte, hatte ich in seinen Augen ein irres Blitzen gesehen. Ich hätte ihm zugetraut, abzudrücken. Gnadenlos.

»Trotzdem, Miss. Kann ich denn gar nichts für Sie tun?«, erkundigte sich Giles und blickte mich sorgenvoll von der Seite an.

»Doch. Halten Sie sich von Blackwood und DeWitt fern, zu Ihrem eigenen Schutz. Und überlegen Sie sich, mit dem Rauchen aufzuhören. Es würde allen eine Menge Drama ersparen«, fügte ich hinzu und hoffte, dass er den Wink mit dem Zaunpfahl verstehen würde. Der Großbrand auf Ashworth Park, für den jeder Jasper verantwortlich machte, ging auf sein Konto, und er wusste das.

»Aber Miss, ohne Zigaretten habe ich einfach nicht die notwendige Ruhe, die man als Butler braucht«, jammerte er und begleitete mich den Kiesweg entlang bis zum Herrenhaus.

»Versuchen Sie es mit Yoga.«

»Yoga?«

»Meine Mum schwört darauf.«

»Na gut. Ich werde sehen, was ich machen kann.«

An der Haustür blieb Giles stehen und bot mir noch eine Tasse Tee an (merkwürdigerweise tranken Briten dieses Getränk echt zu jeder Tages- und Nachtzeit), aber ich lehnte ab und machte mich auf zu Tante Gladys' Wohnräumen. Seit ich vor wenigen Minuten zurück in der Hecke gelandet war, ging mir die Begegnung in New York nicht aus dem Sinn. War es tatsächlich die echte Tante Gladys gewesen, die Deborah und ich im Restaurant entdeckt hatten? War sie durch die Hintertür geflüchtet, um … wie ich zu springen? Und wenn meine Vermutung stimmte – was bedeutete das dann? Wer zur Hölle war Tante Gladys eigentlich wirklich?

Es half nichts. Ich musste nach ihr sehen. Es war zwar bereits kurz nach halb ein Uhr morgens, aber vielleicht war sie ja noch wach. Damit sie nicht dahinterkam, dass ich so spät noch nicht im Bett gelegen hatte, schlüpfte ich aus dem schwarzen Tageskleid, zog mein Nachthemd über und klopfte schließlich an ihre Zimmertür. Tante Gladys bat mich sofort herein.

Der Raum, den ich betrat, machte mich sprachlos. Mein Zimmer quoll vor lauter Rosenmustern ja schon fast über, aber bei ihrem eigenen hatte Tante Gladys den Bogen echt überspannt. Von den Vorhängen über den Teppich bis zu der Tischdecke war jedes bisschen Stoff mit Rosenprint versehen, zudem standen einfach überall Blumenvasen mit Rosen in allen möglichen Farben herum. Tante Gladys selbst saß in einem altmodischen Leinennachthemd im Ohrensessel neben ihrem Bett und las ein Buch. Die rotgefärbten Haare fielen ihr um die Schultern und selbst jetzt trug sie ihren typischen knallroten Lippenstift. Sie sah wieder aus wie die Gladys aus Ashworth Park. Als wäre sie nie weggewesen.

»Abby, mein kleines Löffelbiskuit.« Sie klappte ihr Buch zu. »Was ist los? Kannst du nicht schlafen?«

»Äh …« Mist. Was wollte ich denn Tante Gladys für einen Grund auftischen, warum ich so spät bei ihr hereinschneite? Etwa, um in ihrem Wandschrank nach dem schwarzen Rollkragenpullover zu suchen, den sie in New York getragen hatte?

Wenn sie tatsächlich gesprungen war, hatte sie genügend Zeit gehabt, sich umzuziehen.

»Möchtest du eine Tasse Tee?«, erkundigte sie sich höflich und bestätigte damit meine Vermutung, dass den Leuten aus Ashworth Park wirklich keine Tages- und Nachtzeit zu dumm für einen Tee war.

»Nein danke. Ich … ähm, wollte bloß nach dir sehen, weil ich einen bösen Traum hatte.« Das klang zwar, als wäre ich ein Kleinkind mit Angst im Dunkeln, aber etwas Besseres fiel mir auf die Schnelle auch nicht ein.

Tante Gladys lächelte. »Setz dich. Willst du ihn mir erzählen?«

Ich setzte mich auf ihre Bettkante und beschloss, aufs Ganze zu gehen. »Wir haben uns getroffen … in einer fremden Stadt, du und ich«, begann ich zögerlich. »In einem Restaurant. Zuerst haben wir einander nur durch ein Fenster gesehen. Dann wollte ich mit dir reden, aber du bist plötzlich aufgesprungen und hast dich in Luft aufgelöst.«

Tante Gladys hielt für den Bruchteil einer Sekunde inne und ich hätte schwören können, dass sich ihre Gesichtsfarbe ihrem Nachthemd annäherte. Doch sie schien sich gleich wieder zu fangen und sah mich besorgt an. »Oh, das klingt aber nach einem sehr merkwürdigen Traum. Wenn du willst, kann ich ihn in meinem Traumdeutungslexikon nachschlagen«, bot sie an. Ohne meine Antwort abzuwarten, stand sie auf und zog ein Buch aus dem Regal. »*Auflösen.* Ach, da haben wir es. Wenn sich jemand auflöst, könnte das bedeuten, dass du Sorge hast, diesen Jemand zu verlieren. Aber ich gehe bestimmt nicht weg, mein Aprikosentörtchen.«

Tante Gladys schenkte mir ein aufmunterndes Lächeln, aber mich konnte sie nicht täuschen. Sie wirkte nervös und ich war mir sicher, dass ich mir das nicht nur einbildete. Ich hatte also recht gehabt, bei der Frau in New York hatte es sich um die echte Gladys gehandelt. Ob sie nun endlich zugeben würde, was sie wusste?

»Sollen wir auch noch versuchen, die Sache mit der Glasscheibe zu deuten?« Sie blätterte munter weiter. »Glas ist zerbrechlich. Es könnte also eine Metapher dafür sein, dass du langsam das Mädchen in dir zurücklässt und zur Frau reifst. Hast du vielleicht kürzlich zum ersten Mal deine Periode bekommen?«

Wie vom Donner gerührt starrte ich sie an.

»Was? Was hat das denn damit zu tun?« Ach du meine Güte! Darüber wollte ich nun wirklich nicht reden. Ich war drauf und dran, sie an den Schultern zu packen und alles, was sie über die Serie und den Fluch wusste, aus ihr rauszuschütteln, aber ich brachte es nicht übers Herz, ihr eine Szene zu machen.

»Träume junger Mädchen können mitunter sehr lebhaft sein«, fuhr sie stattdessen fort. Sie stand auf, ging hinüber zur Anrichte und setzte Wasser auf. »Und auch bei Jungs passiert während der Pubertät in Träumen die eine oder andere Sache, die für sie nicht ganz nachvollziehbar ist und für die sie sich hinterher schämen. Aber ich sage immer, das liegt alles in der Natur des Menschen und ist –«

»Tante Gladys!« Um Himmels willen! Das Gespräch war hiermit beendet, aber so was von. Tante Gladys wusste, wie man haarige Fragen im Keim erstickte. Wenn sie das mit Absicht gemacht hatte, dann war es ihr wirklich gelungen.

»Okay, schon gut. Ich will dir nur helfen, Quarkbällchen. Mit den Jungs kann ich über solche Themen ja nicht reden. Außerdem ist Julian in vielerlei Hinsicht ein Spätzünder, das merkt man schon alleine an seinem –«

»Gute Nacht, Tante Gladys.«

So ein Mist aber auch. Es war nicht anzunehmen, dass Tante Gladys mir heute noch irgendetwas verraten würde, was nicht mit der ersten Periode oder lebhaften Jungs-Träumen zu tun hatte. Die Gute war wirklich nicht leicht zu knacken.

»Warte, Mandelhörnchen! Dein Tee. Ein Albtraum verschwindet am schnellsten mit einem heißen Tee mit Milch und Zitrone.« Sie reichte mir eine Tasse, dazu einen Keks und eine Serviette mit Rosenmotiv. »Ich bin sicher, danach werden deine Träume lieblicher und du träumst von zauberhaften Rosen.«

Widerwillig nahm ich die Tasse entgegen und verabschiedete mich in mein Zimmer. In England trank man nur Schwarztee, der ja bekanntlich Koffein enthielt, was meinem Schlaf ohnehin nicht sehr zugutekam. Aber das schien Tante Gladys nicht zu interessieren.

Ich biss in den Keks und wollte soeben den Tee im Badezimmer ins Waschbecken kippen, als mein Blick auf die Serviette fiel. Jemand hatte mit Kugelschreiber etwas daraufgekritzelt.

Morgen Nachmittag, vierzehn Uhr, Riverside Park. Komm alleine und zerstöre die Serviette in den nächsten paar Sekunden.

Ich verschluckte mich beinahe an meinem Keks und starrte auf die verschnörkelte Schrift. Die Nachricht musste von Tante Gladys stammen. Sie wollte mich in New York treffen!

Ich kannte den Park, von dem sie schrieb. Er lag in der Nähe des Hudson Rivers. Auf dem Weg von der Schule zur

U-Bahn kamen Morgan und ich immer daran vorbei und picknickten manchmal dort.

Wie befohlen zerriss ich die Nachricht, warf die Schnipsel ins Klo, spülte und fühlte mich dabei ein wenig wie Tom Cruise in *Mission Impossible*. Tante Gladys und ich hatten also einen geheimen Treffpunkt ausgemacht.

Na bitte. Ging doch.

Ich hatte das Gefühl, als müsste ich jeden Moment vor Neugier platzen, wollte Deborah und Morgan davon erzählen und sehnte den nächsten Cliffhanger herbei – doch der ließ wie immer auf sich warten. Der nächste Tag stand ganz im Zeichen von Lord Ashworths Pressekonferenz, die draußen im Park vor dem Herrenhaus stattfinden sollte. Für die Konferenz und die Homestory, die heute gedreht werden sollte, rackerte sich Lady Ashworth schon seit Stunden ab und polierte Haus, Hof und Image auf Hochglanz. Kein Wunder, dass sie völlig am Rad drehte, als sie die enthauptete Aphrodite entdeckte.

»Ein Blitz! Giles sagt, ein Blitz habe letzte Nacht in den Kopf der armen Aphrodite eingeschlagen. Sie war ein Geschenk von Mr DeWitt, mein Ebenbild aus Marmor. Ich bin wahrlich untröstlich«, jammerte sie beim Frühstück und richtete den Blick an den Kronleuchter an der Decke. »Irgendjemand da oben muss mich hassen.«

»Vielleicht war es ein Zeichen der Götter, deine Eitelkeit

zu zügeln«, murmelte Tante Gladys und biss zufrieden in ihr Brötchen.

Lady Ashworth schenkte Tante Gladys keinen Moment Beachtung. Auf ihrer Stirn prangte wieder die dicke Ader, wie immer wenn sie verzweifelt (und stocknüchtern) war. »Was machen wir denn jetzt, Monty? Wir können doch nicht die zerborstene Statue stehen lassen, die Journalisten denken noch, die Royal Air Force hätte Ashworth Park angegriffen.«

»Nun ja, wir könnten die Überreste von Aphrodite abtragen und stattdessen die Statue auf den Pfosten stellen lassen, die jetzt vor Tante Gladys' Trakt steht«, schlug Lord Ashworth vor.

»Etwa diesen steinernen Drachen mit dem grenzdebilen Blick und den merkwürdigen Hühnerkrallen anstelle von Füßen?«, rief Lady Ashworth empört und ließ das Besteck sinken. »Monty, das meinst du hoffentlich nicht ernst. Das hässliche Ding passt doch viel besser vor die Räumlichkeiten von Gladys.«

Tante Gladys knirschte mit den Zähnen, sagte aber nichts.

»Außerdem waren Zeus und Aphrodite eine Metapher. Macht neben Schönheit«, fuhr sie fort. »Für uns, Montgomery. Deine Macht neben meiner Schönheit.«

»Dann haben wir ab heute eben eine neue Metapher«, versuchte Lord Ashworth zu schlichten. »Macht neben –«

»Einem feuerspeienden Drachenhuhn«, ergänzte Tante Gladys zufrieden. »Passt besser als je zuvor.«

Das Frühstück mündete in einen handfesten Streit zwischen Tante Gladys und dem feuerspeienden Drachenhuhn, der sich so lange zog, bis eine Schar Lieferanten hereinplatzte und nach Lady Ashworth verlangte. Danach wurden Hunderte Rosengestecke geliefert, Festzelte aufgebaut und Speisen vorgekocht.

Der Lord begann, mir zunehmend leidzutun. Sein Frühstück fiel aus, damit er in seinen neuen maßgeschneiderten Anzug passte, noch dazu wich Lily Bloom, Lord Ashworths Buchhalterin, nicht von seiner Seite, richtete seine Krawatte, puderte sein Gesicht ab, kämmte sein Haar und legte ihm wahrscheinlich morgens die Unterhosen heraus. War sie nicht eigentlich für die Finanzen zuständig? Baggerte sie ihn etwa an?

Wie merkwürdig, dass diese Figur nun in den Vordergrund gerückt war. Zuvor war Lord Ashworths Buchhalterin Lily bestenfalls mal durchs Bild gestöckelt. Nun hatte sie plötzlich auch einen Nachnamen, der davor noch nie erwähnt worden war. Nicht zu vergessen, eine ziemlich anrüchige Vergangenheit als Nachtclubtänzerin.

Ich fragte mich, wer hier tatsächlich heimlich das Drehbuch schrieb. Und welche Absichten er verfolgte, indem er Figuren manchmal in den Mittelpunkt rückte und manche dafür nicht mehr so oft auf die Bildfläche treten ließ.

»Lord Ashworth, hier sind die Zahlen zur Finanzlage der Insel!«, rief sie und wedelte mit einem Blatt Papier, als wir uns nach dem Frühstück vor dem Rednerpult, dem Büfett und den Festzelten versammelt hatten, um auf die Presse zu warten.

»Geben Sie her, ich kontrolliere sie!«, sagte Lady Ashworth und schnappte sich das Blatt. Dann entdeckte sie mich und drückte mir Gatsbys Leine in die Hand. »Abigale Barrington-Whitley. Warum stehen Sie hier eigentlich so untätig herum? Füttern Sie Gatsby und sehen Sie zu, dass sich das unartige Viech nicht wieder in den Pferdeäpfeln wälzt oder wertvolle Dinge frisst. Er muss unbedingt auch mit auf die Fotos, denn Tiere und Babys kommen bei den Wählern gut an. Babys haben wir keine und Gatsby ist leider auch nicht gerade ein kulleräugiger Welpe, aber wir müssen eben damit arbeiten, was da ist.«

Ich streichelte Gatsby, der mir bis zur Taille reichte, und er gab ein freudiges Bellen von sich. Dann steuerte er wie aus Trotz in Richtung der Pferdeställe, aber ich hielt ihn zurück.

»Gatsby, wie mir scheint, rangierst du in der Familienhierarchie weit vor uns. Offensichtlich denkt Cordelia nicht mal daran, Abby und mich auch ein wenig ins Rampenlicht zu rücken«, beschwerte sich Tante Gladys, die neben mir aufgetaucht war. Sie schnappte sich ein Glas Sekt vom Büfett und reichte mir eines mit Orangensaft. Heute trug sie schönstes Sonntagsoutfit: Bodenlanges Chiffonkleid in Rosenrot, dazu einen Schlapphut und eine Riesensonnenbrille.

Mich störte es nicht im Geringsten, dass Lady Ashworth auf mich und Tante Gladys verzichten wollte. Von mir aus konnte dieser ganze Pressewirbel ohne uns stattfinden. Ich hatte nicht vor, mit gepfeffertem Essen oder anderen Tricks für Aufsehen zu sorgen. Die Folge sollte bitte möglichst ohne Zwischenfälle zu Ende gehen, damit ich endlich zurück nach New York reisen konnte.

Im nächsten Moment kam Lady Ashworth zurück und baute sich vor uns auf. »Gladys, bevor du hier den Journalisten den Sekt wegtrinkst, mach dich lieber nützlich und hilf Clarissa, alles für die Homestory vorzubereiten.« Sie griff nach dem Zipfel von Clarissas Schürze und zog sie zu uns. »Die Presse interessiert sich vor allem für Julian, also wäre es gut, wenn du zusammen mit Clarissa einige Gedichte von ihm auswählst, die er präsentieren kann. Dienstmädchen haben ja keine Ahnung von Poesie.«

Eine Nacktschnecke hat mehr Ahnung von Poesie als Julian, dachte ich, aber ich verkniff mir den Kommentar. Stattdessen ließen wir uns von Clarissa einen Sammelband mit Julians literarischen Werken präsentieren, die entweder so richtig schlecht, geklaut oder eine Mischung aus beidem waren.

Einige handelten von Pferden (Ross reimte sich auf Adelspross), einige von Liebe (da tat er sich mit dem Reimen schwerer: Liebe, Triebe, Diebe, Hiebe) und wieder andere handelten von dem Lieblingsgewächs der Insel: der Rose.

Schließlich entschied sich Tante Gladys für einen Spruch, den er aus kitschigen Poesiealben geklaut und etwas umgemünzt hatte: *Rosen, Tulpen, Nelken, alle drei verwelken. Aber wie das Immergrün, so soll unsere Insel blüh'n.* Na ja. Zumindest war es kein Liebesgedicht und konnte damit nicht irgendwelche Fragen zu Julians Liebesleben aufwerfen.

»Was ist mit Jasper?«, fragte Clarissa schließlich. »Lady

Ashworth hat zwar nichts davon erwähnt, aber ich dachte, wir könnten zeigen, dass nicht nur Julian künstlerisches Talent besitzt. Jasper hat mir einige seiner neuesten Bilder gezeigt, die wir ausstellen könnten. Seht mal.«

Wir betrachteten die Fotos, die uns Clarissa zeigte. Zweimal hatte er Tante Gladys' Kletterrosen an der Hausmauer geknipst, einige Male Gatsby beim Herumtollen (auf Tante Gladys' heiligem Rasen! Sie verzog angewidert das Gesicht.) und schließlich sogar einen farbenfrohen Sonnenuntergang. Ungewöhnlich für Jasper, der sonst mit Vorliebe entwurzelte Bäume ablichtete.

»Na, sieh mal einer an.« Tante Gladys hielt das letzte Foto hoch und betrachtete es ausgiebig. »Ist ja niedlich. Sieht ganz so aus, als wäre Jasper verliebt.«

Um ein Haar hätte ich meinen Orangensaft quer über den Sonnenuntergang gespuckt. Was sagte Tante Gladys da? Woran bitte schön erkannte sie, dass Jasper verliebt war? An einem Rosenbeet, einem irischen Wolfshund und ein paar Sonnenstrahlen?

»Und woran machen Sie das fest, Lady Gladys?«, fragte Clarissa interessiert – was gut war, weil ich nämlich viel zu verdutzt war, um dieselbe Frage zu stellen.

»Nicht am Motiv.« Nun untersuchte Tante Gladys auch die anderen Bilder. »Er fotografiert nicht länger in diesem unsäglich langweiligen, pseudo-künstlerischen Schwarz-Weiß, sondern in Farbe. So wie vor einem Jahr, als er für dieses französische Au-pair-Mädchen der Millers geschwärmt hat. Angelique? Veronique? Martinique? Irgendwie so.«

Clarissa blickte auf. »Ach, diese Geschichte.«

»Welche Geschichte denn?«, erkundigte ich mich betont beiläufig, trank meinen Saft und gab mir Mühe, mich nicht daran zu verschlucken. Von Martinique hatte ich noch nie gehört, von der Insel in der Karibik mal abgesehen. Deborah würde bestimmt mehr wissen, aber die konnte ich ja jetzt schlecht fragen.

»Als die Millers aus Rosington letzten Sommer ein Aupair-Mädchen bei sich zu Gast hatten, hat sich Jasper mit ihr angefreundet. Martinique war so eine Pseudo-Intellektuelle.« Gladys kreiste mit ihrem Zeigefinger an ihrer Schläfe, um uns zu verdeutlichen, was sie von solchen Leuten hielt. »Veganerin, nähte ihre Klamotten selbst und wollte Schriftstellerin werden.«

Ich schluckte. Das passte ja zu Jasper, fand ich. Ich, Abby Foster, war nicht mal annähernd eine intellektuelle Schriftstellerin aus Frankreich! Und konnte außerdem noch nicht mal einen Faden durch ein Nadelöhr fädeln.

Zugegeben, als Gladys ihre Vermutung geäußert hatte, hatte ich kurz überlegt, ob es sich um mich handeln könnte. Der Moment auf Trevors Party, über den Dächern der Stadt, als Jasper und ich uns so nah gewesen waren. Beim Gedanken daran bekam ich Gänsehaut. »Und was geschah dann mit Martinique und Jasper?«, fragte ich und hoffte, dass meine Stimme einigermaßen normal klang. In meiner Kehle hatte sich ein Klumpen gebildet, den ich nicht so recht zuordnen konnte. Der Orangensaft war es jedenfalls nicht.

»Nichts. Was hätte auch geschehen sollen? Sie war achtzehn, viel zu alt für ihn. Wenige Monate später reiste sie zurück in die Bretagne und inzwischen ist sie vermutlich dreifache Literaturnobelpreisträgerin.« Tante Gladys leerte ihren Sekt. »Und Jaspers Fotos sahen danach schnell wieder aus wie aus einem Kalender für Selbstmordgefährdete. Na ja, freuen wir uns für ihn. Und hoffen wir, dass es nicht wieder eine Französin ist. Humorloses, kettenrauchendes Volk. Wie können die denn nur Schnecken essen? Das sind Schädlinge und keine Nahrungsmittel!«

Ich hätte liebend gerne noch mehr über Martinique erfahren, aber für Tante Gladys war das Thema beendet. Schon einige Minuten später tauchten die ersten Fotografen auf, deshalb zog Tante Gladys ihren Lippenstift nach und flirtete, was das Zeug hielt – was mich wieder daran erinnerte, dass sie immer noch auf der Suche nach ihrem fünften Ehemann war.

Wenig später erklomm Lord Ashworth das Rednerpult, das hinter dem Steinbrunnen aufgebaut worden war, und hielt seine erste Rede. Neben ihm standen DeWitt, Lady Ashworth und Lily Bloom, die jedes einzelne Wort überwachten.

DeWitt hatte wirklich ganze Arbeit geleistet. Gemeinsam mit Lady Ashworth hatte er für den Lord einen Zehn-Punkte-Plan zur Verbesserung der Lage der Insel ausgearbeitet. Als zukünftiger Bürgermeister wollte Lord Ashworth Kindergärten errichten, Arbeitsplätze schaffen und außerdem den »Tag der Rose« als zusätzlichen Feiertag auf der Insel einführen. Dazu hatte DeWitt einen Wahlslogan entworfen, der nun auf jedem Plakat zu lesen war: *Montgomery Benjamin Ashworth. Mit Pferdestärke voran für Rosington.*

Mich hatte man hinter dem Büfett positioniert. Weil Clarissa kochte und Giles servierte, hatte ich mich dazu überreden lassen, die Getränke einzuschenken. Zumindest fiel das nicht unter »Kochen« und ich hatte Hoffnung, dass mein Bardienst ohne größere Zwischenfälle, Brände oder Messerverletzungen ablaufen würde.

Bis zum Fotoshooting lief tatsächlich alles blendend. Die Rede endete in tosendem Applaus, und im Anschluss daran empfahl DeWitt dem Lord, das schöne Wetter für eine Bilderreportage zu nutzen. Geeignete Schauplätze waren schnell gefunden und inzwischen arrangierten die Fotografen den Lord, die Lady, Julian, Jasper und Gatsby in allerlei natürlichen (und unnatürlichen) Positionen, die zeigen sollten, wie liebevoll sie miteinander umgingen: beim gemeinsamen Picknicken im Schlosspark, beim Schachspielen zwischen Rosenbeeten, beim Schmusen mit Gatsby (nur die Lady weigerte sich wegen der Hundehaare), beim Schaukeln unter dem Apfelbaum, vor dem Rosengarten … Sogar Leondra wurde extra für das Shooting aus dem Pferdestall geholt und vor der Linse mit einem Apfel gefüttert. Den krönenden Abschluss sollte schließlich ein traditionelles Familienfoto am steinernen Brunnen bilden, direkt vor dem Herrenhaus. Es war das perfekte Motiv für die Titelseite.

Bevor es losging, richtete Lily Bloom ein weiteres Mal Lord Ashworths Krawatte, Julian überprüfte sein Haar im Taschenspiegel und ich bürstete Gatsbys Fell. Lady Ashworth führte in der Zwischenzeit eine hitzige Diskussion mit Jasper.

»Nur für dieses eine Foto, Jasper«, bat sie und hielt ihm ein grässliches kariertes Jackett hin. Das Ding hatte die Farbe von Erbrochenem und war mit einem Wappen bestickt, das eine rote Rose und ein verschnörkeltes *A* zierte. »Damit du auf dem Foto nicht aussiehst wie ein Stalljunge.«

»Dann doch lieber wie ein Vollidiot«, gab Jasper zurück und ignorierte die Journalisten, die die Szene genau beobachteten. »Mum, ich bin ja wohl alt genug, um mir meine Klamotten selbst auszusuchen. Alle anderen in meiner Schule dürfen tragen, was sie wollen.«

Die Journalisten tuschelten. In den Zeitungen wurden die Ashworths gern als Vorzeigefamilie schlechthin dargestellt, von der sich selbst die Beckhams noch etwas abschauen konnten. Wenn es nur ansatzweise kriselte, zückte die Pressemeute gleich die Kameras und witterte den Skandal des Jahrhunderts.

Etwas weiter hinten entdeckte ich eine weitere Figur, der der Streit auch ganz gut in den Kram zu passen schien. Es war Maurice Fillmore, der amtierende Bürgermeister der Insel. So wie alle typischen Jockeys war auch er klein, dünn und schmächtig, außerdem hatte er spitze Ohren und sah damit aus wie eine Kreuzung zwischen einem Hobbit und einem Weihnachtself.

»Stell dich nicht so an«, zischte die Lady. »Andere Jungs in deinem Alter wären froh, ein eigenes Familienwappen besitzen zu dürfen.«

»Nur die langweiligen Schnösel, die keiner ausstehen kann. Und auch nur dann, wenn du es ihnen nicht auf jedes verdammte Kleidungsstück nähen lässt.« Jetzt flüsterte Jasper. »Das ist peinlich, Mum.«

»Peinlich? Wie kann denn Tradition peinlich sein?«, fragte Lady Ashworth entrüstet und warf der Presse einen entschuldigenden Blick zu. »Unser jüngster Sohn macht im Moment eine recht schwierige Phase durch. Er wird bald sechzehn, Sie wissen schon, in diesem Alter verändert sich alles und junge Menschen entwickeln nun mal –«

»Kritisches Urteilsvermögen«, ergänzte Jasper. »Und mein Urteil lautet: Bleib mir weg mit diesem hässlichen Ding!«

»Zieh es an! Sofort!« Ich konnte sehen, dass ihr allmählich die Fassung entglitt, während sie den Stoff glatt strich. Plötzlich hielt sie inne und befühlte das Jackett, bevor sie in die Tasche griff und eine Schachtel Zigaretten herauszog. Sie schnappte nach Luft.

»Sind das etwa … *Ist das dein Ernst?*« Lady Ashworth betonte jedes einzelne Wort und hielt Jasper die Packung vor die Nase. Die Fotografen zuckten zusammen und selbst Mr Fillmore weiter hinten erstarrte, angesichts der Stimmgewalt der Lady. »Du rauchst?«

Stille. Lord Ashworth, Clarissa, Gladys, Giles, Mr Fillmore und bestimmt zwei Dutzend Journalisten richteten ihren Blick auf die Lady, die sich vor Jasper aufgebaut hatte und unheilvoll die Packung Glimmstängel in die Höhe hielt, wie eine Anwältin vor dem Angeklagten. Wer vorher noch nicht Zeuge der Show gewesen war, war es gewiss jetzt.

Was war denn jetzt los? Was fiel der Serie nun schon wieder ein? Natürlich war Rauchen uncool, es ruinierte die Gesundheit und hinterher roch man wie der Drummer einer abgewrackten Rockband. (Gut, hier in Ashworth Park vielleicht nicht, aber bestimmt schmeckte es hier auch nicht besser.) Trotzdem war es doch lächerlich, daraus so eine große Sache zu machen.

»Mum, ehrlich! Die sind nicht von mir.« Jasper wirkte nervös, er kannte die Vorzeichen dafür, dass Lady Ashworth jeden Moment hochgehen würde. In Filmen wackelte ja auch das Wasserglas, bevor sich der wütende Tyrannosaurus näherte. »Können sie gar nicht sein. Ich hatte dieses hässliche Jackett das letzte Mal an Tante Gladys' sechzigstem Geburtstag vor drei Jahren an.«

»Was für ein Unfug!«, mischte sich Tante Gladys ein. »Der Junge weiß nicht, wovon er redet. Ich bin doch erst diesen März fünfundfünfzig geworden. Sag es Ihnen, Cordelia.«

»Du bist dreiundsechzig Jahre alt und keinen Tag jünger, du alte Hexe!« Lady Ashworth geriet nun vollends aus der Fassung. Irgendwann würde diese pulsierende Ader auf ihrer Stirn explodieren wie in einem Horrorfilm. »Und wenn das stimmt, Jasper, bedeutet das, dass du schon seit drei Jahren qualmst. Wer weiß, vielleicht nimmst du inzwischen sogar Drogen.«

»Genau. Die kaufe ich mir beim Drogenring gleich um die Ecke.«

»Deinen Sarkasmus kannst du dir sparen. Sonst wirst du nie ernst genommen.«

»Und das wäre absolut furchtbar.«

»Ich sagte –«

»Mum, bitte, es wird langsam peinlich. Können wir das später klären?« Julian schob sich zwischen Jasper und Lady Ashworth. Seine Stiefel glänzten, das weiße Hemd strahlte wie aus einer Waschmittelwerbung und der Wind spielte mit seinem Haar, obwohl kaum eine Brise wehte.

»Wir klären das jetzt«, schnaubte Lady Ashworth.

»Die Verzögerung tut mir leid«, fuhr Julian ungehindert fort und baute sich selbstbewusst mit einem Büchlein vor den Presseleuten auf. Es war sein Gedichteband. »Meine Damen und Herren, wenn Sie möchten, stelle ich Ihnen eins meiner Gedichte vor. Einen Limerick, meine Lieblingsgedichtform. Was Sie gleich hören werden, beruht auf einer wahren Begebenheit. Also, bereit?«

Einige Journalisten nickten.

»Es war mal ein Junge vom Land, der legte sich gern an den Strand. Doch dann kam ein Star und schiss ihm aufs Haar, das fand er so gar nicht galant.«

Julian lächelte stolz, als die Journalisten verhaltenen Applaus spendeten. »Eigentlich war es kein Star, sondern eine Möwe, aber darauf hat sich leider nichts gereimt. Wollen Sie noch eins hören?«

Ich musste kichern. Ungeachtet der Botschaft (und der neu entdeckten selbstironischen Seite an Julian) war es für seine Verhältnisse ganz gut gereimt, aber vielleicht war es doch besser, er hielt sich zurück.

»Auf die schiefe Bahn geraten? Wie kann man denn bitte

auf dieser Insel auf die schiefe Bahn geraten?«, schrie Jasper gerade seine Mutter an und schob Julian zur Seite. Offenbar hatten sie das Drogenthema immer noch nicht abgehakt. »Das ist unmöglich. Unter all den Spießern hier kann man sich noch nicht mal falschen Umgang suchen!«

»Und wennschon. Wir wissen alle, wie du tickst, Jasper. Dass du deine eigene Familie hasst!« Lady Ashworth klang beinahe weinerlich. Vermutlich war das ein jämmerlicher Versuch, bei den Journalisten Mitleid zu erregen. »Dass du alles tust, damit wir uns für dich schämen. Bestimmt rauchst du die Dinger heimlich im Haus. Nachts, wenn wir alle schlafen. Bestimmt sind die der Grund dafür, dass der Westflügel gebrannt hat.«

Die Journalisten begannen zu tuscheln. Zunächst ließ sich Lady Ashworth davon nicht irritieren, doch dann fuhr sie herum, kehrte Jasper den Rücken zu und wandte sich an die Pressemenschen. »Sehen Sie den Westflügel? Oder eher das, was davon übrig ist … Dort wo das Gerüst steht. Notieren Sie es ruhig, werte Herrschaften.« Es war die blanke Verzweiflung, die aus ihr sprach. »Mein eigener Sohn hat mit seinen Glimmstängeln beinahe das gesamte Herrenhaus dem Erdboden gleichgemacht. So, jetzt wissen Sie es.«

»Besser ein Brandstifter als eine cholerische Irre, die sich jeden Abend Scotch hinter die Binde gießt, um Tante Gladys zu ertragen«, feuerte Jasper zurück. »Und zudem schon längst über vierzig ist, auch wenn sie es nicht zugibt. Zumindest Teile von ihr. Den Rest hat Dr. Kinkley heimlich erneuert. So, jetzt wissen Sie es.«

Eisige Stille legte sich über die Gartenparty. In diesem Augenblick hätte man eine Stecknadel fallen hören können. Es war klar, dass beide zu weit gegangen waren. Für eine Weile starrten sich Mutter und Sohn wutentbrannt an, dann nutzte Jasper den Moment, schlug Lady Ashworth die Zigaretten aus der Hand, wandte sich um und lief davon.

Wie versteinert blieben wir alle zurück.

»Genug mit den Familienfotos!«, zischte Lady Ashworth, um die peinliche Stille zu überspielen. Sie sah aus, als hätte sie am liebsten auf der Stelle ein Spirituosengeschäft überfallen. »Wie wäre es, wenn Sie nun Gatsby fotografieren, bevor wir das Büfett eröffnen? Er ist ein Irischer Wolfshund, die größte Hunderasse der Welt. Darüber könnten Sie etwas schreiben. Die Leser mögen doch Tiere, nicht wahr? Hunde sind doch beliebt.« Sie lächelte verkrampft.

Vielleicht nicht beliebter als Bilder von einem handfesten Familienkrach, dachte ich, aber freundlicherweise schienen die Fotografen dann doch ein paar Fotos von Gatsby schießen zu wollen.

Nur … wo war der Hund? Seit ich ihn vorhin gebürstet hatte, hatte ich ihn nicht mehr gesehen.

»Wo ist er nur, unser süßer, kleiner, haariger Liebling? Bestimmt hat er sich irgendwohin verzogen, um sein kleines Geschäft zu verrichten«, säuselte Lady Ashworth, die aus Verzweiflung zur Hundefreundin mutiert war. Suchend sah sie sich um. »Er ist nämlich sehr gut erzogen, wissen Sie –«

Lady Ashworth brach ab. Ihr Blick blieb an den Häppchen hängen, die Clarissa vorhin aufgetragen hatte. Auf dem

Büfett-Tisch hockte nun Gatsby, der genüsslich die Lachsschnittchen und Fleischbällchen verschlang.

Ich schluckte. Bitte nicht. Das war das Ende. Das war mehr, als die Lady ertragen konnte. Ich konnte beinahe hören, wie sich ein Sturm zusammenbraute. Was würde sie jetzt tun? Einen hysterischen Kreischanfall bekommen und Gatsby bestrafen? Oder sich in ein feuerspeiendes Drachenhuhn verwandeln und mir eine Szene machen?

Letzteres war am wahrscheinlichsten – denn war es nicht mein Auftrag gewesen, Gatsby vor dem Fest zu füttern? Ich Dussel hatte es vergessen! Weil mir plötzlich Jasper und seine Fotos in Farbe wichtiger gewesen waren und ich mich ständig gefragt hatte, ob er vielleicht in mich verliebt war. Was zum Teufel war nur mit mir los?

Gut gemacht, Abby. Nun würden die Zeitungen über den Brand im Westflügel schreiben, Lady Ashworths heimliche Trinkerei und ihre Operationen offenlegen, getoppt von einem Bericht über ein katastrophales Fest mit einem außer Kontrolle geratenen, verfressenen Riesenhund.

Das Einzige, was mich jetzt noch vor Lady Ashworths Wutanfall retten konnte, war ein Cliffhanger. Genau jetzt, an dieser Stelle. Doch wie immer, wenn man ihn dringend brauchte, trat er einfach nicht ein. Stattdessen rettete mich, und damit bewies die Serie einen gewissen Sinn für Ironie, ausgerechnet Mr DeWitt.

INNEN - ASHWORTH PARK - KORRIDOR - TAG

Um eine Szene vor der Presse zu vermeiden, räumt **DEWITT** mit **LADY ASHWORTH** das Feld.

LADY ASHWORTH
Oh, Mr DeWitt, was für eine Tragödie hat uns heute ereilt! Miss Barrington-Whitley ist schuld, weil sie den Hund nicht gefüttert hat, diese elende Göre. Und natürlich Jasper. Morgen wird in der Zeitung stehen, dass unser Sohn ein Drogenjunkie ist! Unser Ruf ist ruiniert. Es ist ein für allemal vorbei! *(Vergräbt ihr Gesicht in den Händen.)*

DEWITT
Aber, aber, Lady Ashworth. Es waren doch nur Zigaretten. Ziehen Sie da nicht etwas voreilige Schlüsse?

LADY ASHWORTH
Nikotin ist eine Einstiegsdroge! Danach kommt Opium. Oder Absinth. Widerlich!

DEWITT

In diesem Jahrhundert sind das nicht mehr so ganz die gängigsten Drogen, Lady Ashworth. Trotzdem verstehe ich Ihre Sorge. *(Überlegt.)* Vielleicht gibt es eine Möglichkeit, herauszufinden, wie es wirklich um Jasper steht. Haben Sie schon mal von einem Drogentest gehört?

LADY ASHWORTH *(skeptisch)*

Brauchen wir dazu nicht die Zustimmung des Jungen?

DEWITT

Nicht, wenn Sie ihm unauffällig ein Haar aus dem Kamm stibitzen, werte Lady.

LADY ASHWORTH

Oh, Mr DeWitt, Sie sind mir einer. Ich werde noch heute eine Probe sichern und sie zu Dr. Kinkley bringen. *(Denkt nach.)* Bleibt zu hoffen, dass er Jasper nicht verrät, dass ich ihm misstraue.

DEWITT

Wenn es Ihnen hilft, bringe ich Dr. Kinkley die Probe. Ich könnte ihm erzählen, es sei zwecks Recherche für eine meiner Zeitungen.

LADY ASHWORTH *(wirft sich in seine Arme)*

Sie sind der Beste, DeWitt.

DeWitt blickt lange in Lady Ashworths Augen. Sie erwidert seinen Blick, doch dann macht sie sich los und lässt ihn im Korridor zurück.

DEWITT *(sieht ihr enttäuscht hinterher)*
Keine Ursache, Lady Ashworth.

10

Mögen Sie Irish Stew?«, fragte Clarissa freundlich und schob sich zwischen die Journalisten. »Wissen Sie, man sagt, ich koche das beste Irish Stew in ganz England. Die Häppchen, die der Hund gefressen hat, waren ohnehin nur als Vorspeise gedacht.«

Das Irish Stew sollte in Wahrheit unser Abendessen sein, aber jetzt bot Clarissa es den Presseleuten an, um die verpatzte Feier zu retten. Ein guter Schachzug, fand ich, auch wenn Tante Gladys vor Entrüstung der Mund offen stehen blieb. Sie aß für ihr Leben gern Irish Stew.

»Und danach öffne ich Ihnen einen Brandy, meine Damen und Herren«, half Tante Gladys. »Den besten Tropfen des Hauses. Den trinken wir normalerweise nur an Weihnachten. Aber nur, wenn Sie vergessen, dass mein Großneffe heimlich raucht, der andere dichtet wie ein Fünfjähriger, die Dame des Hauses an der Flasche hängt und unser Hund gerade das Büfett ruiniert hat.«

Gelächter ertönte. Streng genommen war das Angebot ein Bestechungsversuch, doch die Journalisten nahmen es offenbar mit Humor.

Am Abend ließ der ersehnte Cliffhanger noch immer auf sich warten. Anscheinend gab es keine feste Regel, wie viele Tage während einer Folge vergingen. Ich hatte eigentlich gehofft, spätestens nach dem Pressebesuch vorhin wieder in New York zu sein, stattdessen musste ich ein weiteres Dinner im Kreis der Familie Ashworth über mich ergehen lassen. Lord und Lady Ashworth, Julian, Tante Gladys und ich hatten soeben Platz genommen (wegen des vorgezogenen Irish Stews gab es kalte Küche, darum war die Stimmung angespannt), als Giles den Salon betrat. Der Butler machte ein trübseliges Gesicht und nickte in die Runde.

»Lady Ashworth, Lord Ashworth … Jasper ist nicht auf seinem Zimmer«, berichtete er. »Von Ihrem Sohn fehlt jede Spur. Sein Rucksack ist auch verschwunden und … ich habe das hier gefunden.«

Er reichte Lord Ashworth eine Notiz.

»Ich bin nur mal schnell Kippen holen gegangen«, las Lord Ashworth vor.

»Was?« Vor Entrüstung ließ Lady Ashworth das Besteck fallen. »Dieser ungezogene Bengel! Wenn ich den in die Finger bekomme, dann –«

»Warte, da steht noch mehr.« Lord Ashworth hielt inne und blickte auf die Notiz. *»Das denkt ihr doch von mir, oder? Aber ich kann euch beruhigen. In Wirklichkeit hole ich keine Kippen, sondern habe bloß alle meine Sachen gepackt und euch verlassen. Jasper.«*

Stille breitete sich aus. Ich hatte einen neuerlichen Skandal erwartet. Emotionen. Chaos. Großes Drama. Üppige Monologe, gepaart mit Schuldgefühlen der Lady. Aber die schnitt nur unbeirrt ihre Scheibe Brot in kleine Stückchen und verteilte hauchdünn Margarine darauf.

»Abgehauen also? Wie unpassend. Dann bekommt er kein Abendessen und morgen ist das gute Brot bestimmt steinhart.« Sie legte das Besteck ab und blickte aus dem Fenster. »Außerdem soll es nachts regnen.«

Verdutzt sah ich von einem zum anderen. Auch der Lord, Julian und Tante Gladys dinierten weiter im Licht der Kerzen, nippten an ihren Kristallgläsern und schienen sich nicht weiter darum zu scheren, dass ein Familienmitglied einfach weg war.

Tante Gladys merkte, dass ich irritiert war und tätschelte meine Schulter. »Er kommt schon wieder.«

»Und was, wenn nicht?«, erwiderte ich und es klang viel lauter und dramatischer als beabsichtigt. So fingen doch oft Kriminalserien an. Jemand haute im Streit ab, die Angehörigen machten sich zunächst keine Gedanken, bis plötzlich ein Finger im Schuhkarton eintraf. Oder ein abgeschnittenes Ohr. Hatte ich schon erwähnt, dass demnächst wieder ein Cliffhanger anstand? Ich fürchtete mich plötzlich davor.

»Es kann nicht viel passieren, Miss Barrington-Whitley.« Lady Ashworth führte ihre bestrichene Brotscheibe auf der Silbergabel zum Mund. »Wir leben auf einer Insel.«

Auch auf einer Insel konnte man verunglücken. Die Klippen hinabstürzen. Von einem Traktor überfahren werden. Von einer Schafherde zu Tode getrampelt werden. Ich wollte mir gar nicht vorstellen, wie viele Unglücksarten dem kosmischen Serienschreiber einfielen, um einen Cliffhanger zu erzeugen.

Die entspannte Einstellung der Ashworths machte mich krank. Auch wenn Jaspers Schicksal hier allen gleichgültig war, mir nicht. Und außerdem konnte ich nicht zulassen, dass sich schon wieder Chaos anbahnte, jetzt, wo die Sache mit der Homestory gerade noch mal glimpflich ausgegangen war.

Wortlos stand ich auf und trug meinen Teller in die Küche, als Julian seinen Stuhl zurückschob und mir folgte.

»Abigale.« Als uns die anderen nicht mehr hören konnten, stellte er sich mir in den Weg. Die untergehende Sonne tauchte die Küche in goldenes Licht und verpasste Julian noch mal eine Extraportion Schönheit. »Du musst ihm nicht hinterherlaufen. Er haut ständig ab und kommt dann wieder. Einmal wollte er sogar mit einem selbst gebastelten Floß über den Ärmelkanal fahren. Er ist eben Jasper.« Er kreiste mit seinem Finger an der Schläfe. »Alles, was nicht erlaubt ist, ist genau sein Ding. Wenn er sein Zimmer aufräumen soll, muss man nichts weiter tun, als es ihm zu verbieten.«

»Diesmal ist es anders. Alle hier denken, er sei vom rechten Weg abgekommen. Niemand glaubt ihm.«

Julian gab einen Laut von sich, der wie ein Knurren klang, und verschränkte dabei die Arme. »Er macht es uns auch schwer, ihm zu glauben.«

»Warum liegt euch nur so wenig an ihm?« Ich duckte mich unter seinem Arm hindurch in den Flur. Dort zog ich meine Jeansjacke vom Kleiderbügel und machte mich auf den Weg nach draußen.

»Und warum liegt dir nur *so viel* an ihm?«, rief mir Julian hinterher. Seine Stimme klang gleichzeitig verärgert und verletzt. Zum Glück war ich schon zu weit weg, um etwas zu erwidern. Ich hätte nicht gewusst, was.

Ich musste nicht lange nach Jasper suchen. Ich entdeckte ihn an den Klippen, an derselben Stelle, wo mich Julian an meinem ersten Abend aufgelesen hatte. Jasper drehte gerade an der Linse seiner Kamera, bevor er einige Bilder von der Sonne schoss, die im Meer versank. Unzufrieden verzog er das Gesicht und drehte weiter.

Als er mich entdeckte, ließ er die Kamera sinken.

»Hallo, Jasper«, sagte ich.

»Hi.« Er wirkte nicht besonders erfreut, aber immerhin schickte er mich nicht gleich wieder weg.

Ich stellte mich neben ihn. »Deine Eltern sind schon ganz krank vor Sorge«, log ich und blickte in die untergehende Sonne. Es war tatsächlich ein schönes Motiv, keiner dieser klassisch-kitschigen Sonnenuntergänge, die ich von Grandma aus Florida kannte. Die stürmische See und die Haufenwolken ließen dem Naturschauspiel etwas Raues angedeihen. Vom Meer wehte eine angenehme Brise zu uns herüber.

»Weil sie nicht wissen, was sie mit dem Dachzimmer machen sollen, wenn ich nicht zurückkomme?« Ausdruckslos sah er mich an. Die Ringe unter seinen blauen Augen waren noch tiefer geworden. »Man könnte es an einen Künstler untervermieten, mein Zimmer ist schön hell. Oder an einen kolumbianischen Drogenbaron vielleicht? Der könnte dort oben heimlich Crystal Meth herstellen und mein Erbe als Junkie fortsetzen.« Seine Stimme triefte vor Sarkasmus, doch es schwang auch bittere Enttäuschung darin mit.

»Aber …«, begann ich, dann fiel mir nichts mehr ein.

»Und selbst wenn du recht hast und sie sich um mich sorgen«, fuhr Jasper fort. »Bestrafen können sie mich nicht. Mein Hausarrest reicht sowieso bis ins Rentenalter, was wollen sie denn noch machen? Mich anketten und öffentlich auspeitschen vielleicht?«

Eine Weile schwiegen wir. Jasper schoss noch einige Fotos, bevor der Wind merklich auffrischte. Er knöpfte seinen Parka zu und setzte sich auf seinen Rucksack ins hohe Gras. Gedankenverloren schraubte er den Deckel auf die Linse seiner Kamera.

»Weißt du noch, wie mich Blackwood in der Scheune k.o. geschlagen hat? Als ich bewusstlos war?«, wechselte er plötzlich das Thema und hielt den Blick aufs Meer gerichtet. Der Wind wirbelte durch sein wuscheliges braunes Haar.

Ich hielt die Luft an und hockte mich neben ihn ins Gras. Natürlich wusste ich das noch. Was für eine Frage.

Jasper sprach sofort weiter, ohne meine Antwort abzuwarten. »Als ich bewusstlos war, habe ich geträumt, ich wäre in New York. Und du warst dabei.«

Ich wagte es nicht, zu antworten. Stattdessen wich ich Jaspers Blick aus und starrte auf den dunkelblauen Himmelsstreifen, auf dem die ersten Sterne zu funkeln begannen. Unweigerlich drängte sich mir der Gedanke auf, ob das da oben dieselben Sterne waren, die es bei uns gab. Oder handelte es sich um andere Sterne aus dem Paralleluniversum?

Brr. Komplizierter Gedanke.

»Und merkwürdigerweise kann ich mich an so ziemlich jedes Detail aus diesem Traum erinnern. Straßennamen«, fuhr Jasper fort und ich verwarf die Universum-Gedanken sogleich. Das war Deborahs Bier. »Personennamen. Dein Traum-Nachbar hieß übrigens Mr Vishvatma Balakrishna Parkarvarkar.«

Ich nickte mechanisch. Wow. Er konnte sich wirklich an jedes Detail erinnern. Nicht mal Morgan konnte sich Gandhis vollen Namen merken, und die lief immerhin seit Jahren beinahe täglich an den Klingelschildern vorbei.

»Weißt du, die Sache ist die: Menschen, die ins Koma fallen, verlieren für üblich ihr Gedächtnis. Doch ich, ich habe plötzlich Erinnerungen, die es gar nicht geben dürfte. Von dir. Und mir. Das ist … nicht gut«, sagte er und betrachtete die Heckenrosen, die hier wie Unkraut entlang der Dünen wuchsen. Einen Moment lang wirkte es, als würde er daran riechen, doch dann sah er auf, begegnete meinem erschrockenen Blick und deutete ihn falsch. »Nicht, dass es nicht schön wäre, von dir zu träumen. Es war ein guter Traum. Kein Albtraum oder so. Gott, ich höre mich so unendlich blöd an.«

Dieses ehrliche Geständnis traf mich unvorbereitet, genau wie die Tatsache, dass Jasper offensichtlich ausprobierte, ob die Blumen hier wie in New York Gerüche absonderten, was sie natürlich immer noch nicht taten. Um nicht etwas möglicherweise Verhängnisvolles zu stottern, rief ich mir in Erinnerung, was ich mir vorgenommen hatte: Jasper keinen Anhaltspunkt zu geben, zu denken, dass das in New York alles tatsächlich stattgefunden hatte. Ich sagte es mir in Gedanken vor, wie ein Mantra: *Kein Wort darüber. Kein Wort.* Am besten war es, gar nichts dazu zu sagen.

»Du musst auch gar nichts dazu sagen«, las Jasper meine Gedanken und sah mich an, als würde er auf etwas warten. Darauf, dass ich ihm erklärte, wer ich wirklich war oder woher ich kam, aber den Gefallen konnte ich ihm leider nicht tun. »Ich wollte nur, dass du diese eine Sache weißt. Und natürlich, dass die Zigaretten heute nicht von mir waren. Ich nehme auch keine Drogen oder so. So verzweifelt wie Mum bin ich auch wieder nicht.«

Dankbar nahm ich den neuen Gesprächsfaden auf. »Ich glaube dir. Wir müssen deiner Mutter beweisen, dass dir jemand die Kippen untergejubelt hat.«

Jasper starrte auf seine Schuhe. »Mag sein. Es könnten aber auch Giles' Glimmstängel sein. Wenn ihn Mum beim Rauchen erwischt, lässt er die Packung oft irgendwo verschwinden, am liebsten in der Garderobe. Ich habe Giles' Kippen schon mal in einem Regenschirm gefunden.«

»Und wennschon. Willst du wegen eines doofen Missverständnisses hier auf der Wiese übernachten?« Ringsum war kilometerweit keine Menschenseele zu sehen. Wenn es erst mal dunkel war, wurde es bestimmt schnell ungemütlich. Bestimmt gab es hier alle möglichen Krabbeltiere. Igitt!

Jasper sah zu mir hoch. »Ich war vorhin im Cottage und habe DeWitt gefragt, ob ich vorerst zu ihm ziehen kann.«

»DeWitt?« Ich sprach den Namen betont abfällig aus und hoffte, dass Jasper merkte, was ich von ihm hielt. Das konnte doch wohl nicht sein Ernst sein. Von der durchgeknallten Lady Ashworth zu dem gemeingefährlichen DeWitt – das war ja wohl ein Umzug vom Regen in die Traufe.

Jasper nickte. »Er hat zugestimmt, unter der Bedingung, dass ich Lydia Nachhilfeunterricht gebe. Mr DeWitt hat nämlich aus Lydias Internat erfahren, dass sie weit davon entfernt ist, ein Genie zu sein. Sie besitzt viel eher den IQ eines Goldfischs. In Highsmith wäre sie fast in jedem Fach durchgerasselt. Sogar in Kunst.«

Na, so was! DeWitt wollte Lydia doch erst im Herbst auf die Schule schicken, weil sie blitzgescheit war. Sah ganz danach aus, als hätte Lydia nicht nur was Cooper betraf ein Doppelleben geführt.

»Seit Kurzem besucht Lydia jedenfalls unseren Jahrgang an der Rosington High«, erzählte Jasper weiter. »Und ich schwöre, sie ist in jedem Fach auf dem Niveau einer Viertklässlerin. Was hat sie bloß all die Jahre in Highsmith gemacht?«

»Heimlich getrunken, mit Jungs herumgeknutscht, den Unterricht geschwänzt«, zählte ich auf und Jasper musste grinsen. Aber wir schweiften vom Thema ab, immerhin ging es hier eigentlich um DeWitt.

Ich suchte Jaspers Blick. »Findest du nicht, dass du überreagierst? Es war doch nur ein dummer Streit wegen einer Packung Zigaretten. Außerdem kannst du nicht bei DeWitt wohnen. Er führt irgendetwas im Schilde.« Das war noch untertrieben. DeWitt war gefährlich und hatte mich mehrmals bedroht, während der Gala sogar mit einer Waffe. Ich zweifelte nicht eine Sekunde daran, dass er der Bösewicht der Serie war. Um das zu erkennen, musste man sich nur ein paar Fragen stellen: Warum war DeWitt so plötzlich in Ashworth Park aufgetaucht? Warum schleimte er sich bei den Ashworths ein? Warum hatte er Lydia instruiert, Julian zu erobern? Und warum war er hinter Informationen über die Ashworths her? Irgendwann würde ich das Puzzle zusammensetzen und herausfinden, warum DeWitt auf die Insel gekommen war. Und dann musste Jasper mir glauben.

»DeWitt ist harmlos. Ich vetraue ihm, und das kann ich zurzeit nicht von vielen hier behaupten. Von ihm, und vielleicht auch noch von dir.« Er sah mich für einen Moment lang an. »Außerdem ist Blackwood längst weg.«

Blackwood war nicht weg. Ich war drauf und dran, Jasper das zu erzählen, aber ich hielt mich zurück. Wenn ich mich verplapperte, würde Blackwood Giles vielleicht doch etwas antun. Also hielt ich lieber den Mund.

»DeWitt ist keineswegs harmlos«, versuchte ich es noch einmal. »Auch wenn du mir die Sache mit dem Revolver auf dem Ball nicht glaubst.«

»Selbst wenn du recht hast. *Du* musst ja nicht bei ihm einziehen.«

»Würd ich auch nicht«, murmelte ich. Um nichts in der Welt. Eher würde ich freiwillig in die Isolationshaft auf Alcatraz ziehen. »Aber wäre es nicht klüger, du klärst das mit deiner Mutter und kommst zurück nach Ashworth Park?«

Er winkte ab. »Das ist zwecklos. Sie wird mir nicht glauben. Die Kippen und der Brand passen nur zu gut zusammen. Für sie werde ich immer das schwarze Schaf sein, das den Westflügel in Schutt und Asche verwandelt hat.« Jasper rückte plötzlich näher und lehnte seine Stirn an meine. »Oh, Abby. Wenn ich nur wüsste, was ich tun soll.«

So verzweifelt kam er mir beinahe fremd vor. Ich dachte an die unbeteiligte Arroganz, die er früher an den Tag gelegt hatte. Davon war nichts mehr zu spüren. Stattdessen atmete ich seinen Geruch von nichts ein, während mir klar wurde, dass er nur einen Wimpernschlag davon entfernt war, mich zu küssen.

Ein einzelner Regentropfen klatschte auf meine Stirn und erinnerte mich daran, dass wir uns in einer Serie befanden. Wir beide, allein, an den Klippen, vor dem Sonnenuntergang. Das war Quatsch. Natürlich waren wir nicht alleine. Wir waren im Fernsehen! Und wer wusste schon, wie es sich anfühlte, eine Serienfigur zu küssen, die streng genommen gar nicht real war? Vielleicht irgendwie hölzern. Als küsste man einen Roboter, oder E.T., den Außerirdischen.

Ich konnte es nicht tun.

»Erzähl deiner Mutter endlich, was wirklich passiert ist!«, stieß ich hervor und rückte etwas von ihm ab.

»Was meinst du?« Jasper klang verunsichert. Die Regentropfen fingen sich in seinen dunklen Wimpern und durchnässten seine Haare. Wenigstens war er nicht immun gegen Wind und Wetter, so wie Julian.

»Na, dass der verdammte Brand im Westflügel ausgebrochen ist und du nichts damit zu tun hast.« Ich plapperte einfach drauflos. »Und dich gar nicht die Schuld treffen kann, weil dein Zimmer ganz woanders liegt. Giles wird es verkraften. Es weiß doch eh jeder, dass er Kette raucht.«

Was ich da gesagt hatte, merkte ich erst an Jaspers Reaktion. Die Verwunderung war mit einem Schlag aus seinem Gesicht verschwunden, stattdessen starrte er mich mit großen Augen an, so ähnlich wie damals, als ich ihn beinahe mit dem Chili in der Suppe vergiftet hatte. Als hätte er entsetzliche Angst vor mir.

»Woher weißt du das?« Seine Stimme war nicht wiederzuerkennen. Sie war ein tonloses Hauchen.

Mein Puls fuhr hoch, als es mir dämmerte. Viel zu spät natürlich. Verdammter Mist! Das konnte ich doch gar nicht wissen. Jasper hatte es mir in New York verraten.

»Ähm … Nur eine Vermutung.« Ich wich seinem Blick aus und starrte stattdessen die Wildrosenhecke an, die sich bis zu den Klippen zog. Herrje, nirgends war man vor diesem elenden Gewächs sicher.

»Eine Vermutung?«, rief er und musterte mich durchdringend. »Dieser Traum, von dem ich dir erzählt habe. In dem wir zusammen in New York waren. Das ist doch alles nicht wirklich passiert. Es kann nicht passiert sein. Es wäre unlogisch. Oder nicht?«

Oh Gott. Mein Kopf glühte. Bahnte sich gerade eine Katastrophe an? Krachten soeben die Paralleluniversen aneinander? Schlagartig wurde mir schrecklich übel und ich fragte mich, ob das schon die Vorboten der prophezeiten Apokalypse sein konnten, die auftraten, wenn sich die Welten vermischten (sprich: wenn die Ashworths erfuhren, dass es irgendwo da draußen noch eine andere Welt gab).

»Ich frage mich nur, was unlogischer ist.« Jasper klang, als wären wir vor Gericht und er kurz davor, die Wahrheit aus mir herauszupressen. »Eine ultraschnelle Reise nach New York oder eine ultraschnell verheilte Platzwunde. Und, ganz neu hinzugekommen in der Liste der paranormalen Phänomene: ein Mädchen, das meine Träume kennt. Willst du mir nicht endlich erzählen, was hier los ist? Sag doch endlich was, Abby.«

Ich zögerte und warf einen Blick in den Himmel. Ein Gewitter kündigte sich an, was wiederum hervorragend zur Apokalypse passte. Hatte ich vor dem drohenden Weltuntergang noch Zeit, meine Optionen abzuwägen? Ganz sicher war ich mir nicht, aber ich tat es trotzdem:

Ich konnte a) schweigen und so tun, als hätte ich mich in eine Wachsfigur verwandelt, so lange bis Jasper mich für verrückt hielt, aufstand und ging. Gar keine schlechte Idee.

Oder b) ihm die Wahrheit sagen. Jedes Detail über die Serie und uns, die soeben über die Mattscheiben meiner Parallelwelt flimmerten. In der es übrigens Gerüche gab. In der Menschen nicht geschminkt dem Bett entstiegen. Und in der die Tage stinknormal zu Ende gingen, ohne Cliffhanger.

Jaspers Reaktion auf b) wäre wohl genau wie die auf a) – er würde mich für verrückt halten, aufstehen und gehen.

Ich entschied mich für c) alles abzustreiten. Ebenfalls eine reichlich blöde Option, aber damit gewann ich zumindest Zeit.

»Was hier los ist?«, sagte ich und riss der Rose neben mir missmutig ein Blatt ab. »Warum glaubst du, dass ausgerechnet *ich* weiß, was hier los ist?«

Jasper knirschte mit den Zähnen. »Ich hasse es, wenn du das machst.«

»Entschuldige. Muss daran liegen, dass ich Rosen doof finde.«

»Ich meinte, so zu tun, als wäre alles ganz normal und nicht weiter mysteriös. Das hast du in meinem Traum in New York auch getan. Dabei weiß ich ganz genau, dass du mit drinsteckst, denn es hat alles erst angefangen, als du aufgetaucht bist, Miss Abby Foster-Barrington-Whitley.« Hohn triefte aus seiner Stimme. »Ich könnte Tante Gladys einfach verraten, dass du nicht ihre Nichte bist, sondern einen ganz anderen Namen trägst.«

»Wenn du dich dann besser fühlst.« Ehrlich gesagt störte es mich gar nicht, wenn Tante Gladys erfuhr, dass ich weder Barrington-Whitley hieß noch ihre Nichte war. Inzwischen fragte ich mich ohnehin, ob sie mich jemals für ihre wahre Nichte gehalten, oder ob sie von Anfang an geahnt hatte, dass ich unfreiwillig in der Serie gelandet war.

»Okay. Gut«, sagte Jasper betont gleichgültig und wandte mir seine Handflächen zu, als wäre ihm das vollkommen recht. Dann stand er auf. »Hast du mir noch irgendetwas zu sagen?«

Ich schüttelte den Kopf und wagte nicht, ihn anzusehen. Jedes Wort aus Jaspers Mund verriet seine Enttäuschung und ich wollte mir gar nicht vorstellen, wie der dazugehörige Gesichtsausdruck aussehen mochte. Und das alles nur, weil ich meine blöde Klappe nicht halten konnte. In meiner Kehle hatte sich ein dicker Kloß gebildet und ich musste mich zusammenreißen, die aufsteigenden Tränen zu unterdrücken.

»Also nichts. War ja klar. Eine Sache nur noch: Habe ich wirklich noch vor fünf Minuten behauptet, dass ich dir vertraue? Entschuldigung. War wohl eine üble Fehleinschätzung.«

Diesmal war nicht ich diejenige, die einen fulminanten Abgang hinlegte – sondern Jasper, der sich seine Kamera schnappte und wortlos wegging, ohne sich ein letztes Mal nach mir umzudrehen.

11

An diesem Abend erlaubte ich mir ausnahmsweise eine Heulattacke. Normalerweise war ich streng mit mir selbst, was emotionale Ausbrüche in der Serie anbelangte. Einerseits wollte ich der Serie nicht in die Karten spielen und für noch mehr hausgemachtes Drama sorgen, zum anderen konnte ich mir Schöneres vorstellen, als mich dank nicht wasserfester Wimperntusche vor Deborahs und Morgans Augen in Großaufnahme in einen Waschbären zu verwandeln.

Aber heute war mir das auch egal.

Irgendwann schlief ich ein und glitt in einen Albtraum. Ich träumte, dass ich mich mit jedem Tag mehr in eine eindimensionale, hirnlose Serienfigur verwandelte. Und nicht in irgendeine – sondern in Lady Ashworth höchstpersönlich. Mit Drachenschwanz und Hühnerkrallen scheuchte ich Personal herum, organisierte heuchlerische Wohltätigkeitsveranstaltungen und faselte dabei stumpfsinniges Zeug wie: »Wir müssen das Protokoll bewahren«, »Ich bin Vorsitzende des Kreises zur Erhaltung der adeligen Pflichten« oder: »Gladys, du Bürgerliche, wie kannst du es wagen, mit den Fingern zu essen?« Um die Verwandlung zu ertragen, schüttete ich mir jeden Tag großzügig Scotch die Kehle hinunter, bis mich nichts mehr zu kümmern schien.

Als ich aufwachte, war mir übel. Vielleicht lag es an dem Scotch aus meinem Traum, vielleicht auch an der gruseligen Vorstellung, Lady Ashworths Leben zu führen, und mir kam zum ersten Mal der Gedanke, dass Lady Ashworth sehr, sehr unglücklich sein musste.

Wenn sie es tatsächlich war, dann versteckte sie das heute allerdings sehr gut, denn im Frühstücksraum der Ashworths stieg eine Matinee. (Also eine Party am Morgen, das Gegenstück zu einer Soiree, langsam lernte ich dazu.) Als ich noch halb verschlafen in den Blauen Salon trat, tummelten sich dort einige unbekannte Gesichter, die sich schon mit Sektgläsern zuprosteten. Lady Ashworth selbst gab sich als perfekte Gastgeberin, plauderte mit einem Grüppchen perlenkettentragender, in pastellfarbenen Kostümen steckender Frauen und warf dabei immer wieder lachend den Kopf in den Nacken, damit jeder ihre strahlenden Zähne sehen konnte.

»Oh, Aprikosentörtchen, du kommst genau rechtzeitig!« Tante Gladys stand etwas abseits und winkte mich zu sich. »Es gibt warme Croissants und mit Schokolade überzogene Fruchtspießchen. Ich habe dir welche auf die Seite gelegt. Huch, Liebes, trägst du etwa noch dein Nachthemd?«

Leider hatte ich mir bloß meine Jeansjacke über das weiße Nachthemd geworfen, das sie mir geborgt hatte und das sich auch gut als Freizeitkleid im Westernstil tragen ließ. Nur eben nicht auf spießigen Matinees in versnobten Herrenhäusern. »Mich hatte ja keiner vorgewarnt«, murmelte ich. »Was gibt es denn zu feiern?«

»Keine Ahnung.« Tante Gladys zuckte mit den Schultern. »Da drüben stehen die Damen dieses unsäglichen, möchtegern-elitären Wohltätigkeitszirkels der Lady. Und weiter links ihre noch unsäglicheren Begleiter.« Sie deutete auf eine Gruppe hochgewachsener, haarloser Kerle mit abstehenden Ohren. »Sympathisanten des Lords und seines Wahlkampfs. Ich frage mich nur, warum alle englischen Männer in meinem Alter sich optisch immer mehr Prinz Charles annähern.« Tante Gladys nahm sich ein Glas Sekt von Clarissas Tablett. »So werde ich nie meinen fünften Ehemann finden.«

»Wir feiern die ersten Umfrageergebnisse zu Lord Ashworths Wahlkampf«, erklärte Clarissa und deutete in eine Ecke. Dort wo gestern noch ein Ölgemälde von Gatsby gehangen hatte, spannte sich nun ein großes Plakat, das ein Balkendiagramm zeigte. »In allen Wählerschichten ist Lord Ashworth der Führende, Mr Fillmore liegt weit hinter ihm zurück. Deshalb hat die Lady jeden, der in Rosington etwas zu sagen hat, zu einem festlichen Brunch eingeladen.«

»Ein Brunch, der sich hoffentlich bis zum Dinner ausweiten lässt. Cheers!«, ergänzte Tante Gladys, die offensichtlich schwer in Feierlaune war.

Das Klirren von Gläsern ertönte. DeWitt und Lady Ashworth prosteten sich zu, als hätten sie den Wahlkampf schon gewonnen.

»Wo steckt eigentlich Lord Ashworth?«, erkundigte ich

mich. »Er müsste heute Morgen doch eigentlich im Mittelpunkt stehen.«

»Montgomery ist in seiner Bibliothek und arbeitet an der nächsten Rede«, antwortete Tante Gladys. »Möchtest du noch ein Schokospießchen? Cordelia sagt, die Dinger müssen weg, bevor Monty zurückkommt. Der Arme darf sich nämlich bis zum Wahlabend nur noch von Kohl und Sauerkraut ernähren.«

Kohl und Sauerkraut. Würg! Ich nahm mir eines der Spießchen von Clarissas Tablett. Armer Lord Ashworth. Immerhin war er derjenige, der wieder und wieder freundlich in die Kameras lächeln musste. Er, der die Reden hielt und die Interviews gab, während die Lady und DeWitt hier die Lorbeeren einheimsten. Und obendrein durfte er schon seit Tagen nichts mehr essen, was einen Schatten warf. Wie ungerecht!

Ich beschloss, ihm heimlich einen Schokoladenspieß zu bringen. Die Bibliothek lag am anderen Ende des Herrenhauses im ersten Stock. Den Weg fand ich inzwischen schon alleine, auch wenn es ganz schön kompliziert war: Ich musste vom Blauen Salon ins Musikzimmer, übers Kaminzimmer den ausladenden Treppenaufgang bis ins Obergeschoss hinauflaufen. Meine Orientierung hatte sich wirklich verbessert, immerhin lebte ich, wenn man die Rücksprünge nach New York abzog, schon über eine Woche in Ashworth Park.

An gewisse Serieneigenheiten hatte ich mich inzwischen gewöhnt. Am schnellsten war es mit den fehlenden Gerüchen gegangen. Inzwischen vermisste ich Gerüche nur noch vor dem Kühlschrank, wenn ich Milch trinken wollte und nicht prüfen konnte, ob sie frisch war. Auch die Tatsache, dass es draußen nie vollständig dunkel wurde, störte mich nicht, auch wenn ich nachts immer die Rosenvorhänge zuziehen musste, um schlafen zu können. (Aber das tat ich daheim in Vollmondnächten auch, mal davon abgesehen, dass ich natürlich keine Vorhänge mit Rosen besaß.) Das größte Problem hatte ich immer noch mit den Charakteren, die sich eindimensional und unnatürlich verhielten. Dafür gab es genügend Beweise: Sie sahen schon morgens perfekt gestylt aus, begrüßten und verabschiedeten sich am Telefon nie oder starrten manchmal gedankenverloren auf irgendeinen imaginären Punkt, als ahnten sie, dass sie gerade in Großaufnahme gezeigt wurden.

So ähnlich, wie es Lord Ashworth gerade tat, als ich durch die offene Tür in die Bibliothek trat. Das Kinn aufgestützt, saß er in einem braunen Ledersessel am Schreibtisch und starrte auf einen Briefbeschwerer in Form eines springenden Pferdes, bis ich die Tür hinter mir schloss.

Er schrak hoch.

»Huch.« Sein Stuhl knarzte unter seinem Gewicht. »Abby! Ich habe Sie gar nicht hereinkommen gehört.«

»Entschuldigung, dass ich störe. Ich wollte Ihnen bloß zu den Umfrageergebnissen gratulieren. Und Ihnen etwas Schokolade bringen.« Der Lord starrte immer noch auf sein Briefbeschwerer-Pferd, und während ich den Teller hinstellte, fühlte ich mich zusehends unwohler. Er hatte sich in die

Bibliothek verkrochen, weil ihm nach Privatsphäre war. Und ich überfiel ihn einfach, ohne anzuklopfen. »Okay, ich verschwinde dann mal wieder …«

»Ist das tatsächlich Schokolade, Abby?«, murmelte er plötzlich und blickte zweifelnd auf den Teller. Anders als die Lady nannte er mich beim Vornamen, was mir besser gefiel.

Ich nickte.

»Und das sind auch echte Früchte, und nicht etwa überzogener Rosenkohl?« Er zog eine Traube vom Spieß und kaute sie. »Tatsächlich. Vielen Dank.«

»Gern geschehen.« Auch ohne seinen typischen Backenbart, den ihm Lady Ashworth abrasiert hatte, wirkte er immer noch wie ein gutmütiger, etwas einfältiger Santa Claus. Ich stellte mir vor, wie sein Ledersessel sich plötzlich in einen Schlitten verwandelte, gezogen von sieben Turnierpferden, und der Lord mit einem »Ho, ho, ho« in die Nacht verschwand.

»Wollen Sie sich nicht setzen?« Er verputzte genüsslich den Früchtespieß und blickte mich an. »Ich möchte gern mit Ihnen reden. Aber erst müssen Sie mir versprechen, dass sie ein Geheimnis bewahren können. Diese Sache muss unter vier Augen bleiben.«

Ein Geheimnis? Nichts, was über den Bildschirm flimmerte, blieb jemals ein Geheimnis. Deborah und Morgan erfuhren es doch in diesem Moment. Und früher oder später würde es auch in Ashworth Park ans Tageslicht gelangen. In einer Daily Soap blieben Geheimnisse nie geheim. Absurd.

»Ähm … Ja, natürlich«, murmelte ich. Ich setzte mich und er blickte mich zum ersten Mal direkt an. Der Lord sah gar nicht gut aus. Seine glasigen Augen und die verschwitzte Stirn verrieten, dass etwas ganz und gar nicht stimmte.

»Ich habe heute Post bekommen.« Er griff in seine Schublade und zog ein weißes Kuvert heraus. »Und zwar diesen Brief hier.«

Das Kuvert sah elegant aus. In Blockschrift stand darauf: *Für Lord Ashworth, persönlich.*

Ein mulmiges Gefühl breitete sich in mir aus und ich hatte plötzlich Angst davor, den Umschlag zu öffnen.

Der Lord nickte mir aufmunternd zu. »Keine Angst. Ich habe ihn bereits geöffnet, eine Briefbombe ist es schon mal nicht. Lesen Sie den Brief ruhig laut vor.«

Ich nahm ein einzelnes weißes Blatt heraus. Der Text darauf war mit einer Schreibmaschine verfasst worden.

»Lord Ashworth. Bald sind Sie unser neuer Bürgermeister. Integer, aufrichtig, vertrauenswürdig. Familie steht für Sie an oberster Stelle.« Ich brach ab. Ach, ein Brief eines Wählers? Warum zeigte er mir denn den?

»Weiter.« Der Lord wedelte ungeduldig mit der Hand.

»Leider sprechen die Beweise, die ich in das Kuvert gesteckt habe, eine andere Sprache. Ich weiß von der Affäre.«

Affäre? Ich starrte auf das Wort, dann spähte ich in das Kuvert. Außer dem Brief befand sich nichts darin. »Lord, Ashworth, ich verstehe nicht ganz.«

»Lesen Sie weiter.«

»Von den Beweisen wurden Kopien gemacht, die ich nur zu

gerne an alle Magazine der Insel verschicke«, las ich. »*Damit könnte Ihr Wahlkampf gelaufen sein. Es sei denn, wir werden uns einig.*«

»Der Verfasser fordert eine Stange Geld, bis morgen, hinterlegt in einem Schließfach am Bahnhof in Rosington. Ganze fünfzigtausend Pfund!« Lord Ashworth schlug mit der Faust auf die Tischplatte, eine übertriebene Geste, wie es nur Serienfiguren taten. »Widerlicher Missetäter!«

Ich verstand nur Bahnhof, und das im wörtlichen Sinne. Auf den Rest des Briefes konnte ich mir keinen Reim machen. Meine Kehle fühlte sich plötzlich an wie zugeschnürt. Das klang gar nicht gut.

Das hier war ein waschechter Erpresserbrief. In einer schlechten Serie wie Ashworth Park hätte ich zumindest gehofft, dass sich der Erpresser die Mühe machen würde, Buchstaben aus Zeitungen auszuschneiden und sie aufzukleben, stattdessen hatte er ihn einfallslos auf der Schreibmaschine getippt.

»Ich verstehe immer noch nicht ganz, Lord Ashworth. Was hat dieser Kerl gegen Sie in der Hand?«

»Er weiß von der Affäre.« Der Lord rieb sich seine knollige Nase, als helfe ihm das beim Denken. »Ich habe keine Ahnung, wie der Schreiber davon erfahren hat. Die Sache ist mir furchtbar unangenehm und –«

»Was für eine Affäre?«, drängte ich. »Und von welchen Beweisen spricht er?«

»Das kann ich Ihnen nicht sagen, Abby. Und genauso wenig kann ich Ihnen die Beweise vorlegen. Aber glauben Sie mir, es könnte mich ruinieren. Uns alle. Für immer und ewig.«

»Aber wenn ich Ihnen helfen soll, müssen Sie mir doch sagen, worum es ... oh nein.« Vor Aufregung begannen meine Arme und meine Füße zu kribbeln.

Nein. Moment mal, das war nicht nur die Aufregung. Es musste der Cliffhanger sein, der sich ankündigte. Klar. Die Stelle war geradezu ideal.

»Was ist los?«, fragte der Lord. »Ist Ihnen nicht gut?«

Oje! Ich durfte nicht riskieren, dass ich vor seinen Augen anfing zu flackern.

»Ich muss weg.« Ich sprang auf, hastete zur Tür und zog sie auf.

Der Lord sah mir verdutzt hinterher. »Aber ich wollte doch noch Ihren Rat hören, Abby.«

»Später. Ich habe leider furchtbar schwache Nerven und brauche jetzt ganz dringend mehr Schokolade. Ist immer so bei Erpressungen. Aber ich werde mir was überlegen, versprochen.«

»Mit dieser Erklärung warf ich hinter mir die Tür zu, lief davon und schaffte es gerade noch bis auf die Toilette im ersten Stock. Ich sperrte ab, lehnte mich keuchend ans Waschbecken und sah entsetzt zu, wie mein Gesicht im Spiegel zu flackern anfing – und ich vor meinen eigenen Augen verschwand.

12

Ich landete auf hartem Beton, direkt neben der übervollen Mülltonne von *Chez Pierre*: ein nach alten Fischresten und fauligem Obst stinkender Beweis dafür, dass ich leider wieder in der realen Gerüchewelt angekommen war. Eine Weile verharrte ich in meiner unbequemen Position und rieb mir den Hintern, bis mir einfiel, mit welcher Absicht ich überhaupt erst in den Hinterhof gelaufen war.

Um Tante Gladys zu suchen.

Doch jetzt fehlte von ihr jede Spur. Auch Deborah hatte nicht auf meinen Rücksprung gewartet und war inzwischen heimgegangen. Zu gerne hätte ich noch weiter Mums mysteriöses Date ausspioniert, doch diesen Plan vertagte ich. Immerhin war es inzwischen Abend geworden, die Luft wurde immer kühler und ich trug immer noch Tante Gladys' luftiges Nachthemd, kombiniert mit meiner Jeansjacke. Als ich schließlich zu Hause ankam und ins Wohnzimmer trat, hockten Deborah und Morgan vor dem Fernseher und glotzten … auf mich.

Mich, in der Serie. In Ashworth Park.

Fassungslos trat ich näher an das Gerät und sah zu, wie

sich Bildschirm-Abby in der Abenddämmerung mit verbissenem Gesichtsausdruck entlang der Dünen in Richtung der Klippen kämpfte. Irgendwann wechselte die Kameraperspektive und zeigte plötzlich Jasper, der den Sonnenuntergang fotografierte und sich nach mir umdrehte.

»Abby.« Deborah rappelte sich vom Boden auf und stürmte auf mich zu, während Bildschirm-Abby auf Jasper zulief. Die Szene kam in Slow Motion, untermalt von dramatischen Orchesterklängen. »Das da … ist bahnbrechend. Ein wissenschaftliches Wunder. Ich habe es tatsächlich geschafft.«

Ich starrte immer noch auf die Mattscheibe. Es war tatsächlich die letzte Folge, die da lief. Genauer gesagt, der Teil an den Klippen, kurz nachdem Jasper von zu Hause abgehauen war.

Heilige Scheiße, sahen so etwa meine Haare von hinten aus? Ich musste ganz dringend zum Friseur.

»Jetzt mal langsam.« Ich setzte mich aufs Sofa und starrte Deborah und Morgan an. »Was hast du geschafft? Und was ist das da im Fernsehen? Wie ist das möglich? Die Serie ist zu Ende. Ich bin doch eben –«

»Deine Eltern sind schon ganz krank vor Sorge«, sagte Bildschirm-Abby gerade im TV. Verdutzt hörte ich zu. Meine Stimme klang im Fernsehen ganz anders.

»Sieh nur! Das hier ist eine externe Festplatte, auf die ich Ashworth Park aufgenommen habe.« Deborah deutete auf ein kleines silbernes Ding, das durch ein Kabel mit dem Receiver verbunden war. »Die Zukunft des Videorecorders. Man muss bloß den Kanal und die Uhrzeit einspeichern, schon nimmt er automatisch auf. Du kannst dir jede Folge immer wieder und wieder ansehen. Mit dir selbst in der Hauptrolle. Ist das nicht großartig?«

»Seid ihr irre? Ich habe euch niemals erlaubt, mich aufzunehmen.« Auch wenn ich mich ärgerte, ich konnte den Blick nicht von der Mattscheibe nehmen. Dort wurde nun in Großaufnahme gezeigt, wie Jasper seine Stirn an meine lehnte. Dabei verstrubbelte die frische Brise seine Haare, was zugegebenermaßen richtig süß aussah.

»Abby, ich schwöre, ich wusste nichts davon«, beteuerte Morgan. »Als ich hergekommen bin, um die Serie zu schauen, war Deborah gerade dabei, das Ding anzuschließen.«

»Ja, es war meine Idee.« Es klang beinahe, als sei meine Schwester auch noch stolz darauf. »Ich wusste, dass du nicht einverstanden sein würdest. Deshalb hab ich dir auch nicht erzählt, dass ich mir das Teil besorgt habe. Eugene aus meinem Physikkurs hat es mir geliehen. Und jetzt haben wir endlich den Beweis. Jeder kann dich im Fernsehen sehen! Zumindest jeder, der Channel Island TV empfängt.«

Wie in Trance beobachtete ich Bildschirm-Abby und Jasper im hohen Gras, während die dramatische Orchestermusik in ein romantisches Geigensolo überging. Ich hatte mich gestern also nicht getäuscht. Die Musik, die untergehende Sonne im Hintergrund und das kitschige Weichzeichner-Licht verschaffte mir nur noch mehr Gewissheit: Jasper hätte mich um ein Haar geküsst. Bevor ich alles in den Sand gesetzt hatte.

Ich wusste, welcher Teil jetzt kam. Halt deine dumme

Klappe, Abby!, wollte ich mir selbst zurufen, aber es hätte keinen Sinn gehabt. Also kniff ich die Augen zusammen, während ich Zeuge wurde, wie Bildschirm-Abby es zum zweiten Mal so richtig vermasselte. Kolossal vermasselte. Indem sie Jasper verriet, dass er sich New York nicht nur eingebildet hatte.

Jaspers Gesicht, in dem sich eine Mischung aus Schock und Enttäuschung spiegelte, wurde in Großaufnahme gezeigt. Die Szene war an Dramatik nicht zu überbieten.

»Das war wirklich selten dämlich, Abby«, kommentierte Deborah. »Er hat die Lüge mit der Komafantasie so brav geschluckt, und du bringst ihn dazu, alles anzuzweifeln. Ich wusste ja, dass du nicht die Hellste bist, aber das –«

»Lösch es!«, rief ich aufgebracht. »Lösch es sofort!«

Deborah drückte auf Standbild. Leider ausgerechnet in dem Moment, in dem Bildschirm-Abby ausgesprochen dumm aus der Wäsche guckte, weil sie gerade realisiert hatte, was für eine hirnlose Dumpfnudel sie war. Angewidert wandte ich mich von meinem Ebenbild ab.

»Löschen? Nicht dein Ernst, Abby«, stöhnte Deborah. »Ich hätte es nie für möglich gehalten, dass wir die Serie tatsächlich auf einer stinknormalen Festplatte aufnehmen können. Aber jetzt bin ich einen Schritt weiter. Das hier gibt uns endlich die Möglichkeit, die Sache in ihre Einzelteile zu zerlegen.«

»Und ich werde gleich *dich* in Einzelteile zerlegen, wenn du es nicht sofort löschst.« Ich gab mir Mühe, sie mit Blicken zu erdolchen. Lady Ashworth konnte das nur zu gut.

»Okay. Du guckst eindeutig zu viele Horrorfilme.« Deborah hob die Schultern und zückte die Fernbedienung. Auf dem Bildschirm erschien ein Fenster mit der Frage *Wollen Sie diese Aufnahme wirklich löschen?* »Aber dann ist auch die Szene weg, in der Lord Ashworth den Erpresserbrief erhält. Vielleicht hätten wir ja gemeinsam dahinterkommen können, was es mit dieser Affäre auf sich hat, von der dir der Lord nichts erzählen wollte.«

»Halt!«, rief ich. Der Erpresserbrief. Den hatte ich beinahe vergessen. Die Serie hatte mich zurückgeschleudert, noch bevor ich überlegen konnte, wer ihn geschrieben hatte. Oder welche Beweise der Erpresser besaß.

»Wusste ich es doch.« Mit triumphierendem Blick drückte Deborah auf die Vorspultaste. Im Schnelldurchlauf sah ich, wie Jasper und ich stritten (so wirkte es nicht mehr dramatisch, sondern eher wie aus einem Cartoon) und leider ebenso, wie ich mich deswegen nachts im Halbdunkel in den Schlaf weinte.

Mist. Warum hatte ich mich nur so gehen lassen? War denn in diesem Moment nichts Spannenderes passiert, das man anstelle meines Geheules hätte zeigen können? Julian, der selbstverliebt sein Haar schüttelte? Giles, der eine Zigarette rauchte? Oder Gatsby, der auf Tante Gladys' Rasen seine Notdurft verrichtete?

»Ganz schön dramatisch, findest du nicht?« Sadistisch wie Deborah war, beschloss sie, den Schnellvorlauf abzustellen und mein jämmerliches Winseln Sekunde für Sekunde auszukosten. Ich hätte mich zumindest unter der Decke verstecken sollen. »Wenn du mich fragst, sieht das nach einem akuten Fall von Liebeskummer aus.«

»Liebeskummer? Was für ein Quatsch!«, antwortete ich brüskiert. Ich war doch nicht wegen Jasper so am Boden zerstört gewesen. Eher wegen meiner eigenen Blödheit. Und darüber, eine weitere Nacht in der Serie verbringen zu müssen. Es lag ganz einfach an der Gesamtsituation, Ja, absolut. Die Gesamtsituation war daran schuld.

Morgan sah mich prüfend von der Seite an. »Oh nein. Deborah, sie wird rot!«

Deborah lachte laut auf. »Abby, das mit dem Liebeskummer sollte doch nur ein Scherz sein.«

Morgan griff nach Deborahs Hand. »Deborah, halt mich fest. Ich glaube, Abby hat sich in Jasper verknallt.«

»Quatsch! Totaler Quatsch! Ist euch überhaupt klar, was ihr da für Blödsinn plappert?«, platzte ich heraus. Doch als ich Deborahs und Morgans überraschte Gesichter sah, wurde mir klar, dass das vielleicht nicht die richtige Strategie war. Wenn ich mich zu sehr verteidigte, würden sie erst recht denken, dass da etwas im Busch war. Und warum bitte hielten Deborah und Morgan Händchen? Hassten die sich nicht bis aufs Blut?

»Um diese Sache ein für allemal klarzustellen«, fuhr ich fort und gab mir Mühe, gefasst zu klingen. »Ich mag Trevor. Nicht Jasper. Meine Güte, Morgan, ich dachte, das wüsstest du inzwischen.« Ich schnaubte. »Und außerdem haben wir ganz andere Probleme. Lord Ashworth wird erpresst.«

»Okay. Schon gut, Abby. Für dein nicht existentes Liebesleben interessiert sich sowieso keiner hier. Lasst uns lieber den Teil in Lord Ashworths Bibliothek noch mal ansehen.«

Deborah spulte wieder vor, und zwar an die Stelle, wo ich in Tante Gladys' Spitzennachthemd Lord Ashworths Erpresserbrief las.

»Der Lord wollte mir einfach nicht erzählen, um welche Affäre es sich handelt«, erklärte ich. Noch während ich das sagte, kam mir allerdings ein Gedanke. Hatte Lord Ashworth etwa ein Techtelmechtel mit dieser Lily Bloom? Ich hatte ja bereits seit einiger Zeit das Gefühl gehabt, dass mit dieser Figur etwas nicht stimmte. Sie schien es auf den Lord abgesehen zu haben.

»Ich hab's! Es muss diese Lily Bloom sein«, kombinierte Deborah im selben Moment und hielt erneut das Bild an. Der Lord erstarrte in dem Augenblick, als er Bildschirm-Abby den Brief reichte. »Es gab zwar nie eine eindeutige Szene zwischen den beiden, aber Lily Bloom hat sich ziemlich oft in seinem Büro aufgehalten.«

»Aber wenn sie etwas miteinander gehabt hätten, müsste das doch in der Serie zu sehen gewesen sein«, warf ich ein.

»Vielleicht war's nicht jugendfrei«, grinste Deborah.

»Was auch der Grund dafür ist, warum er dir die Beweise nicht gezeigt hat«, ergänzte Morgan. Sie sah aus, als müsste sie gleich kotzen. »Würg! Dieses Bild bekomme ich sicher nie wieder aus meinem Kopf.«

»Apropos Bild.« Deborah starrte auf das Standbild. Mit wenigen Klicks zoomte sie mit der Fernbedienung in die rechte obere Ecke des Bücherregals, wo eine kleine Überwachungskamera hing. »Die Frage nach dem Wie ist hiermit beantwortet. Wegen der alten Bestände ist die Bibliothek videoüberwacht. Bestimmt wurden die beiden von der Kamera dabei gefilmt, wie sie rumgemacht haben. Jemand muss das Video entwendet haben und benutzt es nun, um Lord Ashworth zu erpressen.«

Mich beschlich plötzlich ein heißer Verdacht, wer dahinterstecken könnte. Für die Lösung dieses Falls brauchte ich keine Miss Marple. Dafür brauchte ich noch nicht mal Deborah: Alle, wirklich alle Hinweise deuteten unbestreitbar auf DeWitt hin.

Da waren a) der Umstand, dass DeWitt Lord Ashworth erst zu der Kandidatur überredet hatte, ohne die er nun kein Druckmittel besäße, b) mein Gefühl, dass DeWitt schon seit Längerem unter Geldnot litt und somit ein Motiv vorzuweisen hatte. Und c) die Tatsache, dass DeWitt durch Blackwood von Miss Blooms Vergangenheit wusste und deshalb nur darauf warten musste, bis sich dieses Detail zu einem handfesten Skandal aufbauschte. Womöglich musste er auch gar nicht warten. Bestimmt hatte er die Gute einfach bestochen, mit Lord Ashworth rumzuknutschen.

»Es muss DeWitt gewesen sein«, erklärte ich aus vollster Überzeugung.

»Das denke ich auch.« Deborah nickte. »Hör zu, Abby, jetzt wird es ernst. Vielleicht ist das die Chance auf unser Happy End, ganz unabhängig von Julian. Wir müssen Lord Ashworth klarmachen, dass sein ach-so-vertrauenswürdiger Medienberater DeWitt dahintersteckt.«

»Du meinst, *ich* muss es Lord Ashworth klarmachen.«

Deborah nickte. »Und ich weiß auch schon, wie. Zuerst dürfen wir dem Lord nichts von unserem Verdacht erzählen. Solange DeWitt sich in Sicherheit wähnt, ist er ungefährlich. Aber irgendwann wird er einen Fehler machen. Und dann beweisen wir, dass er hinter dem Brief steckt. *Bang!* Ab ins Kittchen, Schneewittchen!«

Aus Deborahs Mund klang das viel zu einfach. Aber ich wusste, dass es darauf hinauslaufen würde, mich erneut in Gefahr zu begeben. Zumindest hatte ich noch bis zum nächsten Seriensprung Zeit, mir einen Plan zu überlegen.

13

Doch bevor ich an diesem Abend zurückspringen würde, gab es noch eine andere Sache, die ich in New York zu erledigen hatte: Mein Treffen mit Tante Gladys heute Nachmittag im Riverside Park. Vorher musste ich allerdings noch eine zweistündige Mathearbeit, ein Französischreferat und eine Doppelstunde Sport hinter mich bringen.

Während Letzterer ließ uns Coach Carter mehrere Runden um das Footballfeld joggen. Für eine gute Leistung reichte meine Energie heute nicht mehr, zudem würde mein ganzer Notenschnitt dank Ashworth Park ohnehin gehörig in die Binsen gehen. Ohne ein schlechtes Gewissen ließen Morgan und ich uns hinter der Gruppe zurückfallen.

»Ich wette, Tante Gladys ist so etwas wie die geheime Hüterin der Serie«, überlegte Morgan und schnaufte dabei wie eine Dampflok. Morgan war, und das war eine Leistung, die Einzige in unserer Jahrgangsstufe, die noch unsportlicher war als ich. »Eine Art Göttin über das Drehbuch, die heimlich irgendwo in ihrem Nordflügel ein Kontrollpult hat und dort die Fäden zieht.« Sie lachte. »Wie in *Die Truman-Show*. Vielleicht gibt es einen Knopf, den sie bloß zu drü cken braucht, damit es regnet. Und einen weiteren, damit sich Lady Ashworth einen Fingernagel abbricht.«

So schräg es klang, inzwischen schloss ich gar nichts mehr aus. Vielleicht befanden sich irgendwo im Himmel sogar Scheinwerfer, befestigt an einer unsichtbaren Kuppel, die die Isle of Roses umschloss, wie in diesem Roman von Stephen King. Vielleicht wurde es ja deshalb nie ganz dunkel.

»Den Gedanken, dass Tante Gladys eine gewisse Kontrolle über die Serienwelt ausüben kann, hatte ich auch schon«, antwortete ich. Wir kamen gerade an Coach Carters Trainerbank vorbei, also zog ich das Tempo etwas an und lächelte motiviert in seine Richtung.

»Findest du es nicht total gruselig, dass sie offenbar in der Serie lebt und raus in die reale Welt gehen kann? Nach Paris oder zu *Chez Pierre* nach New York? Ich meine, ist sie eine Hexe oder so was? Eine Magierin? Eine Grenzgängerin zwischen den Welten? Hat sie ultrageheime Superkräfte? Und warum um alles in der Welt hat sie ausgerechnet dich verflucht? Moment, vielleicht hat sie ja alle anderen Charaktere auch verflucht. Vielleicht sind das auch ganz normale Menschen, die regelmäßig in die Serie reisen müssen.«

»Auch daran hab ich schon gedacht.« Ich zog meine Flasche aus der Gürtelhalterung und trank. Dabei wurden wir gerade von Cynthia und Alice, den beiden athletischsten Mädchen des Sportkurses, überrundet. Sie musterten uns abfällig, vermutlich weil wir uns nicht genug anstrengten. »Aber bis jetzt gibt es keinen Hinweis darauf, dass noch jemand außer mir aus einer Parallelwelt kommt. Die Lady, der Lord und die Jungs halten sich definitiv immer in Ashworth Park auf. Auch einen Schluck Wasser?«

»Ja, gib mal her.« Morgan nahm die Wasserflasche und schüttete sich den gesamten Inhalt über den Kopf. »Jetzt sieht es wenigstens so aus, als hätte ich geschwitzt.«

»Wenn mich Tante Gladys tatsächlich verflucht hat, frage ich mich allerdings, warum sie sich nicht für Deborah entschieden hat«, überlegte ich weiter.

»Vielleicht wollte sie das ja, und es war ein Missverständnis.«

»Genau!« Ich begann zu strahlen. Das war doch durchaus plausibel, oder nicht? »Es könnte doch sein, dass mich Tante Gladys dann von dem Fluch erlöst und ihn auf Deborah legt. Ich glaube, Deborah würde das gefallen.«

Für einen Moment stellte ich mir meine Schwester in Ashworth Park vor. Wie sie sich von Julian Reitunterricht geben ließ und wie ein liebeskrankes Huhn seine Gedichte bewunderte. Wie sie Lady Ashworth mit ihrem umfangreichen Wissen über die britische Monarchie und ihrer vorzüglichen Besteckführung beeindruckte. Für Ashworth Park würde Deborah sogar ihren schwarzen *Intellektuelle-meets-Grunge*-Look ablegen, sich in ein Blümchenkleid zwängen und sich die Haare zu Ringellöckchen drehen. Ha! Der Gedanke ließ mich schmunzeln.

»Oh, Abby, ich würde so gerne zu dem Treffen mit Tante Gladys mitkommen«, jammerte Morgan jetzt, die beim Laufen immer weiter zurückfiel. »Darf ich wirklich nicht? Ich bin auch still und höre nur –«

Coach Carters Trillerpfeife unterbrach Morgan mitten im Satz. »Lockenkopf! Chinesenmädchen! Nicht quatschen! Laufen!«, rief er uns hinterher und einige Mädchen kicherten.

»Japan, nicht China! Dazwischen liegen ein Meer und Tausende Jahre unerbittliche Kampfgeschichte«, schrie Morgan zurück und schloss zu mir auf. »Elender Sklaventreiber!«, schimpfte sie. »Kann sich noch nicht mal unsere Namen merken. Den sollte Tante Gladys mal in die Serie beamen, der lehrt sogar die Lady noch das Fürchten.«

Coach Carter war zwar ein sadistischer Ex-Marine, aber nach der dritten Runde um das Footballfeld hatte er doch Mitleid mit uns. Er schickte uns vor allen anderen in die Mädchenumkleide, vor der wir prompt auf Trevor trafen, der sich mit seinen Kumpels gerade auf den Weg zum Basketballfeld machte.

»Hi, Trevor!« Auch wenn ich ziemlich fertig aussah, ich gab mir Mühe, ihn nett anzulächeln. Schade, dass er inzwischen nicht mehr dieses Piratenkostüm trug. Mit Shorts, T-Shirt und Handtuch um die Schultern sah er allerdings auch nicht übel aus.

»Hey.« Für einen Moment unterbrach Trevor sein Gespräch mit dem Jungen neben ihm und nickte mir zu. Ich war vor der Tür zur Umkleide stehen geblieben, doch Trevor lief prompt in einem Bogen an mir vorbei, ohne eine weitere Silbe mit mir zu wechseln. Schon war er vorüber und wieder dabei, seinem Kumpel die Mannschaftsaufstellung beim Basketball zu erklären.

Einige seiner Begleiter kicherten und drehten sich um, als hielten sie mich für ein peinliches Trevor-Groupie.

»Was ist denn mit dem los?« Morgan hob eine Augenbraue. »Hat der etwa ein Spiel verloren, oder was?«

Verdutzt sah ich ihm hinterher. »Kann nicht sein. Carter hat doch vorhin erzählt, dass die Basketballmannschaft immer noch die Tabellenführung in der Highschool-Liga hält.«

»Habt ihr euch gezofft?«, überlegte Morgan, als wir in die Umkleide gingen. »Oder vielleicht ist er eifersüchtig, weil du dich auf seiner Feier mehr um Jasper gekümmert hast als um ihn?«

»Morgan, er hat einfach erkannt, dass es saublöd wäre, sich mit mir einzulassen«, erklärte ich und prüfte meine Locken im Spiegel. Kein Wunder, denn ich sah aus wie eine verschwitzte Karotte in den Sportklamotten meines Dads, weil ich seit dem Fluch keine Zeit mehr hatte, meine Wäsche zu waschen. »Bestimmt hat er auf der Party längst jemand anderen kennengelernt. Ganz sicher hat er jetzt eine Freundin. Vielleicht ist es Bree Tanner. Die hat doch auf der Party jeden angebaggert. Bestimmt steht Trevor auf sie. Na ja, ist mir egal.«

Okay, ganz egal war es mir nicht, dass mich Trevor wie eine Aussätzige behandelte. Nicht egal war mir außerdem, dass Trevor bloß noch zwei Wochen im Redaktionsteam der Schülerzeitung ableisten musste, weil seine Lehrerin fand, dass seine Aufsätze deutlich besser geworden waren. Danach würden wir uns nicht länger bei den Meetings sehen und hatten keinen Grund mehr, überhaupt miteinander zu reden. Und heute fing es schon damit an.

Nein! Ich musste auf jeden Fall dafür sorgen, dass es für mich und Trevor ein Happy End gab. Ohne plötzliche Fluchtaktionen aus dem Kino oder von seiner Party. Aber das würde erst funktionieren, sobald es in Ashworth Park ein Happy End gab.

Und das musste schleunigst her, oberste Dringlichkeitsstufe!

Während ich an diesem Nachmittag im Riverside Park saß, auf Tante Gladys wartete und zusah, wie die Leute ihre Hunde spazieren führten, überlegte ich, wie ich dabei am besten vorgehen sollte.

Julian zu verkuppeln schob ich vorerst lieber von mir weg. Zu sehr verunsicherte es mich, dass Morgan mit ihrem Paradoxon recht haben könnte – was war, wenn nicht Clarissa seine Cinderella war … sondern ich? Und wen gab es denn auf der Insel sonst noch zur Auswahl? Julian hatte doch schon so viele Freundinnen gehabt und mit keiner hatte es bisher ein Happy End gegeben.

Abgesehen von Julian war da immer noch DeWitt. Vielleicht stimmte Deborahs Vermutung und ich musste dafür sorgen, dass DeWitts Erpressung aufflog, DeWitt im Knast landete und die Ashworths in Ruhe ließ.

Aber selbst dann war ein Happy End noch nicht gewiss.

Sorgten die ständigen Ehestreitigkeiten zwischen Lord und Lady Ashworth nicht immer wieder für Zündstoff und Drama, unabhängig von Mr DeWitt? Sollte ich etwa auch noch deren Ehe kitten? Langsam wuchs mir die Aufgabe über den Kopf. Das war selbst für Miss Troubleshoot eine Nummer zu groß.

Voller Verzweiflung vergrub ich mein Gesicht in den Händen und starrte auf den Asphalt vor mir, als plötzlich ein Paar schwarze Turnschuhe genau vor meiner Bank stehen blieb. Ich blickte auf.

Vor mir stand Tante Gladys. Sie trug eine dunkle Wolljacke, Jeans und einen Pferdeschwanz und sah aus wie jede x-beliebige New Yorkerin.

Belämmert starrte ich sie an.

»Abigale.« Sie lächelte mich an. Ausnahmsweise verpasste sie mir keine neuen Spitznamen. »Darf ich mich zu dir setzen? Du hast bestimmt viele Fragen.«

Oh ja. Die hatte ich allerdings. Deborah, Morgan und ich hatten uns gestern eine ganze Wagenladung an Fragen rund um Ashworth Park überlegt, die ich Gladys stellen sollte. Sie reichten von »Sind Julians Bauchmuskeln echt?« (von Morgan) bis zu »Wie viele Paralleluniversen existieren simultan und wird sich das Bild vom Multiversum genauso durchsetzen wie das kopernikanische Weltbild?« (von Deborah). Nur auf die lebenswichtigen beschränkt, reduzierte sich das Ganze allerdings auf eine einzige Frage, nämlich meine eigene:

Wie kam ich aus dieser Scheiße je wieder raus?

»Tante Gladys … ähm, oh, darf ich dich überhaupt noch Tante Gladys nennen?«, begann ich und spielte mit meinen Fingern. Da war sie schon, die erste Frage. »Heißt du überhaupt wirklich Gladys?«

»Ja, so heiße ich wirklich.«

»Okay, gut. Also, Tante Gladys –«

»Du willst, dass es endlich aufhört, oder?«, unterbrach sie mich und ihre grauen Augen sahen mich mitfühlend an.

Ich nickte zögerlich.

»Es ist schon wirklich anstrengend.« Tante Gladys lehnte sich zurück und verschränkte die Arme hinter ihrem Kopf. »Abends kann man sich nicht verabreden, denn sobald die Serie losgeht, verschwindet man. Das Kopfweh nervt. Und zudem altert man für alle seine Freunde in New York ungewöhnlich schnell, weil man ja quasi zwei Leben zur selben Zeit führt.«

»Oh.« Na klasse. Darüber hatte ich mir noch keine Gedanken gemacht.

»Und um deine Frage zu beantworten, Abigale: Ich kann nicht machen, dass es aufhört. Ich wünschte, ich könnte es. Dann müsste ich nicht schon seit zwanzig Jahren das durchmachen, was bei dir gerade erst angefangen hat.«

Mir drehte sich der Magen um und ich sank teilnahmslos immer tiefer in die Parkbank. Hatte Tante Gladys gerade *zwanzig Jahre* gesagt? Bedeutete das etwa, dass wir beide das gleiche Schicksal teilten? Musste sie auch zu jedem Serienstart in die Serie reisen – und das schon seit so langer Zeit? Grundgütiger!

»Also geht es dir genauso wie mir?«, stieß ich hervor. »Du bist auch nichts weiter als ein … ein Opfer? Ein Opfer der Serie?«

»Na ja, so negativ würde ich es nicht ausdrücken. Ein Opfer von Lady Ashworth vielleicht. Aber daran arbeite ich.« Sie ballte die Fäuste. »Elende Zimtzicke.«

Ich hatte immer noch das Gefühl, dass ich kein bisschen schlauer geworden war. »Aber … warum geschieht das alles? Warum stecken wir in der Serie fest? Gibt es keine Möglichkeit, das alles zu beenden? Alle Handlungsstränge aufzulösen und damit die Serie dazu zu bringen, endlich aufzuhören?«

»Die Serie dazu zu bringen, aufzuhören«, wiederholte Tante Gladys, als hätte sie die Worte schon unzählige Male zuvor vor sich hin gemurmelt. Sie lachte traurig. »Ein Happy End zu erzeugen. Ziemlich clever. Bist du da alleine draufgekommen oder hat es dir Horatio Eversmith verraten?«

»Horatio *wer*?« Meine Gedanken überschlugen sich.

»Der Fernsehtechniker, der dir Ashworth Park programmiert hat«, erklärte sie. »Du müsstest ihn eigentlich kennengelernt haben.«

»Das war Deborah! Meine Schwester!«, rief ich, sprang auf und wäre um ein Haar mit einer Joggerin zusammengestoßen, die knapp an unserer Bank vorbeilief. Eine Welle der Erleichterung überrollte mich. Ich hatte es doch gewusst! Es war ein Missverständnis gewesen. Deborah hatte diesem Techniker die Tür geöffnet und mit ihm gesprochen. Und dann war der Fluch aufgrund irgendeines Fehlers wohl auf mich übergegangen. Ich war plötzlich ganz aufgeregt. »Tante Gladys, bestimmt sollte eigentlich Deborah in der Serie landen und nicht ich. Sie ist der größte Fan von Ashworth Park, den es gibt. Wir müssen diesen Horatio Whatever finden.«

»Eversmith.« Sie überlegte und zwirbelte eine rote Haarsträhne, die sich aus ihrem Pferdeschwanz gelöst hatte. »Horatio begeht normalerweise keine Fehler. Er wählt nur die fähigsten Leute aus, um sie in die Serie zu schicken.«

Er wählte sie aus? Bis eben war ich der Ansicht gewesen, es wäre nur blöder Zufall, dass es mich getroffen hatte. »Aber Deborah ist fähig. Sie ist der cleverste Mensch der ganzen Schule, hat Ahnung von Aristoteles, Kopernikus, Paralleluniversen und dem ganzen Kram. Außerdem kann sie super einen britischen Akzent nachmachen, weil sie in der Theatergruppe mitspielt.« Ich räusperte mich, reckte das Kinn und probierte es aus. »In der Tat, meine Dame, in der Tat. Örks, siehst du, Tante Gladys, ich kann einfach nicht auf Britisch machen. Ich bin so amerikanisch wie Facebook und Pizza mit Käsekruste.«

Tante Gladys betrachtete mich, meine verwaschenen Jeans und die angemalten Chucks. »Weißt du noch, als du mir beim Pferderennen erzählt hast, dass du die Kummerkastenbriefe deiner Schule beantwortest? Das könnte ein Hinweis sein.«

Ich verstand nicht ganz. »Ein Hinweis? Worauf?« Dasselbe hatte sie damals, an meinem zweiten Tag in der Serie, auch schon gesagt.

»Auf Horatios Entscheidung, noch eine zweite Person aus dieser Welt in die Serie zu stecken, um die Geschehnisse etwas zu beschleunigen. Und zwar dich.«

Geschehnisse beschleunigen? Ich verstand nicht, was sie damit meinte, und noch weniger verstand ich, was das mit meinem Job bei der Schülerzeitung zu tun hatte.

Tante Gladys musste meinen verdatterten Gesichtsausdruck bemerkt haben. »Ich glaube, ich muss etwas weiter ausholen. Also, vor vielen Jahren bin ich genau wie du zum ersten Mal in der Serie gelandet«, erzählte sie. »Ich war noch jung, wenn auch etwas älter als du. Als es anfing, war ich verwirrt und verzweifelt, glaub mir. Hätte ich in Ashworth Park nicht meinen vierten Ehemann kennengelernt, wäre ich bestimmt früher oder später von der Klippe gesprungen.«

Tante Gladys' vierter Ehemann. Das musste der verstorbene Bruder von Lord Ashworth gewesen sein.

»Hat er –«

»Nein, er wusste nichts. Kannst du dir eine Ehe vorstellen, in der man sich immer wieder aus dem Staub machen muss, weil man sonst vor den Augen des anderen flackert, sich in Luft auflöst, um dann in der nächsten Sekunde wieder an derselben Stelle zu erscheinen? Aber egal, ich schweife ab. Nachdem ich einige Wochen in Ashworth Park verbracht hatte, habe ich zu Hause in New York begonnen, nach dem Kerl von der Rundfunkanstalt zu suchen, der mir Channel Island TV programmiert hat.«

»Das haben Deborah und ich auch versucht.«

»Es war nicht einfach, diesen Typen ausfindig zu machen. Er hatte keine Visitenkarte dagelassen und im Telefonbuch stand er ebenfalls nicht. Eines Tages war ich so verzweifelt, dass ich meinen Fernseher einfach aus dem Fenster geschmissen habe, in der Hoffnung, der Fluch würde sich damit auflösen.«

»Und?«

»Nichts. Die Seriensprünge gingen ungehindert weiter, nur dass ich die Folgen nicht länger aufzeichnen konnte, um hinterher Details zu erfahren, die ich in der Serie nicht mitbekommen hatte.«

Oh. Tante Gladys war also schon vor uns auf die Idee gekommen, die Serie aufzunehmen. Wie es aussah, hatte sie allerdings keine Verbündeten wie Deborah und Morgan gehabt. Ich wollte mir gar nicht ausmalen, wie es mir ergehen würde, wenn ich diese Sache ohne die beiden durchstehen müsste. Sosehr Deborah manchmal nervte, als Komplizin in Sachen Ashworth Park war sie unverzichtbar.

»Also habe ich mir einen neuen Fernseher gekauft, auf dem die Serie natürlich erst eingestellt werden musste«, erzählte Tante Gladys weiter. »Und prompt ging mein Plan auf. Horatio Eversmith stand vor meiner Tür und hat mir wütend erklärt, dass ich meine Reisen nach Ashworth Park nicht loswerde, indem ich teure Technik verschrotte. Natürlich war ich diesmal darauf vorbereitet. Also habe ich ihn verprügelt, überwältigt und mit einem Seil an meinen Küchenstuhl gefesselt.«

»Du hast ihn verprügelt und gefesselt?«, rief ich. Eine

Dame, die gleich fünf Hunde Gassi führte, drehte sich nach uns um.

»Na sicher! Ich musste doch erfahren, wie das alles passiert war. Und glaub mir, ich kann ziemlich überzeugend sein. Erst hat sich Horatio geweigert zu reden, aber dann hat er mir erklärt, warum seine Wahl auf mich gefallen war. Er hatte mich geschickt, um die Serie zu beenden und für ein Happy End zu sorgen. Aber dass das unsere Aufgabe ist, hast du ja schon selbst entdeckt.«

Sie zog eine Visitenkarte aus ihrer Handtasche und reichte sie mir. »Sieh nur.«

Ich warf einen Blick auf die Karte. Sie war weiß und mit roten Rosenranken bedruckt. In verschnörkelter Schrift stand darauf geschrieben: *Ms Gladys Marie Barrington-Whitley. Ihre Partnervermittlung mit der Happy-End-Garantie.*

»Barrington-Whitley ist der Nachname meines letzten Ehemanns Matthew aus New York. Seinen Namen habe ich nach der Scheidung behalten, auch wenn der Typ ein übergewichtiger Snob mit hässlichem Muttermal war. Es ist derselbe Kerl, für dessen Verwandte ich dich den Ashworths verkauft habe«, erklärte sie.

»Und du betreibst eine Partnervermittlung?«

Gladys warf den Kopf in den Nacken und lachte. »Mit Happy-End-Garantie. Ist das nicht blanke Ironie? Nur auf Ashworth Park habe ich es einfach nicht geschafft, für ein Happy End zu sorgen. Ganz ehrlich, Lady Ashworth, diese dumme Schnalle, hat doch gar kein Happy End verdient. Noch nicht mal als die Braut Satans.«

»Und jetzt hat dieser Fernsehtechniker Horatio Evermore mich geschickt«, kombinierte ich. »Als Unterstützung für dich.«

»Oder eher, weil ich es längst aufgegeben habe, für Frieden zu sorgen, und mich in der Rolle der alles und jeden quälenden Grande Dame des Hauses viel wohler fühle. Das entspricht viel eher meinem Naturell.«

Ich rieb mir die Stirn. Das waren ganz schön viel Informationen auf einmal. Inzwischen wusste ich zumindest, warum ich in der Serie gelandet war, welche Rolle Tante Gladys spielte und was meine Aufgabe war. Aber es fehlten immer noch Dutzende Zusammenhänge. Wer oder was war eigentlich *die Serie*? Wer sorgte für den Konflikt? Wer speiste das Drama immer wieder mit Nahrung und hielt es dadurch am Leben?

»Dieser Horatio, von dem du immer wieder sprichst – warum kann er einfach Menschen in die Serie verfrachten? Hat er Superkräfte, oder wie macht er das? Warum gibt es diese Serienwelt überhaupt? Ist es tatsächlich eine Parallelwelt? Und was passiert, wenn wir es schaffen, die Serie zu beenden? Was geschieht dann mit den Darstellern? Und was geschieht mit uns?«

Tante Gladys rieb sich die Stirn. »Das sind aber viele Fragen, Abby. Ich weiß es doch genauso wenig wie du.«

»Kann es sein, dass Horatio selbst die Serie kontrolliert?«, überlegte ich weiter. »Vielleicht macht er das ja in seiner Freizeit.« Was für ein nettes Hobby: Wie Gott über einer Glaskuppel zu sitzen, Knöpfe zu drücken und dämlich zu lachen, während mir DeWitt eine Knarre in den Rücken schraubte.

Dieser elende Sadist!

Tante Gladys schüttelte den Kopf. »Nein, gewiss nicht. Horatio Eversmith ist der Ansicht, dass die Serie das schlechteste Format aller Zeiten ist, eine Ansammlung an Klischees, miesen Ideen und noch mieseren Charakteren. Sie muss schleunigst verschwinden. Horatio ist auf unserer Seite.«

»Auf unserer Seite?«, rief ich. Ja, klar. Deswegen hatte er uns auch mit einem lebenslangen Fluch belegt, der uns jeden Abend flimmern und danach verschwinden ließ und uns die Aussicht auf ein halbwegs normales Leben nahm. Ganz toll gemacht, Horatio Everblödmann!

»Er will doch auch, dass diese Daily Soap schleunigst zu Ende geht. Sonst hätte er ja statt dir und mir einen geisteskranken Massenmörder oder eine verrückte Kleptomanin in die Serie schleusen können, um die Handlung mit noch mehr Konfliktstoff zu füttern.«

Ich dachte eine Weile darüber nach. »Aber wenn Horatio mit uns gegen die Weiterführung der Serie kämpft, wer steht uns dann gegenüber? Der geheimnisvolle Parallelwelt-Gott der Serie? Der Herrscher über die Seriengesetze, der aus jeder seiner Rippen eine dieser Figuren erschaffen hat?«

Tante Gladys hob die Schultern. »Wer dafür verantwortlich ist, dass Ashworth Park überhaupt existiert, wollte Horatio mir nicht verraten.«

»Aber diesen ominösen Kerl muss man doch ausfindig machen können. Wo sitzt der überhaupt? In New York? Auf der Isle of Roses? Oder im tiefsten Dschungel auf einem Bananenbaum, während ihm magische Äffchen grottenschlechte Dialoge ins Ohr flüstern?«

»Ich weiß es doch auch nicht.« Tante Gladys' Verzweiflung war nicht gespielt.

Eine Weile schwiegen wir und beobachteten die Entchen, die im Teich links neben dem Joggingpfad seelenruhig im Kreis schwammen und quakten. Für Manhattan war dieses Fleckchen geradezu idyllisch friedlich. Irgendwann warf Tante Gladys einen beiläufigen Blick auf ihre Uhr.

»In drei Stunden geht es wieder los«, gab sie zu bedenken, während ich immer noch die Entchen beobachtete. Wenn es eine Serien-Parallelwelt gab, vielleicht gab es ja dann auch eine Comicwelt, in der Donald Duck tatsächlich existierte. Und keine Ahnung davon hatte, dass wir seine Comics lesen konnten.

Oh Gott. Langsam drehte ich durch. Das war alles zu verrückt, um wahr zu sein.

»Zwei Stunden fünfundfünfzig Minuten«, korrigierte ich schließlich nach einem Blick auf das Display meines Handys. Ich sah Tante Gladys an. »Und was sollen wir jetzt tun?«

»Was meinst du?«

»Brauchen wir denn nicht einen Plan, Tante Gladys? Es muss doch *irgendeine* Möglichkeit geben, wie wir uns aus dieser Misere befreien können.«

Tante Gladys stöhnte. »Aber ich habe keinen Plan. Seit Jahren schon habe ich keine Idee mehr, was zu tun ist. Deshalb habe ich mir in der Serie einfach das Gärtnern zum

Hobby gemacht. Weil ich in New York für Rosen keinen Platz habe, kann ich meine Leidenschaft dort endlich ausleben. Es gibt wahrlich Schlimmeres als einen täglichen Trip ins Grüne, inklusive hübschem Porzellangeschirr, Teegebäck und Scones. Besonders wenn man die übrige Zeit in einer Welt aus Smog, Abgasen und Wolkenkratzern feststeckt und Kaffee aus stillosen Pappbechern trinkt.«

Ich schluckte fest. So wie das klang, hatte Tante Gladys es schon aufgegeben, jemals erlöst zu werden. Sie mochte es zwar amüsant finden, ihr Dasein inmitten von Rosen, langweiligen Teegesellschaften und Klischees zu fristen, aber ich hatte die Hoffnung auf einen Weg aus diesem Schlamassel noch nicht begraben. Und dazu brauchte ich ihre Hilfe.

»Tante Gladys, wir dürfen jetzt nicht den Kopf in den Sand stecken«, bat ich und versuchte, möglichst eindringlich zu klingen. »Immerhin sind wir nun zu zweit. Zu zweit gegen die Serie! Wenn wir es hinbekommen, DeWitt endlich von der Insel zu verbannen, dann haben wir gute Chancen, auch die anderen Schwierigkeiten zu lösen.«

»Endlich ein Happy End!« Tante Gladys seufzte verträumt. »Ich weiß gar nicht mehr, wie es sich anfühlt, einen ganzen Abend lang auf der Couch zu entspannen, ohne Ashworth Park.« Sie seufzte. »Gut, versuchen wir es. Versuchen wir ein letztes Mal, das Drama in den Griff zu bekommen und auf der Mattscheibe für Frieden zu sorgen. Aber du musst mir eins versprechen.«

»Was denn?« Ich würde ihr alles versprechen, wenn ich dafür erlöst wurde. Lebenslang auf meine Lieblingsdonuts zu verzichten. Unförmige Rosenkleider zu tragen. Mich mit kussechtem Lippenstift zu schminken. Alles.

Sie hob den Zeigefinger. »Alles bleibt beim Alten. Du bist und bleibst Abigale Barrington-Whitley, meine Großnichte aus New York. Keine Gespräche über unser Vorhaben in Ashworth Park. Wer oder was auch immer diese Parallelwelt zum Leben erweckt hat und steuert, darf nicht wissen, dass wir uns zusammengetan haben. Wir sollten uns lieber vorsehen. Verstanden?«

Wer oder was auch immer diese Parallelwelt zum Leben erweckt hat.

Meine Arme überzogen sich mit Gänsehaut, während Tante Gladys' Worte in meinem Kopf widerhallten. Welches irre Gehirn hatte sich diese miserable Serie ausgedacht und wie war es überhaupt möglich, dass eine erfundene Geschichte plötzlich Realität wurde? Ich hielt mir den Kopf. Während ich erst von einem nebulösen, kosmischen Fluch ausgegangen war, erschien diese neue Theorie einer undefinierbaren Macht, die eine ganze Welt kontrollierte, noch viel abgefahrener. Und bedrohlicher.

»Noch etwas, Abby.«

»Ja?«

Tante Gladys' Miene verfinsterte sich, wie sonst, wenn sie sich mit Lady Ashworth stritt. »Nimm nie wieder eine der Figuren mit nach New York. Auch nicht aus Versehen, hörst du?«

Ich schluckte fest. Oje. Sie wusste also, dass ich Jasper nach New York mitgebracht hatte. Na klar, Tante Gladys war ja nicht dumm. Bestimmt war ihr die Sache schon im Schuppen klargeworden, als sie seine Wunde gesehen hatte und ihr aufgefallen war, dass zu viel Zeit vergangen sein musste. Ein Tag zu viel. Ein Tag in einem anderen Universum.

»Jasper scheint keine Erinnerungen mehr an seinen kleinen Ausflug zu haben, was unser Vorteil ist«, fuhr sie fort. »Sonst hätte der Junge längst unangenehme Fragen gestellt. Hat er doch nicht, oder?«

Eilig schüttelte ich den Kopf.

»Gut.« Sie nickte zufrieden. »Aber stell dir nur vor, er fände heraus, dass alles um ihn herum eine Serienwelt ist, eine Fiktion. Dann würde –«

»Ja, ja, ich weiß schon. Es würde zu Revolutionen kommen, wie bei den Labormäusen, die auf einem kleinen Bildschirm Bilder ihrer Artgenossen in freier Wildbahn gesehen haben und dann wussten, dass es noch eine Welt außerhalb ihrer Sphäre gibt. Und im schlimmsten Fall droht die Apokalypse? Richtig?«

Tante Gladys sog schockiert Luft ein. »Die Apokalypse? Wer um Himmels willen erzählt denn so einen Stuss? Hast du zu viel Science-Fiction-Filme geschaut?«

»Nicht ich, aber meine Schwester Deborah.«

»Ich meinte eigentlich, wenn dich erneut jemand begleitet – und sei es nur Gatsby oder eine winzige Fliege aus der Küche der Ashworths, die auf deiner Schulter sitzt, während du springst –, dann könnte Horatio Eversmith sehr, sehr wütend werden. Hast du mich verstanden?«

Ach. Ein wütender Fernsehtechniker, äußerst angsteinflößend. Trotzdem dachte ich nicht mal im Traum daran, jemals wieder eine der Figuren zwischen den Welten zu transportieren. Denn leider lag Tante Gladys falsch. Jasper erinnerte sich sehr wohl an New York, an jedes einzelne Detail. Er ahnte, dass es da draußen etwas gab, von dem er nichts wusste. Die Revolution der Labormäuse bahnte sich bereits an.

Sie durfte nur nicht ausbrechen, bevor ich mein Happy End im Sack hatte.

14

Doch vorerst verhielt sich die Labormaus ruhig und unauffällig. Jasper schien sein Vorhaben wirklich in die Tat umgesetzt zu haben. Er hatte offenbar bei DeWitt übernachtet und sich auch am nächsten Tag nicht blicken lassen. Bei Lady Ashworth hingegen hatte sich nach der Matinee doch so etwas wie ein verborgener Mutterinstinkt geregt. Verwundert darüber, dass Jasper diesmal nicht von selbst nach Ashworth Park zurückgekehrt war, war sie zum Cottage gefahren, um ihren Sohn zurückzuholen.

Aber der dachte nicht mal daran, je wieder einen Fuß nach Ashworth Park zu setzen. Zumindest erzählte das Giles, denn als die Lady zurückgekommen war, hatte sie noch schlechtere Laune gehabt als vorher und sich mit einem Glas Scotch, zwei Stücken Schokoladentorte und ihrem Lieblingshandbuch *1000 Sitten und Gebräuche des englischen Adels* ins Schlafzimmer verkrochen und war stundenlang nicht mehr rausgekommen.

Und das alles nur wegen einer dämlichen Packung Zigaretten! Klar, jede Serie hatte einen Hang zur Dramatik, aber die Ashworths konnten es wirklich übertreiben. Ärgerlicherweise ließ so ein Familienzwist das Happy End noch weiter in die Ferne rücken, aber ich beschloss, mich um eins nach dem anderen zu kümmern.

Am dringendsten war die Sache mit der Erpressung. Als ich nach dem Gespräch mit Tante Gladys im Riverside Park wieder im Badezimmer der Ashworths gelandet war, war ich zurück zur Bibliothek gelaufen, doch der Lord war verschwunden gewesen.

Erst nach dem Mittagessen erwischte ich ihn alleine bei den Pferdestallungen. Die Lady meckerte zwar ständig, dass sich Pferde hervorragend dazu eigneten, Geld auszugeben, ohne einen praktischen Wert zu erhalten, aber der Lord ließ sich seine Pferdezucht nicht schlechtreden. Außerdem war eine von Lord Ashworths hochdekorierten Zuchtstuten trächtig und er konnte es kaum erwarten, bis das Fohlen zur Welt kam.

»Lord Ashworth.« Ich ging zu der Pferdebox, wo er gerade den dicken Bauch der Stute inspizierte. »Ich glaube, ich weiß, wer Ihnen den Erpresserbrief geschrieben hat.«

»Schschscht!«, machte er und sah sich um. Abgesehen von Cooper waren wir alleine. Der Stallbursche mistete etwas weiter hinten (wie immer mit freiem Oberkörper) die Ställe aus.

»Ich weiß auch, wer es war«, sagte Lord Ashworth mit gedämpfter Stimme. »Es war Maurice Fillmore. Dieser Widerling.«

»Ihr Rivale um das Amt des Bürgermeisters?«

»Und unser ehemaliger Jockey. Er hat sich schon damals

etwas zuschulden kommen lassen. Wir haben uns nicht im Guten getrennt.« Er ließ von seinem Pferd ab und sah mich an. »Ist es nicht merkwürdig, dass der Brief ausgerechnet heute Morgen eingetroffen ist? Als die ersten Umfrageergebnisse bekannt wurden und klar war, dass Fillmore abgeschlagen auf dem zweiten Platz liegt?«

Ich wusste, was der Lord meinte. »Ja, Sie haben schon recht, aber –«

»Ich habe Fillmore gleich nach unserem Gespräch einen Besuch abgestattet.« Entschlossen stand der Lord auf und krempelte sich die Ärmel des Jacketts hoch. »Aber dieser Mistkerl tat, als wüsste er von nichts! So ein ausgefuchstes Schlitzohr.«

Der Lord war ganz eindeutig auf der falschen Fährte, davon war ich überzeugt. Mr Fillmore war zwar nicht gerade sympathisch, aber bestimmt war er nicht der Autor des Erpresserbriefs. »Lord Ashworth, Sie begehen einen großen Fehler. Es ist ganz sicher nicht Mr Fillmore, sondern DeWitt, der den Brief verfasst hat.«

»DeWitt?« Lachend lehnte er sich gegen die Box. »Was soll denn DeWitt damit zu tun haben?«

»Sie kennen ihn kaum, und wenn Sie möchten, zähle ich Ihnen etliche Gründe auf, warum ausgerechnet DeWitt –«

»Aber er ist doch mein Medienberater.« Lord Ashworth machte ein Gesicht, als verstünde er die Welt nicht mehr. Manchmal war er wirklich zu naiv, um wahr zu sein.

»Aber das benutzt er nur als Alibi, um –«

»Diese Theorie können Sie gleich wieder vergessen,

Abby«, fiel er mir ins Wort. »Ich sagte bereits, es war Fillmore, dieser hinterlistige Winzling. Menschen mit spitzen Elfenohren waren mir immer schon suspekt.«

»Aber –«

»Nichts aber.« Der Lord machte eine wegwerfende Handbewegung. »Sie müssen sich nicht länger Gedanken darüber machen, Abby. Die Sache ist ausgestanden. Ich habe die geforderte Summe bezahlt.«

»Bezahlt?«, rief ich bestürzt.

»Wer hat bezahlt, Vater?« Wie aus dem Nichts war Julian im Stall aufgetaucht. Er trug sein dunkelblaues Jackett mit dem Schulwappen, dazu eine gestreifte Krawatte. Als er mich sah, bedachte er mich mit einem Blick, als hätte ich sein Pferd vergiftet.

Warum gab Julian denn immer noch die beleidigte Leberwurst?

»Mrs Henderson, Julian«, erklärte der Lord und deutete in die Box. »Sie möchte das Fohlen kaufen, sobald es auf der Welt ist. Ihr Sohn will in einigen Jahren selbst bei den großen Pferderennen dabei sein und sich mit dem großen Lord Julian Ashworth messen. Das habe ich Abby gerade erzählt.«

Ich staunte nicht schlecht. Ohne mit der Wimper zu zucken, tischte Lord Ashworth Julian eine preisverdächtige Lüge auf. Wenn er nicht mal seinem Sohn von dem Erpresserbrief und dem Geheimnis erzählte, musste die Sache wirklich schwer wiegen. Hatte er sich tatsächlich mit Lily Bloom eingelassen?

Wenn das stimmte, war Lord Ashworth wohl doch nicht

so gutmütig, naiv und hilflos, wie es mir die Serie immer vorgegaukelt hatte. Womöglich hatte er es ebenso faustdick hinter den Ohren wie die Lady. Mir kam der Verdacht, dass einige Figuren doch etwas komplexer angelegt waren, als es den Eindruck erweckte.

Und wenn die geheime Affäre des künftigen Bürgermeisters mit der Nachtclubtänzerin Lily Bloom aufflog, waren die Ashworths ruiniert. Keiner der Dorfbewohner würde mehr zu ihren Bällen kommen. Keiner würde vor einer Einladung zu einem Galadinner zittern. Der Lord würde sich in die Pferdezucht flüchten, Julian nur noch deprimierende Gedichte verfassen, Jasper tatsächlich anfangen zu rauchen und die Lady in der Entzugsklinik landen. Und das alles bedeutete genug Drama für die nächsten zehn Jahre. Allein beim Gedanken daran wurde mir ganz übel.

»Na, dann werden wir ja sehen, ob es der kleine Henderson-Junge auf dem Turnierplatz zu etwas bringt«, sagte Julian gerade zu seinem Vater und schlüpfte in seine Reitjacke. »Aber jetzt muss ich mit Leondra ausreiten. Sie ist ganz unausgeglichen, wenn sie nicht zweimal pro Tag den Wind in ihrer Mähne spürt. Mach's gut, Vater.« Er schenkte mir einen beiläufigen Blick. »Wiedersehen, Abigale.«

»Julian? Warte!« Ich fasste einen spontanen Entschluss. Ich wollte mich endlich mit Julian aussöhnen. Trotz seiner poetischen Umnachtung und dem schon beleidigend perfekten Aussehen hatte er ein gutes Herz. Er war der Erste und Einzige gewesen, der sich seit meiner Ankunft um mich gekümmert hatte.

»Ja?«, knurrte er. Auch wenn er sehr wohl die Diva rauskehren konnte, fügte ich in Gedanken hinzu.

»Wie wäre es, wenn wir … einen Tee trinken gehen?«, bot ich an und versuchte es mit einem Lächeln. Nicht zu schmal und auch nicht zu offenherzig, sonst dachte er möglicherweise noch, ich flirtete mit ihm.

»Ach. Seit wann willst du denn mit mir Tee trinken?« Julian warf sein Haar zurück und führte Leondra an mir vorbei. Eine solche Reaktion hatte ich leider erwartet. »Du hast meine Einladung zum Tanz ausgeschlagen, um mit Jasper abzuhauen. Aber damit komme ich schon klar. Und jetzt entschuldige mich, ich habe keine Zeit, ich muss mit Leondra ausreiten.«

Beim Anblick der kräftigen schneeweißen Stute machte ich ein paar Schritte zurück. Abby Foster und Pferde – das war nicht gerade die beste Kombination. Die Tiere waren mir zu unberechenbar und ich wiederum war den Pferden zu impulsiv und hibbelig. Dass aus mir keine große Reiterin werden würde, war schon seit meinem siebten Geburtstag klar gewesen. Damals hatte Mum mich und Morgan zum Ponyreiten in die Hamptons mitgenommen. Vor Angst hatte ich erst gezetert, und als ich dann doch auf dem Pony gesessen hatte, war wie aus dem Nichts ein kläffender Dobermann aufgetaucht und hatte das Tier ins Bein gebissen. Das Pony war hochgestiegen, ich vom Rücken geplumpst und in einem fetten Pferdeapfel gelandet. Ich hatte den restlichen Tag mit einem Pferdeapfelshirt über den Jahrmarkt laufen müssen. Der beknackteste Geburtstag meines Lebens.

»Du reitest aus? Dann … dann komme ich eben mit«, hörte ich mich plötzlich sagen und lief Julian im Stallgang hinterher. »Wir können zusammen ausreiten.«

»Wunderbare Idee!«, rief Lord Ashworth und machte sich aus dem Staub. Bestimmt war er froh, nicht weiter lügen zu müssen.

Julian hielt an und zog eine Augenbraue hoch. »Du kannst reiten?«

»Klar! Ich reite, seit ich sieben Jahre alt bin. Hab ich in den Hamptons gelernt.« Was ja prinzipiell nicht gelogen war. Dass ich nach dem missglückten Reitabenteuer nie wieder auf einem Pferd gesessen hatte, verschwieg ich lieber. So schwer konnte das doch nicht sein.

Julian dachte kurz nach, dann hob er die Schultern und drückte mir den Führstrick von Leondra in die Hand. Die Stute schnaubte. »Warte hier. Du kannst auf unserem Deckhengst Baghira reiten. Der muss dringend mal wieder an die frische Luft. Ich sage nur schnell Cooper Bescheid, dass er ihn für dich satteln soll.«

Mein Magen zog sich schmerzhaft zusammen, und das lag nicht nur an Leondra, die mir drohend ihr riesiges Pferdegebiss zeigte und versuchte, mit ihren Zähnen nach meiner Jacke zu schnappen. Auweia. Wieso, verflucht noch mal, konnte ich meine vorlaute Klappe nicht halten?

Aber es war bereits zu spät, um zu kneifen. Wenige Minuten später ertönte das Klackern von Hufen auf Beton, bis Julian mit einem rabenschwarzen Pferd um die Ecke bog, dessen Rückenmaß selbst den groß gewachsenen Julian überragte. Mit ausreichend Abstand hätte ich das schöne Tier bestimmt bewundert. Beim Springreiten im Fernsehen. Oder auf der Koppel hinter dem Elektrozaun. Direkt vor meiner Nase wirkte es allerdings wie das fleischgewordene Unheil auf vier Beinen. Wenn Baghira ein ähnliches Tempo vorlegte wie die gleichnamige schwarze Raubkatze aus dem Dschungelbuch, konnte ich wohl gleich mein letztes Gebet sprechen.

»Baghira, Abigale. – Abigale, Baghira«, stellte uns Julian vor und war plötzlich allerbester Laune. Dass ich mit ihm ausreiten wollte und offensichtlich etwas von Pferden verstand, schien ihm zu gefallen. »Hier sind dein Helm und Stiefel, und eine Reitgerte, nur für den Fall. Brauchst du einen Schemel, um auf den Rücken zu klettern, oder schaffst du es auch so?«

Alleine die Frage reichte, um eine neue Panikwelle in mir hochsteigen zu lassen. Sah ich etwa aus, als könnte ich fliegen?

»Schemel, bitte«, krächzte ich.

Der Schemel reichte nicht. Erst als Julian die Stehleiter holte, gelang es mir, mein Bein ungelenk in den Steigbügel zu fädeln und mich in den Sattel zu schwingen. Baghira indes scharrte unter mir mit den Hufen und schüttelte seine Mähne, als wartete er nur darauf, über mindestens zehn Buchshecken und einen Wassergraben zu springen.

»Kann es losgehen?«, fragte Julian. Die Vorfreude würde ihm schon noch vergehen, wenn er eine Verletzte bergen und reanimieren musste.

Mir wurde immer mulmiger. War ich denn komplett übergeschnappt? War mir denn nicht klar, dass ich mich in einer gottverdammten Seifenoper befand? Eine Seifenoper, in der es ständig Cliffhanger gab, für die sich ein Reitunfall geradezu anbot?

In meiner Vorstellung ritten Julian und ich am Strand entlang, bis der Seriengott aus heiterem Himmel den Gewitterknopf drückte (das Wetter sah nicht danach aus, aber das kam bestimmt noch – doppelt hinterhältig!), Baghira durchging und mich in hohem Bogen ins Meer warf. Ich sah Julian förmlich vor mir, wie er mit durchnässtem Hemd meinen blassen, algenbedecken Körper aus der Brandung zog und dabei ein markerschütterndes »Abigaaaaale!« ausstieß. Bevor der Abspann losging.

Autsch. Aber aus der Nummer kam ich jetzt wohl nicht mehr raus.

»Na, komm schon. Wo bleibst du denn?«, rief mir Julian hinterher, der auf Leondra geradezu anmutig über den Kiesweg in Richtung des Gartentors schwebte. So, wie er da in seinen glänzenden Stiefeln auf Leondras Pferderücken thronte, hätte er gut und gerne als Held in eine Jane-Austen-Verfilmung gepasst. »Du musst schon aus dem Stall reiten, Abigale.«

Okay, Abby. Alles cool, sagte ich zu mir selbst. Wo war denn bei diesem Tier der gottverdammte Startknopf? Ich versuchte es mit einigen gedehnten »Hüaaahs!«, aber Baghira ließ das unbeeindruckt. Gelangweilt starrte er auf den Stallboden, als hätte er alle Zeit der Welt. War er etwa eingeschlafen? Mit dem schwarzen Panther aus dem Dschungelbuch hatte das Tier rein gar nichts gemeinsam, außer vielleicht der Fellfarbe und den vier Beinen.

Ich plädierte für eine Umbenennung in Garfield.

Julian bugsierte Leondra einstweilen elegant um ihre eigene Achse und ritt zu mir zurück. »Üb mit den Schenkeln etwas Druck aus. Aber nicht zu fest, sonst galoppiert er mit dir davon«, half er mir. Dabei steckte er zwei Finger in den Mund und pfiff. »Los, Baghira, wo bleibst du denn?«

Auf Julians Pfiff machte das Tier einen aufgeregten Hüpfer, wieherte und setzte sich endlich in Bewegung. Gemächlich bewegte sich Baghira aus dem Stall und trottete langsam hinter Leondra her. Das heißt, wenn er nicht stehen blieb, um zu fressen.

»Du musst ihm schon etwas mehr Dampf machen, Abby«, rief Julian, als wir endlich die Schlossmauern erreicht hatten. Baghira war ganz offensichtlich die Schnarchnase des Jahrhunderts und ich hatte keinen blassen Schimmer, wie ich das Pferd dazu bringen sollte, sich schneller zu bewegen und nicht jeden Grashalm anzuknabbern. Baghira schien gar nicht mitzubekommen, dass ich auf seinem Rücken saß.

»Und wie stelle ich das an?«

»Na, indem du die Zügel aufnimmst und Tempo machst. Oder die Gangart wechselst.« Julian schnalzte mit der Zunge, woraufhin Leondra artig in Galopp verfiel. »Mann, Abigale, ich dachte, du kannst reiten.«

Oh Gott, war das peinlich. Und es wurde sogar noch peinlicher, als Baghira vor den Augen von Clarissa und dem Pförtner am Schlosstor stehen blieb, um demonstrativ unter dem steinernen Lady-Ashworth-Drachenhuhn sein Geschäft zu verrichten. »Kann ich doch. Ich bin noch nicht vom Pferd gefallen.«

»Das wäre bei Baghira ja auch eine Leistung. Es gibt kein fauleres und verfresseneres Pferd als ihn.« Vorne an der Straße hielt Julian an, kletterte vom Pferd und lief auf mich zu. Dann packte er mich an den Hüften und half mir beim Abstieg. »Abigale, ich wusste vom ersten Moment an, dass du nicht reiten kannst. Denkst du ernsthaft, ich hätte dich auf ein heißblütiges Rodeopferd gesetzt?«

Ich spürte, wie ich knallrot anlief. Einerseits wegen der enttarnten Lüge, andererseits weil mich Julian vom Pferd hob, als sei ich leicht wie eine Feder. Ich verfluchte mich dafür, dass ich nie Reitunterricht genommen hatte. Dann hätte Julian jetzt bestimmt ordentlich gestaunt.

Zum Glück zwang mich Julian nicht, erneut auf dieses Ungetüm zu klettern. Er nahm Baghira rechts und Leondra links am Halfter und spazierte neben mir durch die Stadt.

Auch wenn Rosington die größte Ortschaft der Insel war, wirkte es, als sei hier die Zeit stehen geblieben. Die Straßen bestanden aus Pflastersteinen, die Häuser waren mit Stroh gedeckt, der Milchmann lieferte die Milch in Glasflaschen und überall gab es niedliche Läden, wo jedes Mal ein Glöckchen bimmelte, wenn sie jemand betrat.

Außerdem bekam man neben Julian den Eindruck, mit

einem Promi unterwegs zu sein. Jeder, der ihn entdeckte, hielt inne und begrüßte ihn mit »Oh, einen schönen guten Nachmittag, Eure Lordschaft«. Julian erwiderte die Grüße (wobei er sämtliche Namen der Dorfbewohner zu kennen schien. Ich war schwer beeindruckt.), machte Menschen Komplimente zu ihrem Aussehen, bestaunte Babys, streichelte Hunde und führte ein kleines Mädchen auf Leondras Sattel um den Dorfbrunnen. Vor dem Fleischwarenladen kam die Metzgerin sogar persönlich herausgelaufen, schenkte Julian zwei Scheiben ihrer frischesten Wurst und wartete so lange, bis er verkündete, dies sei die beste Wurst, die er jemals gegessen hatte.

»Was wolltest du mir denn so Dringendes sagen, dass du dafür extra mit Baghira vorliebgenommen hast?«, fragte er mich nach einer Weile.

»Tja, also ... Eigentlich wollte ich mich dafür entschuldigen, dass ich dich ersteigert und dann nicht mit dir getanzt habe«, begann ich zerknirscht. »Aber ich hatte das Gefühl, dass Clarissa und du viel besser zueinander –«

»Dann hat dich dein Gefühl getäuscht, Abigale«, unterbrach er mich. Er klang plötzlich ungehalten. »Clarissa und ich passen ganz gewiss nicht zueinander. Sie will mich nicht und umgekehrt ist sie genauso wenig die Richtige für mich.«

Jetzt war ich es, die genervt schnaubte. Wie unhöflich war es denn, Clarissa einfach so abzutun? Er kannte sie doch kaum und hätte ihr zumindest eine Chance geben können. »Woher willst du das wissen?«

»Ganz einfach: Wir haben uns geküsst. Und es hat geregnet.«

Entgeistert blieb ich stehen und starrte ihn an. *Das* war seine Erklärung? Er gab dem Regen die Schuld? War er jetzt komplett durchgeknallt? »Soll das etwa heißen, wenn die Sonne geschienen hätte, würdest du mit Clarissa ausgehen?«

»Es war Nacht. Die Sonne konnte gar nicht scheinen«, brummte Julian.

»Na, und wennschon.« Ich machte eine unwirsche Handbewegung, während Baghira ein saftiges Grasbüschel am Wegesrand entdeckt hatte, das er nun abrupfte und auffraß. »Interpretierst du nicht etwas zu viel in einen plötzlichen Regenguss?«

»Du hast ja keine Ahnung.« Julian seufzte und kickte verärgert einen Stein weg. »Dieser Regenguss war wieder ein Beweis dafür, dass mein Liebesfluch tatsächlich existiert. Und die Katastrophen werden so lange immer und immer wieder passieren, bis mir die Richtige über den Weg läuft.«

Ich verstand nur Bahnhof. »Was für ein Liebesfluch? Und welche Katastrophen werden passieren?«

»Die Kuss-Katastrophen.« Unglücklich blickte er mich an. »Es mag vielleicht merkwürdig klingen, aber jedes Mal, wenn ich bis jetzt ein Mädchen geküsst habe, ist etwas Schreckliches passiert. Ein Unglück hat das nächste gejagt. Bei jeder einzelnen.«

Ich runzelte die Stirn. »Das musst du mir genauer erklären.«

Julian seufzte, als wäre er es leid, darüber zu reden. »Das

erste Mädchen, in das ich verliebt war, hieß Celeste. Ich war vierzehn und wir haben uns am Strand geküsst. Das Meer war ruhig, doch kaum hatten unsere Lippen sich berührt, hat uns eine gigantische Monsterwelle von Kopf bis Fuß durchnässt. Keine Ahnung, wo die so plötzlich herkam.« Julian seufzte. »Danach kam Kathryn, die Tochter des Pfarrers. Wir standen genau hier am Brunnen, haben uns geküsst, und plötzlich kreisten diese riesigen Vögel über uns und haben sich über unseren Köpfen erleichtert. Es war widerlich.« Julian schüttelte sich bei der Erinnerung daran. »Und dann folgten Zwischenfälle mit einem Milchwagen, der Flaschen verlor, einer Lady, die mich für einen Taschendieb gehalten und verprügelt hat, und eine Torte, die in der Schulkantine durch die Luft gesaust kam und mich beinahe erschlagen hätte.«

Ich musste kichern, doch Julian strafte mich mit einem tadelnden Blick.

»Julian, das tut mir leid«, versicherte ich ihm ehrlich. Mein erster (und bisweilen einziger) Kuss mit einem Jungen namens Ben auf Coney Island war auch nicht gerade der Hammer gewesen. »Aber denkst du nicht, dass das nur dumme Zufälle sind?«

Für all diese Ereignisse musste es doch eine rationale Erklärung geben. Bis auf die fliegende Torte in der Schulkantine vielleicht. Die Sache war irgendwie unheimlich.

Julian schüttelte entschieden den Kopf. »Keine Zufälle, da bin ich mir ganz sicher. Ich kann es dir beweisen, wenn du willst.«

»Beweisen?« Urplötzlich spürte ich eine unangenehme Vorahnung in mir aufsteigen. Was hatte Julian vor?

»Sieh zu, was passiert.« Er band Leondras Führstrick um eine Parkbank und lief auf die andere Straßenseite, wo gerade ein Mädchen an einer Bushaltestelle lehnte und in einem Buch las. Sie trug ihre blonden Locken hochgesteckt und hatte ein Sommerkleid mit Allover-Rosenprint an (vermutlich kaufte sie bei derselben Schneiderin wie Tante Gladys).

Mit Baghira an der Hand konnte ich ihm nicht über die Straße folgen, um zu hören, was er ihr sagen wollte. Doch plötzlich begann das Mädchen, bis über beide Ohren zu strahlen und drückte Julian einen ziemlich leidenschaftlichen Kuss auf die Lippen.

Vor Erstaunen blieb mir der Mund offen stehen, während ich darüber nachdachte, ob es für ihn immer so einfach war, bei fremden Mädchen einen Kuss abzustauben. Doch kaum hatte ich den Gedanken zu Ende gedacht, brauste ein Bus in halsbrecherischem Tempo an der Station vorbei und Wasser spritzte auf. Als das Fahrzeug vorüber war, waren Julian und das Mädchen bis auf die Knochen durchnässt.

Ach du liebes bisschen! War das gerade tatsächlich passiert? Hätte Julian mich als Versuchsobjekt benutzt, um seinen Liebesfluch zu demonstrieren, hätte ich ihm zweifelsohne eine geknallt. Doch das blonde Mädchen schien ihm weder die unfreiwillige Dusche noch das tropfnasse Buch oder das ruinierte Rosenkleid übel zu nehmen. Allmählich drängte sich mir die Vermutung auf, Julian Ashworth könnte ein Kätzchen mitten auf der Autobahn aussetzen, und trotzdem würden ihn alle lieben.

»Igitt! Die Linienbus-Wasserdusche. Die hatten wir schon mal«, seufzte Julian, als er wieder zurück war. »Mein Liebesfluch könnte sich auch mal etwas Neues einfallen lassen.« Er knöpfte auf offener Straße sein nasses Hemd auf, bis er schließlich mit nacktem Oberkörper vor mir stand und freien Blick auf jeden einzelnen Muskelstrang gewährte. Einige Passanten blieben stehen, ein Auto bremste scharf ab und ein Mädchen donnerte mit dem Fahrrad gegen eine Straßenlaterne. »Hast du vielleicht sonst noch Fragen?«

Ich hatte so einige Fragen. Zum Beispiel, warum Julian diesmal von oben bis unten patschnass geworden war, während der Regen sein Haar doch meistens verschonte. Oder wo die riesige Pfütze auf der Straße hergekommen war. Aber ich konnte mir die Antwort schon selbst ausmalen: Serienlogik. Jede Wette, dass die Pfütze und die Sache mit den Haaren in etwa so rational erklärbar waren wie die fliegende Torte.

Als mein Blick auf seine Bauchmuskeln glitt, fiel mir wieder Morgans Vermutung ein, sie seien bloß geairbrushed. Ob ich ihn darauf ansprechen sollte? Man sah ihn in der Serie eigentlich nie trainieren, aber so aus der Nähe betrachtet, sahen sie doch ziemlich echt aus. Waren Muskeln den gut aussehenden Serienfiguren etwa angeboren? Wie ungerecht!

Verlegen sah ich zur Seite, als Julian in seine Satteltasche griff und ein blütenweißes, knitterfreies Hemd herauszog.

Wie es schien, führte er bei einem Ausritt alles mit, was ein Adelsspross so brauchte. »Obwohl, ähm, eine Frage hätte ich doch noch«, sagte ich zögerlich.

»Ja?« Julian streckte sich, zog das Hemd über den Kopf und hielt inne. Dabei spannte sich jede Muskelfaser an und eine Lady auf der gegenüberliegenden Straßenseite ließ ihr Baguette fallen. »Welche Frage denn?«

Herrje. Ich riskierte noch einen schnellen Blick und hoffte, dass ihm nicht auffiel, dass ich rot geworden war. Okay, die Muskeln waren echt. Schön für ihn. Aber konnte er sich jetzt endlich bitte fertig anziehen?

»Äh, ich würde gerne wissen, was passiert, wenn du irgendwann die Richtige küsst?«, fragte ich.

Vielleicht verhielt es sich ja so ähnlich wie bei Dornröschen. Die ließ sich auch nicht von einem dahergelaufenen Niemand wach küssen, sondern nur von dem Prinzen persönlich. War Julian in dieser Version so etwas wie Dornröschen? Den Preis, den nur der Prinz haben durfte? Hoffentlich dachte Julian nicht, dass ich auch mal mein Glück versuchen wollte.

»Ich weiß nicht, was dann passiert, wenn ich eines Tages die Richtige küsse«, antwortete er und seufzte. Wasser tropfte von seinem Haar auf seine Schultern und ich musste feststellen, dass er nass noch kitschig-perfekter aussah als sonst. Deborah erlitt vor der Glotze wahrscheinlich gerade einen Herzstillstand. »Vielleicht geschieht gar nichts. Vielleicht aber auch etwas ganz Wunderbares. Orchestermusik, die aus dem Nichts ertönt. Vögel, die plötzlich anfangen zu zwitschern. Wer weiß schon, was mein persönlicher Fluch für mich vorgesehen hat.«

Ich hob die Schultern. »Tja, wer weiß das schon.«

»Aber ich würde es gerne herausfinden«, sagte Julian und funkelte mich plötzlich aus seinen meerwasserblauen Augen an. Dann hob er die freie Hand und strich sanft über meine Wange. »Bitte, Abigale. Nur ein einziger Kuss. Dann werden wir für immer wissen, ob du zu mir nach Ashworth Park gehörst.«

Und genau jetzt, in dieser Sekunde, als Julian mich mit diesem Hundeblick ansah, überkam mich die Erkenntnis so plötzlich wie Julian die unfreiwillige Dusche: Deborah und Morgan hatten recht. Julian war davon überzeugt, dass ich diejenige welche sein könnte – das richtige Mädchen für ihn.

Ausgerechnet ich, Abby, die beim Ausreiten die Lachnummer des Jahres abgab.

Mein Herz klopfte schnell und ich spürte, wie meine Knie nachgaben. Das war alles zu viel für mich. Erst dieser Straßenstriptease mit dem nassen Hemd, und jetzt wollte er mich küssen, vor all den Menschen, zwischen Leondra und Baghira, die unruhig scharrten.

Doch dann kam mir ein hoffnungsvoller Gedanke: Was wäre, wenn ich ihm einen kurzen Kuss auf die Lippen drücken und die Sache zwischen uns jetzt und für immer beenden könnte? Wenn gleich darauf der Blitz in die Metzgerei einschlug, ein Vulkan ausbrach oder es Frösche vom Himmel regnete? Dann wäre ich fein raus. Mal abgesehen vom Vulkanausbruch, der uns beiden wahrscheinlich das Leben kosten würde.

Aber abseits von Blitzen, Vulkanen und biblischen Plagen gab es noch ein weiteres Szenario, das eintreten konnte (und das die Bedrohlichkeit des Vulkans um Längen schlug): Was, wenn plötzlich aus dem Nichts Opernarien ertönten, die Zeit stillstand und es Rosenblätter regnete?

Mir wurde augenblicklich übel.

»Abigale.« Julians Hand berührte immer noch meine Wange. »Du sagst ja gar nichts.«

Nein. Ausgeschlossen. Ich konnte ihn nicht küssen. Die Angst, der Kuss könnte mich für immer in Ashworth Park gefangen halten, war zu groß. Gerade als ich überlegte, wie ich elegant aus dieser Sache wieder rauskommen sollte, entdeckte ich nur wenige Meter entfernt eine bekannte Gestalt, die an einer Hausmauer lehnte. Es war Jasper und er schien uns schon eine Weile zu beobachten.

15

Hey, Julian, sieh mal. Ist das nicht Jasper da drüben?« Ich winkte ihm zu.

Ein bisschen fies kam ich mir angesichts meines Ablenkungsmanövers schon vor, aber etwas Besseres fiel mir auf die Schnelle nicht ein. Ich hatte Jasper seit unserem Streit nicht mehr zu Gesicht bekommen und hätte ich nicht so in der Klemme gesteckt, wäre ich am liebsten in den Dorfbrunnen geklettert, um mich vor ihm zu verstecken. Jasper selbst schien noch weniger begeistert, als ich es tatsächlich war, und wollte schon kehrtmachen, als DeWitt aus einem Laden trat.

Oh nein! Nicht auch noch Mr Serienschurke vom Dienst, seines Zeichens Kidnapper und neuerdings auch Erpresser. Das Versteck im Brunnen erschien mir zunehmend reizvoller.

»Julian Ashworth.« DeWitt kam auf uns zu und kraulte Leondra an den Nüstern. »Was für eine fabelhafte Überraschung. Jasper, sieh nur, wer hier ist.«

»Oh, wie schön. Abby ist also heute mit unserem tollsten Hengst unterwegs. Und zwei Pferde sind auch noch mit dabei«, schnaubte er abfällig, während er zuerst mich und Julian, und anschließend unsere vierbeinigen Begleiter ins Visier nahm.

Ich hoffte, die beiden würden gleich wieder weiterziehen, aber DeWitt und Julian führten Small Talk über den gelungenen Wahlkampf des Lords und ich musste Baghira kraulen, um mich davon abzuhalten, DeWitt ins Gesicht zu springen. Als ich sein selbstgefälliges Grinsen sah, hegte ich keinen Zweifel mehr daran, dass er den Brief geschrieben hatte.

Ob Jasper davon wusste? Nein. Das konnte nicht sein. Selbst wenn DeWitt und er neuerdings ein Herz und eine Seele waren, konnte ich mir beim besten Willen nicht vorstellen, dass Jasper zuließ, dass DeWitt seiner Familie Schaden zufügte. Wenn ich Jasper doch nur beweisen könnte, was sein neuer Lieblingsonkel da anstellte – und DeWitt gleichzeitig überführen könnte! DeWitt würde ins Kittchen ziehen, Jasper zurück nach Hause und das Happy End wäre zum Greifen nah.

Nur wie sollte ich es ihm verklickern? Jasper sprach ja noch nicht mal mit mir. Er kehrte uns den Rücken zu, stand vor der Auslage eines Konditors und sah sich zuckerbunte Hochzeitstorten an. Hochzeitstorten!

»Aber jetzt müssen Sie mich entschuldigen. Ich habe noch dringende Geschäfte zu erledigen«, verabschiedete sich DeWitt, nachdem er Lord und Lady Ashworth beste Grüße bestellt hatte. »Jasper, wartest du im Wagen auf mich? Ich bin in wenigen Augenblicken zurück.«

»Wir müssen auch weiter«, meinte Julian. »Die Pferde werden nervös. Abigale, was ist? Kommst du?«

Ich hörte Julian nicht. Mein Blick klebte an DeWitt, der uns zum Abschied zuwinkte und schnellen Schrittes in Richtung des Busbahnhofs verschwand. Die Übergabestation des Erpressungsgeldes. Konnte es sein, dass er deswegen überhaupt erst hier in der Stadt war?

»Julian, pass einen Moment auf Baghira auf«, erklärte ich kurzerhand. »Ich habe etwas Wichtiges vergessen. Ich muss Mr DeWitt eine Botschaft überbringen. Es geht um … den Wahlkampf.«

»Das kann ich ihm doch auch ausrichten. Was genau …«, setzte Jasper an, aber da hatte ich mich bereits umgedreht und folgte DeWitt mit etwas Abstand um die Ecke. Die leise Vermutung, warum er sich ausgerechnet heute hier in Rosington aufhielt, wurde immer stärker.

Und ich behielt recht. Aus sicherer Entfernung beobachtete ich, wie er sich erst umsah und danach zielstrebig auf den Busbahnhof zusteuerte. Als DeWitt in der Wartehalle verschwunden war, presste ich mich an die Wand. Das Gebäude war winzig, wenn ich einfach hineinspazieren würde, würde mich DeWitt sofort entdeckten. Ich beschloss, lieber hier zu warten.

Wenige Augenblicke später kam DeWitt wieder zurück, eine beige Tasche über der Schulter. Befand sich darin das Geld? Hastig wägte ich meine Möglichkeiten ab: Hier warten und zusehen, wie er ins Auto stieg und verschwand – oder ihn konfrontieren.

Es half nichts. Ich musste herausfinden, ob in der Tasche tatsächlich Lord Ashworths Geld war. Ich nahm all meinen Mut zusammen, stürmte über den Busbahnhofsplatz auf ihn zu und rempelte ihn von der Seite an. Heftig prallten wir aneinander und gingen beide zu Boden. Einige Passanten starrten uns an.

»Was in Gottes Namen … Abigale! Bist du mir etwa gefolgt?« DeWitt stöhnte und blickte sich um. Ein gutes Dutzend Leute wartete auf den Bus. Wir hatten eine Menge Zeugen. Er musste sich also benehmen, obwohl ich an seinem Blick sehen konnte, dass er mir am liebsten den Hals umgedreht hätte. »Hast du denn keine Augen im Kopf?«

Hastig befühlte ich die Tasche, die neben ihm am Boden lag. »Oh, Mr DeWitt, das tut mir aber leid. Ich hatte es eilig und habe Sie nicht gesehen.« Der Inhalt fühlte sich schwer an, es konnten durchaus abgepackte Geldscheine sein. Genauso konnte es sich allerdings bloß um Papier handeln. Ich musste sie öffnen und einen Blick hineinwerfen.

»Gib die her!«, fauchte DeWitt und griff nach der Tasche, aber ich zog sie weg.

»Ich hoffe, es ist nichts von Ihren Sachen kaputtgegangen …« Unschuldig spähte ich in die Tasche. Ich schnappte nach Luft. Da war es! Das Geld! Dutzende Päckchen britische Pfund, in Papier gehüllt.

DeWitt stand auf und griff nach der Tasche. Er war ins Schwitzen geraten und sein Anzug hatte an einigen Stellen Dreck abbekommen. Abermals sah er sich um. Ein Linienbus kam und die wartenden Leute stiegen ein. »Verdammt,

Abigale, das geht dich hier gar nichts an, verstanden?«, zischte er, einen gefährlichen Unterton in seiner Stimme. »Das ist Budget für den Wahlkampf, davon verstehst du nichts.«

Ha! Wovon ich allerdings schon etwas verstand, waren Rufmord, Erpressung und fünfzigtausend Pfund in einem Schließfach am Busbahnhof, die eigentlich den Ashworths gehörten. Wen wollte er hier an der Nase herumführen?

»Ach ja? Für den Wahlkampf?«, rief ich. »Seit wir uns zum ersten Mal begegnet sind, glaube ich Ihnen kein Wort. Es geht Ihnen doch nur darum, in dreckiger Wäsche zu wühlen und die Ashworths zu ruinieren. Deshalb wollten Sie Ihre Tochter Lydia mit Julian verkuppeln. Deswegen hat Ihr dämlicher Assistent Giles bedroht und ihn ausgehorcht. Und nun, wo Sie endlich etwas gegen die Ashworths in der Hand haben, warten Sie nur darauf, endlich zuzuschlagen. Ist es nicht so?«

Ich hätte ihm gern noch eine ganze Reihe anderer Dinge an den Kopf geworfen, aber in diesem Moment legte mir DeWitt eine Hand auf den Mund und packte mich unsanft am Oberarm. Ich versuchte mich zu wehren, doch es war zwecklos. Sein Griff fühlte sich an wie ein Schraubstock, als er mich um die Ecke der Busbahnhofshalle bis zu einem Lagerplatz schleifte.

Dort stapelte sich altes Gerümpel und ein Haufen kaputter Ziegel lag neben überquellenden Mülltonnen. Ich schluckte. Diese Ecke von Rosington war viel weniger niedlich als der Rest des Dorfes. Aber Hinterhöfe, wo Gewaltverbrechen verübt wurden, sollten nun mal nicht idyllisch sein.

Gewaltverbrechen. Ein kalter Schauer lief mir über den Rücken.

Okay, Abby. Ruhe bewahren und nur nicht einschüchtern lassen. Ich hatte Deborah versprochen, DeWitt zu überführen, und das hier war die einzige Gelegenheit, die sich mir bot.

»Der Lord hat also geplaudert«, zischte er mir zu und drückte mich gegen die kalte Backsteinwand, auf der ein hässliches Graffiti prangte, das so gar nicht zu der schmucken Insel passte. Seine dunklen Augen funkelten bedrohlich. »Ausgerechnet eine dümmliche, vierzehnjährige Amerikanerin hat er eingeweiht. Ich hätte ihn wirklich schlauer eingeschätzt.«

»Was haben Sie nur gegen Amerikaner?«, presste ich hervor.

DeWitt lachte. »Nichts. Wenn sie auf der anderen Seite des Ozeans bleiben und sich nicht in meine Angelegenheiten einmischen.«

»Dann rücken Sie endlich die Beweise raus. Das Video, oder was auch immer Sie von Lord Ashworth und Lily Bloom haben«, forderte ich und versuchte, mich aus seinem Griff zu befreien. Unmöglich. »Was wollen Sie noch? Sie haben ja jetzt das blöde Geld.«

DeWitt lachte. Seine Siegesgewissheit erinnerte mich an George Clooney in *Ocean's Eleven*, kurz bevor der seinen großen Coup landete. »Ich weiß nicht, wovon du sprichst.

Und genauso wenig befinden sich irgendwelche Beweise in meinem Besitz. Du kannst mich gerne im Cottage zum Tee besuchen und dich umsehen. Meinetwegen kannst du sogar in meinen Safe schauen. Der Code ist mein Geburtsdatum.«

»Blödsinn!« Der log doch, wenn er den Mund aufmachte.

»Das ist die Wahrheit.« DeWitt presste meine Schultern fest an die Wand. »Und jetzt würde ich dir raten, mit deinem Traumprinzen Julian zu verduften. Ihr müsst ja im siebten Himmel schweben, jetzt da dir Lydia nicht mehr dazwischenfunkt, sondern täglich mit Jasper lernen muss.«

Ein unangenehmes Gefühl breitete sich in mir aus, als sich ein Bild von Jasper und Lydia in meinen Kopf drängte, die in Lydias Zimmer saßen und Rechenaufgaben lösten. Ich schob es schnell beiseite.

»Geben Sie das Geld zurück, DeWitt!«

»Hast du nicht gehört? Ich sagte, misch dich nicht ein.« Vor Wut legte er seine Hand an meine Kehle. »Denn sonst zerstöre ich nicht nur die Ashworths, sondern dich gleich mit. Und das im wörtlichen Sinne.«

Angst stieg in mir auf. Ob er wieder eine Waffe bei sich trug? Hier war ich alleine, schutzlos, Julian hatte nicht gesehen, wo ich hingelaufen war.

»Lassen Sie mich los!« Ich trat ihm mit dem Knie gegen den Schenkel. »Oder ich schreie so laut ich kann.«

DeWitt packte mich noch fester am Hals und schnürte mir die Luft ab, doch dann bekam ich seine Krawatte zu fassen. Ich zog ruckartig daran, DeWitt würgte und knallte mit der Stirn gegen die Wand.

Autsch. Das gab sicher einen schönen blauen Fleck, direkt auf George Clooneys Stirn.

Doch das reichte nicht. Einen Moment lang rieb er sich die Stirn, dann packte er mich noch fester am Hals. »Alles klar. Dann bringen wir die Sache eben jetzt gleich zu Ende.«

Oh Gott. Warum war niemand da, um mir zu helfen, schoss es mir durch den Kopf, während ich nach Luft rang. Warum hatte mir Deborah nicht ein paar Techniken aus ihrem Selbstverteidigungskurs beigebracht? Stattdessen hatte sie mir den dämlichen Spock-Griff gezeigt, der im echten Leben zu nichts nütze war.

Im echten Leben. Moment mal. Das hier war aber nicht das echte Leben. Ich versuchte, mir den Nervengriff aus Deborahs Star-Trek-Fanhandbuch wieder in Erinnerung zu rufen. Wenn man ihn richtig anwendete, erwischte man den Vagusnerv und stoppte damit die Blutzufuhr zum Gehirn, was zu Bewusstlosigkeit führte. So erklärten sie es zumindest in der Serie.

Einen Versuch war es wert. Während DeWitt zudrückte, schüttelte ich eine Hand frei und zwickte ihn mit Zeigefinger und Daumen so fest ich konnte in die Nackenbeuge. Zunächst schien DeWitt bloß irritiert, doch dann lockerte sich sein Griff, er verdrehte die Augen und sackte in sich zusammen. Die Tasche fiel zu Boden und die Geldpäckchen verteilten sich auf dem sandigen Boden.

Unfassbar! Es hatte geklappt – auch in dieser Serie! Wie gebannt starrte ich auf DeWitt, der in seinem schicken Anzug im Staub lag, bis mich endlich der Fluchtimpuls übermannte.

Ich sammelte hastig das Geld ein, stopfte es in meine Handtasche und rannte durch den Busbahnhof, über den Marktplatz, zurück zu Julian, der mit den Pferden auf mich wartete.

»Abigale, um Himmels willen, was ist denn los?«

Julian erkannte gleich, dass etwas nicht stimmte. War ja auch nicht schwer. Ich schwitzte, meine Klamotten strotzten nur so vor Dreck, außerdem standen mir Tränen in den Augen.

»Julian, wir müssen sofort nach Hause«, keuchte ich, nahm Baghira am Halfter und zog ihn eilig in die entgegengesetzte Richtung, zurück nach Ashworth Park. Der Hengst schien zu spüren, dass etwas passiert war, denn er wieherte und klapperte mit den Hufen. Zum ersten Mal an diesem Tag kam etwas Leben in ihn. »Ich muss mit deinem Vater reden. Es geht um Mr DeWitt. Und es ist dringend.«

Julian drehte sich um. Von DeWitt war nichts zu sehen. »DeWitt? Was ist denn passiert?«

Ich ärgerte mich erneut darüber, dass ich nicht reiten konnte. Als echte Ashworth-Park-Serienheldin hätte ich mich elegant und schnell auf Baghiras Rücken schwingen und mit wehenden Haaren zurück nach Ashworth Park reiten können. Stattdessen zerrte ich ein faules Pferd quer durch die Gassen von Rosington, während mich die Leute verwundert anstarrten.

»DeWitt hat deinen Vater erpresst«, verkündete ich, als

wir die Stadt hinter uns gelassen hatten. Ich hatte Lord Ashworth zwar versprochen, nichts zu sagen, aber wir mussten jetzt schnell handeln. Der Lord, ich und Tante Gladys. Vielleicht konnte auch Julian behilflich sein.

»DeWitt? Erpresst? Aber das kann nicht –«

»Doch. Er wollte sich soeben das Geld deines Vaters unter den Nagel reißen. Ich habe es für uns zurückgeholt. Aber das bedeutet nicht, dass er jetzt aufgibt. Ich fürchte, jetzt wird die Sache erst richtig ungemütlich. Ein Glück, dass ich den Spock-Griff draufhabe, um mich gegen ihn zu wehren.«

»Was für einen Griff?«

»Nicht so wichtig.«

Während wir die Pferde von Rosington bis nach Ashworth Park führten, erzählte ich Julian von DeWitts Schachzügen. Dem Brief. Sogar davon, wie DeWitt mich neulich mit einer Waffe bedroht und wie Tante Gladys ihn mit Schlafmittel ausgeschaltet hatte. Julian war sichtlich schockiert, aber überraschenderweise glaubte er mir jedes Wort. Mehr noch, er versicherte mir, dafür zu sorgen, dass DeWitt von hier verschwand und seine gerechte Strafe erhielt.

»Wir brauchen einen Plan«, erklärte ich Julian, als wir die Pferde schließlich Cooper übergaben.

Julian nickte. »Fürchte dich nicht, Abigale. Wenn jemand in Gefahr ist, dann werde ich die Lage retten. Ich bin bereit zu kämpfen. Für meine Heimat. Meine Ehre. Und meine Familie«, verkündete er und warf sich theatralisch in die Brust.

Oh Mann! Was für eine Ansprache! Fehlte gerade noch,

dass im Hintergrund eine Marschkapelle spielte und die britische Fahne wehte. Unwillkürlich musste ich kichern, verstummte aber sofort wieder, als mich Julian leicht irritiert ansah. Der Kerl meinte es todernst.

Andererseits war er Lord Julian Ashworth – der Typ mit den unverwüstlichen Haaren, der magischen Satteltasche und dem Lächeln, bei dem die Frauen reihenweise ohnmächtig wurden. Und das ganz ohne Spock-Griff.

Er war der strahlende Held. Der Typ, der am Schluss immer gewann. Blieb zu hoffen, dass uns diese elende Endlosserie keinen Strich durch die Rechnung machen würde.

Zurück im Herrenhaus, schien mir die Serie beweisen zu wollen, dass sie nicht vorhatte, es mir einfach zu machen. Denn Lord Ashworth hatte prompt einen neuen Erpresserbrief erhalten.

»Hunderttausend Pfund«, erklärte er mit eiserner Miene, als Julian und ich nach unserem Ausflug zu ihm ins Büro traten. »Vor wenigen Minuten habe ich einen neuen Brief draußen im Briefkasten gefunden. Wir sind inzwischen bei hunderttausend Pfund angelangt, Abby. Und wenn wir die Summe nicht sofort zahlen, droht der Erpresser mit der Offenlegung aller Geheimnisse auf der Wahlkampfparty am Vorabend der Wahl. Tante Gladys hat Ihnen bestimmt schon davon erzählt. Die ganze Stadt wird morgen im Rathaus anwesend sein.«

»Ja, sie hat da was erwähnt. Denke ich«, flunkerte ich, auch wenn ich mich nicht erinnern konnte. Vielleicht hatte ich es auch verdrängt. Fest stand, dass ich keine Lust auf eine Party hatte. Denn das bedeutete wieder ein hässliches Kleid, sonderbare Leute und Lady Ashworth in Hochform. Gingen diese spießigen Abende hier denn nie zu Ende?

»Das wäre für den Erpresser die perfekte Gelegenheit, mich bloßzustellen«, fuhr Lord Ashworth fort. Er verstummte, als sein Blick auf Julian glitt, der an der Tür lehnte und meine Handtasche mit dem Erpressergeld über der Schulter trug. »Abby, Sie haben Julian davon erzählt?«

Ich hatte mir schon eine Erklärung zurechtgelegt, warum ich Julian hatte einweihen müssen, aber der ließ mich gar nicht erst antworten. Er stürmte zum Schreibtisch seines Vaters und knallte ihm die Tasche mit dem Geld vor die Nase. »Vater, Abigale hat das einzig Richtige getan. Sie hat mir alles erzählt. Und außerdem dafür gesorgt, dass du dein Geld zurückerhältst. Du solltest ihr danken. Sie hat vorhin am Busbahnhof ihr Leben für uns riskiert.«

Der Lord hielt inne. Verwundert zog er die weißen buschigen Augenbrauen zusammen, spähte in die Tasche und zog ein Bündel Geldscheine hervor. »Tatsächlich. Wie konntet ihr denn Fillmore das Geld abnehmen?«

»Doch nicht Fillmore. Es war DeWitt. Die ganze Zeit über. DeWitt ist der Schurke, kapieren Sie das nicht?«, erklärte ich ihm schroff. Okay, ja, ich wusste, dass man so nicht mit einem echten Lord sprach, aber er war wirklich nicht der Allerhellste und außerdem schwer von Begriff.

Der Lord stöhnte. »Nicht schon wieder diese fixe Idee mit DeWitt. Abby, wie oft soll ich Ihnen noch sagen, dass Fillmore die Briefe schreibt.«

»Tut er nicht. Ich habe DeWitt gesehen und auf frischer Tat ertappt.«

»Sie meinen also –«

Ich nickte todernst. »Kein Zweifel. DeWitt ist unser Mann.«

Abrupt stemmte der Lord seinen pummeligen Körper aus dem Ledersessel und wanderte im Zimmer auf und ab. »Aber er ist nett. Und außerdem sieht er so smart aus.«

»Das haben Schurken so an sich. Sie müssen ihn sofort als Ihren Medienberater entlassen.«

Lord Ashworth hielt an. »DeWitt entlassen? Aber das kann ich nicht. Er würde alles, was er weiß, offenlegen und mich damit zerstören. Uns zerstören. Wir dürfen ihn nicht verärgern.«

»Vater! Was kann DeWitt schon wissen?« So aufgebracht hatte ich Julian noch nie gesehen. Ohne sein typisches, unnatürliches Zahnpastalächeln mochte ich ihn gleich viel lieber, trotz der misslichen Lage, in der wir uns befanden. »Was können das schon für Geheimnisse sein? Dass Mum trinkt? Dass Gatsby täglich sein Geschäft auf dem Rasen verrichtet? Dass Jasper kriminelle Züge an den Tag legt? Warum lassen wir DeWitt nicht einfach alles offenlegen, was er zu wissen glaubt? Warum machen wir uns zu seinen Marionetten?«

Der Lord schwieg und starrte Julian mit sorgenvollem

Blick an. Julian ahnte nichts von der Affäre mit Lily Bloom. Ich hatte es nicht übers Herz gebracht, ihm von dieser Vermutung zu erzählen.

Okay, mit ein wenig gesundem Menschenverstand und Kombinationsgabe hätte der Junge längst ahnen müssen, dass die Ehe seiner Eltern genauso in Trümmern lag wie der verkohlte Westflügel. Aber Julian lebte nun mal in seiner perfekten, heilen Traumwelt hinter den Wolken und guckte außerdem immer wie ein ausgesetztes Hundebaby, wenn man ihn auf den Boden der Tatsachen holte.

Ich konnte es einfach nicht.

»Würde DeWitt das, was er weiß, an die Presse geben, wäre alles aus. Der Wahlkampf, unser Ansehen, alles«, antwortete der Lord schließlich und wich Julians Blick aus. Seine Wangen überzogen sich mit einem leichten Rosa, ein weiterer Beweis dafür, dass ich mit Lily Bloom goldrichtig lag.

Julian überlegte. »Darf ich den Brief mal sehen?«

»Nein.« Lord Ashworth schüttelte den Kopf. »Was darin steht, tut nichts zur Sache. Fest steht, dass wir alle kleine Laster haben, von denen die Öffentlichkeit nichts erfahren sollte. Schon gar nicht in der heißen Phase eines Wahlkampfes. Und dann ist da noch das hier.« Er ging zum Schreibtisch, öffnete die Schublade und hielt uns ein kleines weißes Haarbüschel unter die Nase, um das ein Gummiband gebunden war. »Der Erpresser hat –«

»DeWitt hat *was?*«, korrigierte ich. Es war höchste Zeit, die Dinge beim Namen zu nennen.

»Er hat Gatsby entführt.« Der Lord schob uns ein Foto zu.

Es zeigte Gatsby, wie er zusammengekauert neben einer Schüssel Wasser in einem dunklen Raum mit niedrigen Decken lag. Daneben befand sich die Ausgabe der aktuellen Tageszeitung, auf deren Titelseite wir das heutige Datum erkennen konnten. Wenn wir nicht so in der Bredouille gewesen wären, hätte ich darüber gelacht.

»Gatsby?« Julian machte sich nicht besonders viel aus Jaspers Hund, aber jetzt sah er doch ziemlich geschockt aus.

»Der Hund befindet sich eingesperrt in einem Zwinger an einem geheimen Ort, so schreibt er. Und er droht damit, ihm etwas anzutun.«

16

Es war höchste Zeit zu handeln.

Zwanzig Minuten später saßen Julian und ich im Kaminzimmer, nippten unruhig an zwei Tassen Tee und beratschlagten, was nun zu tun sei. Vor den großen, raumhohen Fenstern war inzwischen die Sonne untergegangen und ich gab mir größte Mühe, das Bild zu verscheuchen, das immer wieder vor meinem geistigen Auge aufblitzte: Gatsby, den man irgendwo an den Klippen an einem einzelnen Baumstamm angebunden hatte. Gatsby, der an der Leine zog, weil er nachts fror und hungerte. Gatsby, dem man am nächsten Morgen, entkräftet, winselnd und nass, schließlich die Kehle durchtrennte, um den Druck auf Lord Ashworth zu erhöhen.

Unruhig drehte ich Gatsbys Haarbüschel zwischen den Fingern.

»Wenn uns doch nur Jasper helfen würde«, murmelte Julian bereits zum dritten Mal in nur fünf Minuten und ich fühlte mich wie in einer Zeitschleife gefangen. Dabei starrte er immer wieder auf das altmodische Telefon, das auf der Anrichte stand. »Wenn Leondra irgendwo verschollen wäre, würde ich jedenfalls nicht so lange mit dem Rückruf warten. Das ist wieder mal typisch Jasper. Er schert sich um nichts und niemanden.«

Julians Worte versetzten mir einen Stich. Nicht, weil sie so gemein klangen, sondern weil ich langsam geneigt war, ihm zu glauben. Gleich nachdem wir von Gatsbys Entführung erfahren hatten, hatte Julian im Cottage angerufen, seinen Bruder verlangt und erzählt, dass Gatsby verschwunden war und wir vermuteten, dass DeWitt dahintersteckte. Jasper schien tatsächlich einen Moment lang sprachlos, versicherte Julian aber dann, DeWitt den ganzen Tag über ohne Unterbrechung gesehen zu haben und schloss ihn als Übeltäter kategorisch aus.

Dass Jasper uns nicht glauben würde, dass sein neuer Busenfreund DeWitt eine Intrige ausbrütete, hatte ich fast erwartet. Aber dass er sich nichts um seinen eigenen Hund scherte, schockierte mich. Julian hatte mir erzählt, dass Jasper Gatsby als Welpen zu seinem zehnten Geburtstag bekommen und ihm seitdem bei allen großen und kleinen Hundeproblemen beigestanden hatte. Als Gatsby Flöhe gehabt hatte. Als er in der Hundeklappe stecken geblieben war, weil er zu groß geworden war. Und als er diese hässliche Halskrause hatte tragen müssen, nachdem er kastriert worden war.

Und nun dachte sein Besitzer nicht mal daran, uns bei der Suche nach seinem Hund zu helfen. Warum, das hatte Jasper Julian am Telefon sogar erklärt: Zum einen hätte es gegen seine Grundsätze verstoßen, je wieder einen Fuß nach Ashworth Park zu setzen, zum anderen war er der Ansicht, dass Gatsbys Verschwinden gar nicht so ungewöhnlich war – er war immerhin ein Irischer Wolfshund mit ausgeprägtem Jagdtrieb. Vermutlich rannte er in diesem Augenblick freudig durch den Wald hinter ein paar Kaninchen her.

Na sicher doch! Und die hatten ihm auch das Fell abgeschnitten und den Brief verschickt.

Letztendlich hatte Jasper halbherzig versprochen, uns anzurufen, sobald er auf einen Hinweis zu Gatsbys Aufenthaltsort stieß – was er natürlich bisher noch nicht getan hatte. Und in diesem Leben wohl auch nicht mehr tun würde. Eher konnte man darauf warten, dass eine spontane Eiszeit ausbrach. Oder Ashworth Park von selbst das Drama ausging.

»Wir sollten zu DeWitt ins Cottage fahren. Ich könnte mit Jasper reden«, schlug ich vor und trank in einem Zug meinen Tee aus. Darin waren angeblich irgendwelche beruhigenden Kräuter, die absolut nichts halfen. »Sicher ist Jasper nicht bewusst, wie ernst die Lage –«

»Ins Cottage fahren? Kommt gar nicht infrage.« Julian schüttelte den Kopf. »DeWitt und Blackwood haben dich bedroht. Und du willst einfach dort vorbeifahren, klingeln und nach Jasper fragen? Vergiss ihn einfach. Wir finden den Hund auch ohne ihn.«

Ich fragte mich, ob Julian das bloß sagte, um Jasper aus unseren Plänen auszugrenzen, oder ob er die Lage ernsthaft als so gefährlich einschätzte. Wie auch immer, er hatte schon recht. Einfach bei DeWitt daheim zu klingeln, fiel wohl flach.

»Okay. Dann lass uns gehen und selbst den Hund suchen. Gibt's hier so was wie Fahrräder?«

»Wir könnten reiten.«

Reiten? Bitte nicht. Nicht schon wieder. Und schon gar nicht in der Finsternis. Wenn Gatsbys Leben schon am seidenen Faden hing, brauchten wir unseres nicht auch noch durch unkontrollierbare Vierbeiner aufs Spiel zu setzen. Abgesehen davon war ich zu Fuß schneller als auf Garfields Pferderücken.

Ich überlegte. »Wie wäre es denn, wenn wir Tante Gladys um ihren Privatchaffeur bitten?«

Julian lachte. »Den leiht sie dir nie.«

Tat Tante Gladys doch. Nämlich, nachdem ich ihr unter ständigem Augenzwinkern erklärt hatte, dass der Fahrer für unsere gemeinsame Mission eine wichtige Bedeutung hatte. Doch als ich Tante Gladys bitten wollte, mitzukommen, hatte sie bloß abgewinkt und verkündet, lieber hier in Ashworth Park die Stellung zu halten, um mein Date mit Julian nicht zu stören.

Pah. Date? Dachte Tante Gladys etwa immer noch, dass ich in Julian verliebt war, so wie sie es neulich am Ball ständig behauptet hatte? Wäre ich nicht in Eile gewesen, hätte ich verkündet, dass die Suche nach Gatsby gewiss kein Date war. Aber dafür hatte ich jetzt keine Zeit.

Zwanzig Minuten später saßen wir im Inneren des Wagens, während der Chauffeur ohne konkretes Ziel auf der Hauptstraße in Richtung Rosington fuhr. Es war derselbe Fahrer, der mich schon am ersten Tag von den Klippen abgeholt hatte, und wie es aussah, stand er rund um die Uhr zur Verfügung.

»Okay, Abigale, lass uns nachdenken. So viele Orte gibt es hier nicht, an denen man einen Riesenhund wie Gatsby unbeobachtet festhalten könnte.« Julian knipste das Licht über dem Rücksitz an und zog das Foto von Gatsby und der Tageszeitung aus der Brusttasche seiner Reitjacke. »DeWitts Cottage können wir wohl ausschließen. Wenn DeWitt den Hund dort gefangen halten würde, hätte Jasper bestimmt etwas mitbekommen.«

Ich beugte mich zu ihm hinüber und sah mir das Foto diesmal genauer an. Der Hintergrund war dunkel, die Decke niedrig und die Mauern unverputzt. Rechts und links konnte ich die Umrisse von alten staubigen Kisten erkennen.

»Vielleicht eine stillgelegte Lagerhalle?«, vermutete ich. »Gibt es so etwas hier auf der Insel?«

Julian überlegte. »Einige Läden im Ort besitzen ziemlich große Lagerhallen. Die Supermärkte. Das Gartenbaucenter. Aber darin könnte man nicht tagelang einen Hund gefangen halten, ohne dass das jemand mitbekommt.«

»Hinter dem Hafen gibt es eine große Lagerhalle, Master Julian«, mischte sich der Chauffeur ein. »Sie ist schon seit Jahren unbenutzt, weil die Isle of Roses kaum Warenlieferungen vom Festland erhält.«

Der Hafen. Die Idee war gar nicht so übel. Seit meinem Ausflug am zweiten Tag in der Serie wusste ich, dass das Hafengebiet etwas abgelegen im Süden der Insel lag. Die Hauptverkehrsroute führte nicht daran vorbei, bloß eine kleine Nebenstraße, die Julian manchmal für Ausritte nutzte.

»Gut. Fahren wir zum Hafen, Frederick«, sagte Julian und der Fahrer nickte. Weniger als fünfzehn Minuten später parkten wir an der Böschung neben der Straße. Nachts sah der Hafen bedrohlich aus. Die Wellen schwappten auf und ab und eine flackernde Neonröhre erhellte den schmalen Steg, an dessen Ende der einzige Kahn angetäut lag. In der Hütte des Kapitäns brannte Licht.

»Brrr.« Julian kletterte vom Rücksitz und schlang sich seine Reitjacke enger um den Körper. »Es ist Mai, warum ist es hier mit einem Schlag so windig und kalt geworden?«

Die Sache hätte ich ihm durchaus erklären können: Das merkwürdige Tiefdruckgebiet rund um den Hafen sollte verhindern, dass die Figuren aus der Serie die Überfahrt ans Festland antraten und die Serienwelt verlassen konnten. Aber das konnte ich Julian schwer verklickern, ohne dass sich die Parallelwelten überlappten und das äußerst fragile Gleichgewicht zerstört wurde.

»Hier drüben ist die Lagerhalle.« Julian deutete auf einen dunklen Industriebau, der einige Hundert Meter entfernt vom Fährmannshäuschen im Nebel lag. »Ich versuche, durch eins der zerschlagenen Fenster hineinzuklettern. Allerdings gehören die Lagerhallen zum Hafengebiet und dürfen nicht unerlaubt betreten werden. Könntest du inzwischen Kapitän Preston ablenken?«

»Ablenken?«

»Na ja, erzähl ihm, du möchtest eine Überfahrt machen.

Dann holt er immer zu einer Erklärung in Seemannssprache aus: über das niederschlagsreiche Wetter, die Passatwinde im Ärmelkanal und die unüberwindbare Distanz bis zur Küste des Festlandes. Das sollte ihn eine Weile beschäftigen. In der Zwischenzeit suche ich nach dem Hund.«

»Abgemacht.« Ich war froh darüber, dass Julian einen Plan verfolgte und mir tatkräftig unter die Arme griff. Wenn er nicht in jeder freien Minute sein perfektes blondes Haar zurückwarf, Gedichte verfasste oder mit flammenden Reden den Traumprinzen markierte, konnte ich nicht anders, als ihn absolut liebenswürdig zu finden.

So wie er sich heute verhalten hatte, würde ich einen Jungen wie Julian zu meinen besten Freunden zählen wollen. Außerhalb der Serie, versteht sich. Ich konnte mir gut vorstellen, mit ihm und Morgan jeden Abend im Donutladen rumzuhängen. Sogar, mir von ihm das Reiten beibringen zu lassen. Vielleicht würde ich sogar mit ihm ausgehen wollen – nur dass jemand wie Julian im wahren Leben keinen zweiten Blick auf mich werfen würde. Warum es der Serien-Julian tat, war mir immer noch schleierhaft.

Meine Gedanken wurden abrupt unterbrochen, als ich an der Tür des Fährmannshäuschens das Schild entdeckte, das ich schon von meinem letzten Besuch hier kannte: Überfahrt zum Festland wegen andauernden Tiefdruckgebiets in Hafennähe bis auf Weiteres nicht möglich. Der Kapitän.

Na toll. Hier am Hafen war es offenbar stürmischer als im Windkanal einer Gameshow, aber das war jetzt auch egal. Wegen einer Überfahrt war ich ohnehin nicht hier. Ich klopfte fest an die Tür des Verschlags, bereit, diesen Kapitän so lange in ein Gespräch zu verwickeln, bis Julian Gatsby gefunden hatte. Doch als niemand antwortete, kamen mir Zweifel. Wo steckte der Kapitän? War er überhaupt hier? Wenn Seemänner Landgang hatten, stellten sie ja manchmal die abenteuerlichsten Sachen an. Betrank er sich gerade mit einer Buddel Rum im örtlichen Pub?

Als auch nach mehrmaligem Klopfen niemand öffnete, drückte ich die Klinke herunter und betrat den staubigen Verschlag. Alles sah noch genauso aus wie bei meinem letzten Besuch. In der Ecke stand das kleine, altmodische Telefon mit Wählscheibe, von dem ich neulich versucht hatte, Mum und Deborah anzurufen.

»Kapitän Preston?«, rief ich und ließ dabei meinen Blick über die kleinen Fotos an der Wand schweifen. Eins davon zeigte Kapitän Arthur E. Preston in Uniform und mit einer dunkelblauen Kapitänsmütze. Ich hatte zwar noch nie einen richtigen Kapitän kennengelernt (der Kerl, der Touristen in New York zur Freiheitsstatue fuhr, war bloß Busfahrer), aber ich hatte eine ziemlich genaue Vorstellung davon, wie Kapitäne aussehen mussten: Alt. Mit Vollbart und Harpune in der Hand. Wie Kapitän Ahab aus Moby Dick. Oder meinetwegen wie der Kerl auf den Tiefkühlfisch-Packungen.

Dieser Kapitän war jung, glatzköpfig und schlaksig. Er hatte ein schmales Gesicht, hellblaue, große Glupschaugen und trug eine Nickelbrille. Der Typ sah eher aus wie ein Praktikant bei Google und nicht wie ein Seebär, der Wind und Wetter trotzte.

Andererseits fuhr er ja auch so gut wie nie aufs Meer.

»Kapitän Preston? Sind Sie hier?«, versuchte ich es ein weiteres Mal. Ich war kurz davor, kehrtzumachen und Julian Entwarnung zu geben, da fiel mir in der Ecke des Häuschens etwas auf. Es war eine kleine altmodische Schreibmaschine, schwarz glänzend, mit einer Papierwalze, in die ein leeres weißes Blatt gespannt war. Vermutlich stach sie mir nur deshalb ins Auge, weil es als einziges Ding weit und breit nicht von einer dicken Staubschicht überzogen war und somit aussah, als würde es immer noch in Verwendung stehen. Vielleicht aber auch, weil sie einen interessanten Markennamen trug: *Ashworth Instruments*.

Ich starrte das alte Ding an und musste schmunzeln. Waren die Ashworths etwa so reich, dass sie sogar Werke besaßen, die Schreibmaschinen herstellten? Ich muss Julian mal danach fragen, schoss es mir durch den Kopf, bevor mein Blick etwas weiter nach rechts glitt und dort hängen blieb. Mein Schmunzeln gefror.

Dort lag ein einzelnes Blatt Papier, auf dem mein eigener Name prangte. Genauer gesagt, mein Serienname. Er stand ganz oben in Druckbuchstaben: *ABIGALE BARRINGTON-WHITLEY, 14 Jahre alt. Tante Gladys' Großnichte aus New York. Muss niesen, wenn sie an Rosen riecht. Braunes gelocktes Haar, dunkelbraune Augen, optische Ähnlichkeit zu DaVincis Mona Lisa. Weinerliches Gemüt.*

Wie von Sinnen starrte ich auf das Blatt Papier in meinen Händen. Was war das hier? Eine Liste mit Informationen über mich? Und was bedeutete denn bitte *Weinerliches Ge-*

müt? Okay, seit ich vor Kurzem in die Serie geraten war, waren meine Nerven ein paarmal mit mir durchgegangen, aber inzwischen hatte ich mich eindeutig besser im Griff und hatte bloß einen einzigen Heulanfall nach dem Streit mit Jasper vorzuweisen.

Doch was noch viel gruseliger war: Woher wusste dieser Kapitän so viel über mich? Darauf gab es nur eine mögliche Antwort: DeWitt musste ihm diese Informationen zugespielt haben. Arbeitete der Kapitän womöglich mit DeWitt und Blackwood zusammen? Konnte das hier sogar die Schreibmaschine sein, auf der DeWitt den Erpresserbrief verfasst hatte?

Kurzerhand zog ich sämtliche Schubladen des Schreibtischs auf. Vielleicht würde ich hier drin ja noch mehr Informationen finden. Doch als ich einen Stapel Papier aus der Lade hob, unterbrach mich ein lautes Quietschen, ein Bremsen und Scheppern, gefolgt von Julians Stimme, die lauthals fluchte (sehr ungewöhnlich für Julian) und danach meinen Namen rief.

Ich fuhr herum, ließ den Papierstapel zurück und stürmte auf den Steg. Dort entdeckte ich Julian auf der Straße, wie er den Scheinwerfern eines Motorrads nachblickte, das laut brummend im Nebel verschwand.

»Abby! Das war Blackwood. Blackwoods Motorrad«, japste er. »Der Kerl hätte mich beinahe über den Haufen gefahren, musste ein Manöver lenken und dabei ist das hier vom Beiwagen seines Motorrads geplumpst. Komm, schnell. Wir müssen ihm hinterher.«

»Aber was ist mit Gatsby?«, rief ich und versuchte zu erkennen, was Julian da in der Hand hielt. War das etwa eine Konservendose?

»Frederick, folgen Sie dem Motorrad. Aber mit genügend Abstand«, wies Julian den Chauffeur an. Und weil er nun mal Julian war, öffnete er mir trotz der Eile galant die Wagentür und ließ mich zuerst einsteigen, bevor er die Tür zuwarf und sich auf den Beifahrersitz setzte. »Los, fahren Sie schon!«

Verwirrt betrachtete ich Julian, der den Blick starr nach vorn gerichtet hielt, während der Fahrer vom Grünstreifen zurück auf die Fahrbahn rollte. Wir waren also hinter Blackwoods Motorrad her. Dachte Julian, dass uns Blackwood zu Gatsby führen würde?

»Als ich vorhin Blackwoods Motorrad vorbeirasen sah, wollte ich ihn aufhalten. Aber dieser Irre hat mich beinahe umgefahren«, erklärte mir Julian nach einer Weile, als wir die Verfolgung aufgenommen hatten. Die Lichter von Blackwoods Motorrad huschten einige Hundert Meter vor uns die Straße entlang. »Aber dann hat er das hier verloren. Eine Dose Hundefutter.« Er reichte sie mir. »Gatsbys Lieblingssorte. Ente à l'Orange. Allerdings die billige Marke. Die verträgt der Hund nicht.«

Das war ganz schön schlau kombiniert von Julian. Ein entführter Hund musste immerhin gefüttert werden, also hatte DeWitt Blackwood zum Hundefutter-Kaufen geschickt. Natürlich hatte Blackwood nicht mal daran gedacht, anzuhalten, als sich Julian ihm in den Weg gestellt hatte.

»Also hast du in der Lagerhalle keinen Hinweis auf Gatsby gefunden?«, erkundigte ich mich, während der Fahrer immer schneller über die kurvige Küstenstraße raste. Blackwood legte ein ziemliches Tempo vor und wir mussten uns anstrengen, um mit dem Motorrad Schritt zu halten.

Julian schüttelte den Kopf. »Fehlanzeige. Bloß alte Kartons und Sperrmüll. Aber wir werden sicher gleich wissen, wo DeWitt den Hund versteckt hat.« Er beugte sich zum Fahrer vor. »Frederick, fahren Sie nicht zu dicht an das Motorrad heran. Mr Blackwood darf nicht mitbekommen, dass wir hinter ihm her sind. Und schalten Sie die Scheinwerfer aus.«

Ich fühlte mich wie in einem Kriminalfilm. Zugegeben, Julian machte seine Sache als Serienheld ziemlich gut. Vielleicht war er doch cleverer, als ich ihn eingeschätzt hatte. Ich ärgerte mich, ihn nicht schon früher in Blackwoods und DeWitts Machenschaften eingeweiht zu haben.

»Sieht ganz so aus, als würde er zum Cottage der alten Lady DeWitt fahren«, stellte der Fahrer fest und verlangsamte sein Tempo. Inzwischen fuhren wir über einen rumpeligen Feldweg, der sich entlang eines kleinen Wäldchens erstreckte. »Soll ich ihm weiterhin folgen, Master Julian?«

»Nein. Halten Sie hier, Frederick«, befahl Julian.

Frederick hielt und wir beobachteten, wie Blackwoods Motorrad einige Hundert Meter vor uns durch ein schmiedeeisernes Tor rollte. Dahinter zog sich eine langgestreckte Parkanlage bis zu einem beleuchteten Landhaus. DeWitts Cottage schien bei Weitem nicht so prachtvoll wie das Herrenhaus der Ashworths, allerdings verliehen die efeuumrankten Steinmauern, der steinerne Schornstein und das Strohdach dem Haus etwas Gemütliches und Niedliches.

Kaum zu glauben, dass darin ein Scheusal wie DeWitt wohnte. Ich fand, er passte viel eher in einen kargen, düsteren Bunker. Oder in eine Gefängniszelle.

»Was jetzt? Sollen wir ihm nachlaufen?« fragte ich und sah zu, wie sich das wuchtige Eisentor hinter Blackwoods Motorrad wieder schloss.

»Zu gefährlich. Wir können ziemlich sicher davon ausgehen, dass der Hund sich hier im Cottage befindet, das muss uns fürs Erste reichen. Morgen weihe ich Vater ein, dann fahren wir noch mal hierher und überlegen, was zu tun ist. Heute ist es schon spät.« Julian blickte aus dem Wagen. »Und außerdem fängt es an zu regnen.«

Moment mal. Hatte ich gerade richtig gehört? Wir sollten umkehren? Erst veranstaltete Julian diese wilde James-Bond-Verfolgungsjagd quer über die Insel, ließ den Wagen sicher entfernt unter einer Platane parken, um dann gleich wieder umzukehren? Was war sein Problem? Um sein Superhaar brauchte er sich nun wirklich keine Sorgen zu machen, das war ohnehin wasserabweisend.

Meistens jedenfalls.

Kurzerhand öffnete ich die Tür des Wagens und kletterte vom Rücksitz. »Ich laufe jetzt vor zum Cottage, sehe mir an, wo Blackwood das Hundefutter hinbringt, klettere über den Zaun und hole Gatsby hier raus, komme was wolle.« Ich schnaubte. »Wer weiß, was DeWitt sonst noch anstellt.

Heute hat er ihm eine Locke abgeschnitten, und morgen vielleicht ein Hundeohr. Der Typ ist total irre, Julian!«

Julian kletterte ebenfalls aus dem Wagen und lief im Regen einige Schritte neben mir her. »Abigale, das ist zu gefährlich«, wiederholte er. Zu schade, dass seine fünf Minuten Heldentum schon wieder vorbei waren. »Bestimmt ist DeWitt zu Hause. Ich fände es wirklich besser, wenn –«

»Schscht. Da ist Blackwood.« Wir waren an einer hohen Steinmauer angelangt, die einen Garten voller Buchsbäume, Hecken und Beete säumte. Anders als in Ashworth Park wucherte hier das Unkraut, sicher hatte sich seit Lady DeWitts Tod niemand darum gekümmert. Tante Gladys hätte das Herz geblutet. »Blackwood lädt gerade eine ganze Ladung Hundefutterdosen aus dem Beiwagen seines Motorrads. Ich kann nicht sehen, wo er hinläuft, und die Mauer ist zu feucht, um hochzuklettern. Aber du könntest mich hochheben, Julian.«

Julian seufzte, aber er gehorchte. Ich trat mit einem meiner Totenkopf-Sneakers in eine kleine Ausbuchtung an der Steinmauer, während Julian mit den Händen eine Räuberleiter machte, damit ich mich auf der Mauer abstützen konnte. Die nassen Steine bohrten sich unangenehm in meine Handflächen.

»Was siehst du?«, fragte Julian von unten.

Ich blickte über die weitläufige Gartenanlage, die im Halbdunkel lag. »Es gibt hier eine Garage. Und eine Art Gartenhäuschen, das komplett mit Rosensträuchern überwuchert ist. Vielleicht hat er Gatsby dort eingesperrt? Nein, warte. Blackwood geht direkt über den Steinpfad zu einer blau gestrichenen Haustür. Gatsby muss sich im Haus befinden.«

»Im Haus?«, schnaufte Julian unter mir.

»Das oder er tischt das Hundefutter DeWitt zum Abendessen auf.«

»Aber warum hat Jasper nichts davon bemerkt?« Julian überlegte. »Was, wenn Jasper sogar von der Entführung seines Hundes weiß, aber DeWitt ihm verboten hat, etwas zu uns zu sagen? Das würde zumindest erklären, warum er sich am Telefon so merkwürdig angehört hat. Irgendetwas stimmt hier nicht. Wir sollten dringend zurück zu Vater fahren. Außerdem wirst du langsam schwer.«

Schwer? Hallo? Wenn man mal von diesem muskelbepackten Pferdeknecht Cooper absah, war Julian der kräftigste Darsteller der Ashworth-Park-Crew. Und zudem war er der Held. Der sollte sich mal nicht so anstellen! Aber wenn Julian nicht bereit war, die Angelegenheit hier und jetzt zu Ende zu bringen, musste ich es eben tun. Alleine.

»Okay. Warte hier, Julian.« Bevor er protestieren konnte, zog ich mich an einem Büschel Moos empor, bis ich auf der Mauer sitzen konnte. »Ich schleiche mich hinter Blackwood ins Haus und schnappe mir den Hund.«

Das weinerliche Winseln, das Julian von sich gab, erinnerte mich an den entführten Gatsby. »Nicht doch, Abigale! Das ist gar keine gute Idee. Es gibt Alarmanlagen. Angeblich befinden sich Bewegungsmelder in der Nähe des steinernen Gartenpfades und außerdem auf der gesamten Rasenfläche.

Was, wenn der Alarm ertönt? Du müsstest schon durchs Gestrüpp kriechen, damit du die Anlage überlistest.«

»Kein Problem.« Ich würde sogar Vorwärtssaltos über rote Laserstrahlen schlagen, um die Alarmanlage auszutricksen, wenn ich damit nur das Serien-Drama beenden konnte. Und Gebüsch war mir ohnehin nicht fremd, nachdem mich Blackwood neulich nachts in eine piksende Hecke gestoßen hatte. Ich war bereit, zu kämpfen wie eine Martial-Arts-Kriegerin. Selbst wenn es körperliche Schmerzen bedeutete. Tschakka!

Julian war es offenbar nicht gewohnt, dass Mädchen nichts auf seine Meinung gaben. »Aber was, wenn DeWitt dich sieht?«, jammerte er.

Was, wenn. Das war Julians Lieblingssatz. *Was, wenn DeWitt dich sieht? Was, wenn Jasper von Gatsbys Entführung weiß? Was, wenn der Alarm ertönt?* Was, wenn Julian endlich mal aufhören würde, schwarzzumalen und seinem Ruf als Serienheld gerecht würde?

»Er kann mir nichts tun. Jasper und Lydia sind auch hier, das wären viel zu viele Zeugen«, wisperte ich zurück. Leise löste ich mich von der Mauer, sprang hinab und landete mit beiden Beinen im nassen Rindenmulch. Schade, dass Coach Carter nicht zusah, der Sprung wäre eine glatte Eins gewesen. »Du wartest hier. Keine Sorge, Jasper ist hier und wird bestimmt nicht zulassen, dass mich DeWitt wieder mit seiner Waffe bedroht.«

Das hoffte ich zumindest. Denn Jasper war immer noch Jasper. Jasper, der zwar ständig miesepetrig drauf war, alles und jeden auf Ashworth Park hasste und mir Erbschleicherei unterstellt hatte – aber der von mir Fotos schoss, auf denen ich wie die Mona Lisa aussah. Jasper, der in der Scheune Blackwoods Schlag kassiert hatte, um mich zu retten. Ich musste darauf vertrauen, dass alles gut werden würde, solange mich DeWitt nicht alleine erwischte.

17

Der Regen wurde stärker und peitschte mir ins Gesicht, während ich mich durch das Dickicht der Stauden in Richtung des Cottages durchkämpfte. Blackwoods Motorrad parkte immer noch vor dem Haus, doch DeWitts Handlanger war inzwischen verschwunden. Hoffentlich hatte er die Haustür nicht abgeschlossen. Konnte ich notfalls durchs Fenster klettern? Eine Balkontür stand offen, allerdings befand die sich im ersten Stock. Wie sollte ich denn da hochgelangen?

Okay. Keine Panik. Ich fragte mich, ob ich diesen spontanen Einbruch vielleicht nicht doch hätte besser planen sollen. Wenn ich Gatsby nur von hier aus sehen könnte! Dann wüsste ich genau, in welchen Teil des Cottages ich musste.

Doch zuallererst musste ich unbemerkt ins Innere des Hauses gelangen. Ich schob die Äste eines blühenden Fliederstrauchs zurück und spähte hindurch. Leider war das Cottage ganz schön groß. Zumindest für ein Cottage. Es besaß zwei Stockwerke, einen Seitentrakt und mehrere Dachfenster. Über die gesamte Längsseite erstreckte sich außerdem ein riesiger Wintergarten, der dem Garten zugewandt war. In keinem der Fenster entdeckte ich auch nur einen geringen Hinweis auf DeWitt, Blackwood, Lydia oder Jasper. Wo waren die nur alle? Ich konnte mich schlecht ins Haus schleichen, wenn ich nicht wusste, ob mir nicht womöglich alle vier hinter der Haustür auflauerten.

In diesem Moment entdeckte ich im ersten Obergeschoss des Hauses einen Lichtschein, der durch das Fenster in den Garten fiel. Im Inneren bewegten sich zwei Gestalten über einen Treppenaufgang nach oben und verschwanden in einen weiteren Raum im zweiten Obergeschoss. Ein dunkler Haarschopf fiel mir ins Auge, gefolgt von einem Kerl mit grau melierten Haaren.

Okay. Ich hatte gerade Blackwood und DeWitt erspäht. Irrtum ausgeschlossen. Das war schon mal ein Anfang.

Und außerdem meine Chance. Die beiden befanden sich im zweiten Obergeschoss, ich konnte mich also im Erdgeschoss leise durch die Haustür schleichen und dort nach dem Hund suchen. Vorsichtig löste ich mich aus dem Schatten der Büsche und stakste durch ein Blumenbeet, um die Hausmauer herum, in Richtung der blau gestrichenen Eingangstür, durch die Blackwood verschwunden war.

Das Geräusch eines sich schließenden Fensters über mir ließ mich innehalten. Ich richtete den Blick nach oben und entdeckte Lydia, die an der Balkontür stand. Anders als sonst steckte sie heute nicht in irgendeinem widerlich spießigen Mädchen-aus-besserem-Hause-Fummel, sondern in stinknormalen Jeans und einem dunklen T-Shirt.

Ich wollte schon weiter zur Haustür schleichen, als Lydia

sich vom Fenster abwandte, um sich mit einer anderen Person zu unterhalten, die sich im Raum befand. Ich brauchte nicht erst lange herumzurätseln. Zwei Schritte nach rechts durch das Blumenbeet bestätigten meine Vermutung. Jasper saß in Lydias Zimmer auf dem Bett und redete auf sie ein.

Sein Anblick ließ mein Herz kurz stolpern, auch wenn mir die Ursache nicht ganz klar war. Vielleicht, weil er sich nicht um Gatsbys Verschwinden kümmerte. Vielleicht aber auch, weil es ausgerechnet Lydia war, in deren Zimmer er saß. Gefühlsmäßig tippte ich auf eine Kombination aus beidem.

Vielleicht lag es aber auch daran, dass Lydia sich plötzlich neben ihn setzte und ihn … Moment mal. Ich rieb mir die Augen. Sah ich richtig? Lydia umarmte Jasper! Und Jasper schien das nicht zu stören, im Gegenteil. Wie ferngesteuert machte ich einige Schritte aus dem Blumenbeet, um die beiden Silhouetten besser betrachten zu können, die sich schon seit Sekunden eng aneinanderschmiegten. Jetzt streichelte Lydia ihm auch noch über den Rücken.

So sah das also aus, wenn sie zusammen lernten.

Zunächst merkte ich nicht, was passiert war, während ich dagestanden und dämlich gegafft hatte. Der Anblick von Jasper und Lydia ließ mich tatsächlich das laute Surren ausblenden, das plötzlich wie eine Sirene durch den ganzen Garten dröhnte. Und nun ging auch noch ein Lichtmelder direkt über meinem Kopf an und beförderte mich direkt ins Rampenlicht.

Ich erinnerte mich plötzlich an Julians Warnung. Die

Alarmanlage. Verdammter Mist! Jasper hörte die Anlage auch, denn er löste sich plötzlich aus Lydias Umarmung, öffnete die Tür zum Balkon und trat hinaus in den Regen. Dort kniff er die Augen zusammen und ließ seinen Blick über den erleuchteten Garten schweifen, bis er schließlich innehielt.

Verflucht! Er konnte mich sehen. Einen Moment lang starrten wir uns durch den Regen hindurch an.

Abby? Jaspers Lippen formten meinen Namen, während er die Stirn in Falten legte und mindestens genauso verdutzt auf mich hinabsah wie ich zu ihm hoch. Hören konnte ich seine Stimme nicht, da die Sirene noch immer ohrenbetäubend laut durch den Garten dröhnte und vermutlich die ganze Insel aufweckte. Einige Tiere aus dem benachbarten Wäldchen heulten schon.

Nach einer Weile löste Jasper den Blick von mir und wandte sich Lydia zu.

Und erst da, viel zu spät, dämmerte mir, dass ich längst nicht mehr in den Blumenbeeten, sondern mitten auf dem Rasen stand und damit den Bewegungsmelder ausgelöst haben musste. Von wegen Saltos durch Laserstrahlen. Ich hätte mich ohrfeigen können für so viel Dummheit. Und nun würde ich mich auch noch von DeWitt wie ein verknalltes, schockgefrorenes Schaf mitten auf dem Rasen erwischen lassen. Das hieß, wenn ich nicht schleunigst die Beine in die Hand nahm und mich irgendwo versteckte.

Ruhig bleiben, Abby, sagte ich mir. Ich schlotterte vor Kälte, während mein Blick durch den zugewucherten Garten zuckte. Auf der anderen Seite des Rasens lag das zugewucherte Gartenhäuschen, das ich von der Mauer aus entdeckt hatte. Doch um es zu erreichen, musste ich allerdings einige Hundert Meter über den Rasen sprinten. Ob DeWitt außer dieser ohrenbetäubenden Alarmanlage noch Sprengsätze oder Eisenzacken unter der Erde installiert hatte? Oder gleich eine Meute blutrünstiger Rottweiler auf mich losließ?

Egal. Ich musste es riskieren. Ich rannte quer über den Rasen, löste damit offensichtlich eine zweite Alarmanlage aus, presste mich zwischen Ästen und Zweigen hindurch und erreichte schließlich die Rückseite des Gartenhäuschens. Dort drückte ich mich an die hölzerne Wand und atmete tief durch.

Der Regen hatte inzwischen die altbekannten, monsunartigen Ausmaße angenommen, meine Jeansjacke klebte an meinem Körper wie eine zweite Haut und meine Totenkopf-Sneakers steckten bis zu den Knöcheln im Schlamm. Wenige Augenblicke später ebbte das laute Surren der Alarmanlage plötzlich ab und die Haustür öffnete sich.

Oh nein. Sie kamen, um nachzusehen. Ich wünschte mich plötzlich zu Julian hinter die Mauer zurück und hasste mich für diese unüberlegte Idee, nachts in DeWitts Garten herumzuspazieren. Hatte ich tatsächlich gedacht, ich könnte einfach so in sein Haus einbrechen und den Hund befreien? Ich schaffte es noch nicht mal bis zu dieser dämlichen Eingangstür.

»Muss wieder ein Fuchs sein.« Das war DeWitts Stimme, gefolgt von dem Geräusch, das ein Regenschirm machte, wenn man ihn aufspannte. »Elende Biester. Den nächsten, den ich finde, erschieße ich und nagele ihn an einen Baumstamm, als abschreckendes Beispiel für die anderen Viecher.«

In Abwesenheit der Ashworths gab sich unser Schmalspur-Clooney dann doch nicht mehr so elegant und höflich, wie er es nach außen hin gerne tat. Er klang vielmehr wie ein dahergelaufener Dummkopf aus der untersten sozialen Schicht. Was er vermutlich in Wirklichkeit auch war.

Wenigstens hatte er mich bei meinem Sprint über den Rasen nicht gesehen und vermutete ein herumstreunendes Tier. Wenn er allerdings schon bei Füchsen so radikal vorging, wollte ich mir lieber nicht vorstellen, was er tun würde, wenn er mich entdeckte. Allerdings wuchsen an den Seitenwänden des Gartenhäuschens dichte Stauden, DeWitt musste sich schon seinen Anzug ruinieren und sich durchs Gestrüpp pressen, um mich hier zu finden.

»Ihr Ohr in Gottes Hand, Mr DeWitt.« Das wiederum war Blackwood, leicht zu erkennen an den rhetorischen Fähigkeiten einer Blindschleiche. »Ich vermute eher einen Einbrecher. Als ich mit dem Hundefutter hierhergefahren bin, war mir, als hätte sich jemand an meine Füße geheftet.«

DeWitt machte einige Schritte über den Rasen. »Ein Einbrecher? Bei diesem Wetter?«

»Ja. Sehen Sie sich doch nur die nassen Spuren im Gras an, Sir!« Der kräftige Schein einer Taschenlampe glitt übers nasse Gras und leuchte bis in mein Versteck. »Vielleicht will uns jemand übers Ohr ziehen.«

»Blackwood, sprich wörtlich, nicht sprichwörtlich. Damit wäre uns allen geholfen.«

Wahre Worte. Zum ersten Mal musste ich DeWitt zustimmen. Nur dummerweise hielt ihn das nicht davon ab, über den Rasen immer weiter in meine Richtung zu wandern.

Bestimmt fiel ihnen die Spurensuche im hohen Gras noch leichter, weil sich hier seit Monaten niemand ums Rasenmähen gekümmert hatte. Für Gartenarbeit hatten sie keine Zeit, sie mussten ja krumme Dinger drehen.

»Sie haben recht, Blackwood. Sieht ganz so aus, als wäre hier jemand langgelaufen. Und zwar kein Fuchs, sondern ein Mensch«, stimmte ihm DeWitt zu. Die beiden kamen immer näher, DeWitts Stimme war nur noch wenige Meter entfernt. »Haben Sie wenigstens gesehen, wer Ihnen gefolgt ist?«

»Ich dachte an die Polizei.«

»Die Polizei? Wenn Lord Ashworth die Polizei rufen würde, müsste er den Erpresserbrief präsentieren, und das kann er sich nicht leisten. Und außerdem schleicht die Polizei nicht im Regen durch den Garten, sondern klingelt mit einem Durchsuchungsbefehl an der Tür.« DeWitt lachte auf. »Ich denke eher, dass es jemand von den Ashworths ist, der uns einen Besuch abstattet. Der Lord höchstpersönlich, der nach dem entführten Köter sucht. Aber der ist wiederum zu fett, um über meine Mauer zu klettern.«

»Vielleicht Giles, dieser kettenrauchende Pinguin?«, riet Blackwood und krempelte die Ärmel hoch. »Na warte, der fängt sich eine blaue Nase ein.«

DeWitt knurrte. »Oder es ist wieder dieses Mädchen, das

denkt, sie sei die Hobbydetektivin aus irgendeinem dämlichen Kinderroman. Miss Barrington-Whitley hat die Abreibung am Busbahnhof wohl nicht gereicht.«

Wie bitte? Abreibung? Ich hatte *ihn* ausgeschaltet und nicht umgekehrt. Nur fürs Protokoll.

»Ich hätte sie erledigen sollen, als sie den Butler schützen wollte«, knurrte Blackwood.

»Und dafür ins Kittchen wandern? Es wäre dumm, die schweren Geschütze auf dem Grund und Boden der Ashworths auszufahren. Zu viele Zeugen. So nah am Waldrand wie hier könnte man die Leiche allerdings in den Wald schleppen und wie einen Jagdunfall aussehen lassen. Wie nett, dass die alte Lady DeWitt noch einige Jagdgewehre im Haus hatte.« Ein metallenes Geräusch ertönte, das tatsächlich nach einer Flinte klang, während DeWitt an der Türklinke des Gartenhäuschens rüttelte. »Abgesperrt. Hier drin kann sich jedenfalls niemand verstecken.«

Sie hatten eine Flinte dabei? Mein Brustkorb wurde plötzlich ganz eng vor lauter Angst. Auch wenn Blackwood dumm wie Brot war, früher oder später würden sie hinter dem Häuschen nachsehen und mich finden.

»Vielleicht war doch niemand hinter mir her. Womöglich war es tatsächlich nur irgendein Tier«, überlegte Blackwood schließlich. »Lassen Sie uns einen Schlusspunkt ziehen und wieder ins Haus gehen.«

Ja! Gute Entscheidung!, schrie ich DeWitt im Geiste zu, aber der zögerte und gab ein Brummen von sich.

»Erst steigen Sie noch über die Büsche bis hinters Häuschen, und wenn da niemand ist, verschwinden wir. Verdammtes, englisches Wetter. Wenn das alles hier vorbei ist, setze ich mich nach Spanien ab.«

Blackwood schob die Zweige eines Strauches beiseite, zwängte sich durchs Dickicht und kam näher. »Wenn hier jemand steckt, erwische ich ihn auf kaltem Fuß.«

DeWitt seufzte. »Nehmen Sie lieber die Flinte mit, falls er Sie angreift.«

Nein! Bitte nicht. Mir brach der kalte Schweiß aus. Was sollte ich denn jetzt tun? Ich überlegte gerade, ob es klug wäre, mich zu stellen und den beiden einfach eine Lüge aufzutischen, dass ich mich irgendwo draußen im Wald verlaufen hatte, als DeWitts Stimme meine Gedanken unterbrach.

»Moment. Warten Sie, Blackwood.«

»Sir?«

»Kommen Sie wieder raus. Da drüben ist unser Eindringling.«

Ich erstarrte. Das Rascheln in den Büschen entfernte sich wieder in die entgegengesetzte Richtung.

»Wo, Sir? Ich sehe niemanden.«

»Schscht. Leise. Mir nach, Blackwood.« DeWitt machte kehrt und das schmatzende Geräusch seiner Stiefel entfernte sich von meinem Versteck. Die Flinte schepperte bei jedem von DeWitts Schritten. »Den schnappen wir uns!«

Welcher Eindringling? Mich konnten sie nicht meinen. Ich beschloss, mich leise zurück vor das Gartenhäuschen zu schleichen, um nachzusehen, wen oder was die beiden entdeckt hatten, aber da stolperte ich über eine Wurzel und knickte mit meinem linken Bein um. Die Haut unter meiner Jeans begann zu kribbeln und mein Bein schien sich kurz in Luft aufzulösen, bis sich das altbekannte Gefühl in rasend schnellem Tempo auf meinen ganzen Körper ausbreitete.

Na endlich, da war er wieder! Der Sprung. Meistens geschah es ja in den unmöglichsten Situationen, doch jetzt war das Timing der Serie genau richtig. Egal wie widerlich sich die Sekunden vor dem Sprung auch anfühlten, ich war noch nie so froh gewesen, aus der Serie zu verschwinden. Raus aus dem Drama, raus aus dem elenden Regen, zurück nach New York.

INNEN - WÄHRENDDESSEN AUF ASHWORTH PARK - MUSIKZIMMER/WAHLKAMPFZENTRALE - ABENDS

LORD und **LADY ASHWORTH** gehen die Rede für den Vorabend des Wahlkampfes durch. Der Lord wirkt unkonzentriert und abgelenkt, was die Lady zur Verzweiflung bringt.

LORD ASHWORTH *(späht auf sein Blatt)*
Ich, Lord Montgomery Ashworth, der dreizehnte Earl der Isle of Roses, habe einen Traum. *(Seufzt und blickt auf.)* Cordelia, meinst du nicht, wir sollten den Satz streichen? Der ist doch geklaut.

LADY ASHWORTH *(genehmigt sich einen Drink on the Rocks)*
Das ist mir selbst eingefallen, Montgomery. Herrje, konzentriere dich! Das ist die wichtigste Rede deines Wahlkampfes, sie soll einer Generation in Erinnerung bleiben und dazu brauchen wir eben etwas Pathos. Weiter jetzt.

LORD ASHWORTH *(liest weiter)*
Sie mögen uns das Leben nehmen, aber niemals unsere Freiheit! *(Runzelt die Stirn.)* Cordelia, wer in Gottes Namen will uns denn das Leben nehmen? Und außerdem stammt dieser Satz aus *Braveheart*!

LADY ASHWORTH
Das ist doch nur so dahingesagt, um die Botschaft zu verdeutlichen. Ts, ts, ts.

GILES unterbricht das Gespräch, betritt das Musikzimmer und überreicht eine Blumenlieferung: einen Strauß Tigerlilien.

GILES *(verbeugt sich)*
Eine Blumenlieferung für Sie, Lady Ashworth. Wie üblich ohne Absender. Wollen Sie sie einwässern oder soll ich das für Sie tun?

LADY ASHWORTH *(zischt Giles ins Ohr)*
Sie dummer Mensch! Doch nicht vor meinem Mann! Habe ich Ihnen beim letzten Mal nicht gesagt, Sie sollen Lilien-Lieferungen geheim halten?

LORD ASHWORTH *(lässt den Zettel mit der Rede sinken)*
Cordelia? *(Wird käseweiß im Gesicht.)* Sind … sind das etwa Lilien? Das sind ja genau dieselben wie damals, vor vielen Jahren. Die Blumen, die dir dein Verehrer … Du-weißt-schon-wer ständig geschickt hat.

LADY ASHWORTH
Purer Zufall. Jeder weiß, dass ich Lilien mag. Gladys liebt Rosen, ich mag Lilien.

LORD ASHWORTH *(verunsichert)*
Aber das kann doch gar kein Zufall sein. Es sind exakt dieselben Tigerlilien wie von Du-weißt-schon-wem. Und Du-weißt-schon-wer ist *tot*! Cordelia, er hätte um ein Haar unsere Ehe zerstört.

LADY ASHWORTH *(wird wütend)*
Bobby Mason! Er heißt Bobby Mason! Warum bringst du es nicht über dich, seinen Namen auszusprechen? Er war doch bloß mein Liebhaber und nicht Lord Voldemort! Vielleicht erlaubt sich jemand einen dummen Scherz mit diesen Blumen.

LORD ASHWORTH
Aber niemand weiß es. Niemand weiß, was damals passiert ist! Außer du, ich und Bobby Mason selbst. Den man vor vielen Jahren tot aus dem Ärmelkanal gefischt hat. Sag mir die Wahrheit!

LADY ASHWORTH *(schluckt)*
Du willst die Wahrheit, Montgomery? Mich erreichen diese Lilien schon, seit Bobby Mason die Insel verlassen hat. Entweder lebt Bobby Mason noch oder jemand will sich einen makabren Scherz erlauben.

AUSBLENDE - GROSSAUFNAHME LILIENSTRAUSS - GEHEIMNISVOLLE GEIGENKLÄNGE - EPISODENENDE.

18

DeWitts Cottage ist nicht *so* groß. Irgendwo muss dieses Ungetüm von Hund ja stecken«, überlegte Tante Gladys, schob sich genüsslich ein Stück Donut in den Mund und leckte sich danach die Finger ab. Tante Gladys in einem heruntergekommenen Donutladen sitzen und mit den Fingern essen zu sehen, war ein merkwürdiger Anblick. »Deborah, Abigale meinte, du wärst der größte Serienfreak in ganz New York. Hast du zufällig eine Vermutung, wo Gatsby stecken könnte?«

So wie Deborah Tante Gladys anstarrte, hätte man meinen können, die gesamte Star-Trek-Crew hätte sich vor ihren Augen materialisiert. Als ich aus DeWitts Garten zurückgesprungen war, hatte ich zuallererst die Telefonnummer auf Tante Gladys' Visitenkarte angerufen und schon war meine Serientante in ihrem Ashworth-Park-Outfit (Federboa, Hut und Glitzerkleid) zu *Benny's Donuts* gefahren, um mit uns eine Krisensitzung abzuhalten und zu überlegen, wie wir Gatsby befreien und DeWitt endlich das Handwerk legen konnten.

Deborah rieb sich die Stirn. »Ich hatte gehofft, die Serie

würde dem Zuschauer vielleicht zeigen, wo genau Gatsby versteckt ist. Aber leider war nichts zu erkennen. Ich tippe auf den Dachboden.«

»Gut möglich«, meinte ich. »Ich habe beobachtet, wie DeWitt und Blackwood gemeinsam ins Dachgeschoss gegangen sind. Deborah, Tante Gladys, wir müssen den Hund da rausholen!« Ich zog Gatsbys Fellbüschel aus meiner Jeanstasche und legte es auf den Tisch.

Deborah sog scharf die Luft ein. »Abby! Ist das nicht –«

»Ja, ich weiß. Gatsbys Fell. Ich weiß außerdem, wie du über die Überschneidung der Welten denkst. Labormäuse, Blubberblasen, Apokalpysen und dieser ganze Käse. Aber es handelt sich ja hier nicht um einen Menschen, sondern bloß um einen Gegenstand, den ich befördert habe. Gatsby ist mir ans Herz gewachsen.«

Betroffen presste Tante Gladys die Lippen aufeinander. »Wenn er nicht ständig meine *Bitte nicht betreten*-Schilder auf dem Rasen ignorieren würde, wäre der Hund auch ganz niedlich.«

»Deswegen müssen wir ihn auch aus DeWitts Haus befreien«, verkündete ich.

»Wir sollten dabei auch das Video sicherstellen, mit dem DeWitt den Lord erpressen will«, fügte Tante Gladys hinzu. »Morgen steigt im Rathaus eine riesige Wahlkampfparty, bevor ganz Rosington am darauffolgenden Tag den neuen Bürgermeister wählen wird. Ich will mir lieber nicht vorstellen, was passiert, wenn DeWitt an diesem Abend der ganzen Insel von Lord Ashworths geheimem Techtelmechtel erzählt. Niemand wird ihn wählen. Nicht mal eine Mitleidsstimme wird er bekommen.«

Glücklicherweise fand Tante Gladys meine Theorie mit Lord Ashworths und Lily Blooms Affäre und dem Video aus der Bibliothek nicht nur absolut plausibel, sondern auch noch ziemlich gut kombiniert. Sie selbst hegte schon länger den Verdacht, dass mit Lily Bloom irgendetwas nicht stimmte. Dass sich die Buchhalterin von DeWitt bestechen ließ, um die Ashworths zu ruinieren, passte jedenfalls zu ihr.

»Wenn wir Jasper doch nur beweisen könnten, dass DeWitt etwas Böses im Schilde führt«, überlegte Deborah. »Abby, wie hoch schätzt du die Chancen ein, dass er dir glaubt, wenn du ihm alles erzählst?«

Jasper alles erzählen? Schlechte Idee. Irgendwie musste DeWitt ihn dermaßen eingelullt haben, dass Jasper diesem Widerling aus der Hand fraß.

»Minus hundert Prozent. Oder noch weniger.«

Deborah rollte mit den Augen. »Minus hundert Prozent ist kein gültiger Wert. Prozentrechnen war noch nie deine Stärke.«

»Dann eben null Prozent. Jasper glaubt mir kein Wort. Er hasst mich. Er verabscheut mich.« Dazu brauchte ich nur an seinen Blick zu denken, als wir uns in Rosington begegnet waren. Und dann wieder, als er mich vorhin im Garten entdeckt hatte. Gleichgültig. Ablehnend. Kalt. Das hatte Jasper wirklich drauf. »Ich rede bestimmt nicht mit ihm. Ich will ihn am liebsten überhaupt nie wieder sehen. Soll er sich doch von DeWitt adoptieren lassen und Lydia weiter eng umschlungen Nachhilfestunden geben. Mir doch egal.«

Tante Gladys und Deborah warfen einander vielsagende Blicke zu.

»Sie mag ihn«, rutschte es Deborah heraus.

»Ich mag ihn gar nicht!«, schrie ich und schlug fest auf den Tisch. Meine Cola schwappte über. »Er kann zwar nett sein, wenn er sich Mühe gibt, aber die meiste Zeit leidet er unter einer fiesen, multiplen Persönlichkeitsstörung. Ich rede nicht mehr mit ihm. Nie, nie, nie wieder!«

»Sie mag ihn sogar sehr.« Jetzt grinste Deborah.

»Deborah, noch ein Wort, und ich spende deine komplette Star-Trek-Sammlung an die Wohlfahrt.«

»Das wagst du nicht!«

»Genug jetzt!«, unterbrach uns Tante Gladys. »Das bringt uns nicht weiter. Wenn uns Jasper nicht glaubt, müssen wir eben Julian in unseren Plan einbinden, auch wenn der Junge den gleichen Intelligenzquotienten besitzt wie ein Stück Brot.« Sie seufzte. »Um unsere Anweisungen zu befolgen, wird es gerade noch reichen.«

Ich war froh über den Themenwechsel. Und darüber, dass Tante Gladys die Initiative ergriff und uns ihren Plan erklärte. Der Plan sah vor, einige Stunden vor der Wahlkampfparty in DeWitts Cottage einzubrechen und dort nach Gatsby und dem Video zu suchen. Weil wir keine Ahnung hatten, wo er das Video aufbewahrte, brauchten wir Zeit und mussten außerdem sichergehen, dass DeWitt lange genug unterwegs war. Dazu sollte ihn Julian unter einem Vorwand nach Ashworth Park locken und dort möglichst lange festhalten.

»Und wie wollen wir das Schloss öffnen, Tante Gladys?«, warf ich ein. Ich hatte es doch in der letzten Folge noch nicht mal geschafft, ins Haus zu gelangen.

»Serientüren sind meist sehr einfach zu knacken«, antwortete Tante Gladys. »Euch ist bestimmt schon aufgefallen, dass in Serien einfach jeder eine Tür mit einer Haarnadel aufbekommt. Im echten Leben geht es nie so einfach.«

Hoffentlich behielt sie recht.

»Danach durchsuchen wir alle Räume des Hauses, finden das Video, schnappen uns Gatsby und hauen ab«, fuhr Tante Gladys fort. »DeWitt hat nichts mehr gegen den Lord in der Hand und der Wahlkampf nimmt ein gutes Ende.«

In der Theorie hörte sich das viel leichter an als in der Praxis. Wir brachen bei DeWitt ein, sicherten das Material, retteten den Hund und verschwanden über alle Berge. In einem Primetime-Krimi hätte ich uns durchaus gute Chancen eingeräumt. Aber wir redeten schließlich nicht von einem Krimi, sondern von einer Daily Soap.

Ich kaute nervös auf meiner Unterlippe. »Aber wenn mich DeWitt doch erwischen sollte, gibt es bestimmt nicht wieder einen Cliffhanger, der mich aus der Serie rettet.«

»Ah, der letzte Cliffhanger vorhin«, meinte Deborah. »Das wollte ich dir noch erzählen. Diesmal warst es nicht du und dein nächtlicher Ausflug in DeWitts Garten, der den Cliffhanger ausgelöst hat, Abby. Zuletzt sah man im Fernsehen einen Streit zwischen der Lady und dem Lord. Aber da ging es bloß um irgendeine Nebenhandlung. Eine alte Story von einem Typen, den der Lord immer Du-weißt-schon-wer genannt hat. Und der Lady Ashworth angeblich einen Strauß Lilien geschickt hat. Von der Geschichte habe ich noch nie gehört, das muss wohl passiert sein, bevor ich begonnen habe, Ashworth Park zu schauen. Und weil es im Internet nichts dazu gibt, kann man auch nicht googeln.« Sie überlegte. »Ein eigenes Ashworth-Park-Wiki wäre eine tolle Idee. Ich könnte eines anlegen.«

Wenn Deborah gerade mal nicht Ashworth Park schaute oder ihren Lebenslauf mit Freifächern aufpolierte, bearbeitete sie für ihr Leben gern Wikipedia-Einträge.

»Eine Nebenhandlung, sagst du? Über Du-weißt-schonwen?«, hakte Tante Gladys ein und sah auf.

Deborah nickte. »Kennst du ihn?«

»Das tue ich in der Tat.« Tante Gladys seufzte. »Sein echter Name war Bobby Mason. Lady Cordelia hatte vor einer halben Ewigkeit eine geheime Affäre mit ihm und er hat ihr regelmäßig Sträuße mit ganz besonderen Tigerlilien geschenkt.«

»Die Lady hatte eine Affäre?«, fragte ich ungläubig. Also war es nicht nur der Lord, der ein dunkles Geheimnis hütete. Auch die Lady hatte ihn bereits betrogen. Zwar wusste ich, dass die Ehe der beiden alles andere als glücklich war, aber das hatte ich trotzdem nicht erwartet. Ich fragte mich, wie irre dieser Bobby Mason sein musste, um sich mit einem Drachen wie Cordelia einzulassen.

»Es ist ein leidiges Thema«, seufzte Tante Gladys und

trank den letzten Schluck ihres Milchkaffees. »Begonnen hat alles, als der Lord vor vielen Jahren einen schweren Reitunfall hatte. Er ist während eines Turniers vom Pferd gefallen, hat sich einen Leistenbruch zugezogen und musste für Monate das Bett hüten. Seitdem kümmert er sich nur noch um die Zucht und reitet nicht mehr selbst.«

Aufmerksam sah ich sie an. Tatsächlich hatte ich Lord Ashworth zwar schon einige Male im Stall, aber noch nie im Sattel entdeckt.

»Während Lord Ashworth also außer Gefecht gesetzt war, wurde unserem Hausdrachen schnell langweilig«, fuhr Tante Gladys fort. »Also ging sie häufig allein aus und lernte dabei Bobby Mason kennen. Er war ein stinknormaler Bürgerlicher. Mittellos, einflusslos, verschuldet. Er hatte nichts vorzuweisen, das könnt ihr mir glauben. Er sah nicht einmal besonders toll aus, mit diesen hässlichen Segelohren. Kein Mensch weiß, warum er ihr gefallen hat. Wenn ich es nicht besser wüsste, würde ich sagen, es war Liebe. Aber ihr wisst ja, Cordelia und Liebe … das passt in etwa so gut zusammen wie Erdbeerdonuts und Tomatenketchup. Fast, als würde der Leibhaftige plötzlich romantische Gedichte schreiben.«

Tante Gladys' Geschichte schockierte mich. »Hatten der Lord und die Lady damals schon Kinder?«

Tante Gladys nickte. »Julian war ein Baby. Jasper war noch nicht geboren.«

»Wie hat Lord Ashworth davon erfahren?«, wollte Deborah wissen.

»Bobby Mason hatte der Lady ständig Lilien geschickt, was den Lord so wütend gemacht hat, dass er sich weigerte, Bobby Masons Namen auszusprechen. Irgendwann kam es sogar so weit, dass Bobby mit Cordelia durchbrennen wollte. Doch sie hat ihn abgewiesen, mit der Begründung, dass er ihr nichts bieten konnte. Es kam zu einem Eklat und er stieg wutentbrannt in sein Auto und brauste davon. Tags darauf wurde Bobby Masons Leiche aus dem Ärmelkanal gezogen. Er war mit dem Auto von der Straße abgekommen.«

Vor Schreck bekam ich eine Gänsehaut. Eine geheime Affäre. Ein verschmähter Liebhaber. Ein grausamer Tod, der auch als Selbstmord aus Liebe durchgehen konnte. Das war genau der Stoff, aus dem schlechte Serien gemacht waren. Und dennoch fühlte es sich erschreckend real an.

»Unfassbar, dass der Lord ihr verziehen hat«, meinte Deborah. »An seiner Stelle hätte ich Lady Ashworth aus dem Haus gejagt. Kein Wunder, dass er nervös geworden ist, als erneut ein Strauß mit Lilien eingetroffen ist. Und Lady Ashworth hat zugegeben, dass sie die Blumen schon seit Jahren bekommt. Kann das bedeuten, dass Bobby Mason noch lebt, Gladys?«

»Wie bitte?«, stieß ich hervor, bevor Tante Gladys auch nur Luft holen konnte. Mir stockte das Blut in den Adern, und das lag nicht nur an der Vorstellung, dass ein Toter Blumen verschickte. »Was ist, wenn sich die Serie gerade das nächste Drama ausdenkt, noch bevor wir DeWitts Pläne vereiteln können? Was ist, wenn mit der nächsten Fähre dieser …

Bobby Mason auf der Matte steht. Quicklebendig.« Ich vergrub mein Gesicht in den Händen. »Muss denn immer etwas passieren? Kann die Serie denn nie Ruhe geben?«

Tante Gladys griff nach meiner Hand. »Beruhige dich, Butterkeks, du klingst ja schon beinahe wie Julian. Das ist kein neues Drama, sondern bloß die immerwährende Ehekrise zwischen dem Lord und der Lady. Eifersucht, Lügen und Zwiste stehen an der Tagesordnung. Davon lebt die Serie, schon seit Jahren. Nichts Außergewöhnliches. Außerdem ist Cordelias Liebhaber tatsächlich tot. Seine Leiche wurde aus dem Ärmelkanal gefischt und liegt auf dem Friedhof in London begraben. So ziemlich jedes Magazin hat darüber berichtet. Wahrscheinlich erlaubt sich einfach jemand einen üblen Scherz mit diesen Blumen.«

»Vergessen wir diese dumme Affäre. Das ist ohnehin Schnee von gestern«, wechselte Deborah das Thema. Offenbar war auch sie davon überzeugt, dass die mysteriöse Lilien-Lieferung keine weitere Krise bedeutete. »Ich fasse unseren Plan noch mal zusammen: Lord Ashworth wird die nächste Forderung nicht bezahlen. Stattdessen durchsucht ihr zwei gleich in der nächsten Folge DeWitts Cottage nach den Beweisen, befreit den Hund und sorgt dafür, dass DeWitt morgen Abend auf der Wahlkampfparty im Rathaus nichts anrichten kann.«

Tante Gladys und ich nickten.

Deborah senkte den Blick und schwieg für einen Moment. »Braucht ihr nicht noch jemanden, der Schmiere steht?«, presste sie schließlich hervor. »Für den Fall, dass

DeWitt zurückkommt? Oder diese Lily Bloom plötzlich vor der Tür steht? Wie wäre es denn, wenn ich euch helfe?«

»Moment mal«, unterbrach ich sie und starrte sie an. »Du willst in die Serie, Deborah?«

»Wenn du zu flackern beginnst, könnte ich doch versuchen, dich zu begleiten«, schlug sie vor. So kleinlaut hatte ich meine Schwester noch nie erlebt. Was war mit der Preisträgerin des Rhetorikwettbewerbs passiert? »So wie Jasper dich begleitet hat. Dann hättet ihr eine Verbündete und wir könnten gemeinsam dafür sorgen, dass alles glattgeht.«

Ich konnte nicht glauben, was ich da hörte. Was war mit den Welten, die sich überschnitten? Wusste sie etwa nicht mehr, wie sauer sie gewesen war, als ich Jasper »teleportiert« hatte? Was war mit den Mäusen? Der Apokalypse?

»Keinesfalls«, sagte Tante Gladys bestimmt und verschränkte die Arme. »Das würde Horatio Eversmith niemals zulassen.«

»Horatio Eversmith?« Deborah hob eine Augenbraue und sah mich an. »Sagtest du nicht, dass das der Freak vom Kabelfernsehen ist, der neulich da war? Der unsere hochbegabte Miss Troubleshoot auserwählt hat, um die Fernsehwelt zu retten?«

Immer wenn Deborah sauer war, wurde sie sarkastisch.

»Für dich haben wir eine viel wichtigere Aufgabe«, erklärte ich ihr. »Du musst dafür sorgen, dass Mum weiterhin mit dem unbekannten Kerl ausgeht. Zumindest so lange, bis ich für immer aus Ashworth Park befreit bin.«

»Oh, toller Job«, brummte Deborah missmutig. »Das tut

Mum ohnehin von selbst. Sie sehen sich ständig. Erst vorhin ist sie zu einem gemeinsamen Picknick im Central Park aufgebrochen.«

Ein Picknick im Central Park, das klang nach Romantik. Zu romantisch, für meinen Geschmack. Außerdem war das bereits das vierte Date. Ich konnte mich ehrlich nicht daran erinnern, wann Mum zuletzt vier Dates in Folge gehabt hatte.

Die Sache zwischen Mum und ihrem unbekannten Lover wurde langsam ernst. Eigentlich interessierte es mich brennend, mit wem sie sich da traf. Aber bis ich Mum auf den Zahn fühlen konnte, musste ich mich noch ein wenig gedulden. Denn zuerst wartete die gefährlichste Mission der Serie auf mich.

19

Zimtschnecke, jetzt mal ehrlich. Ist das nicht das aufregendste Outfit für einen Einbruch, das du je gesehen hast? Wenn ich schon kriminell werde, dann mit Stil«, lachte Tante Gladys und drehte sich vor DeWitts Gartentor im Kreis. Jetzt, wo wir aus dem Wagen geklettert waren, konnte ich ihr Outfit in voller Pracht bewundern. Tante Gladys trug einen engen schwarzen Ganzkörperanzug, dazu eine schwarze Augenmaske mit Ohren und kniehohe Stiefel mit einem Zehn-Zentimeter-Mörderabsatz. So etwas gab es wirklich nur im Fernsehen. »Du musst wissen, dass meine Nase mit einem Strumpf über dem Gesicht ganz furchtbar ausgesehen hat, darum bin ich gleich heute Morgen zur Schneiderin gefahren und habe passend zu unserem Unternehmen ein Outfit in Auftrag gegeben.«

»Tante Gladys! Du hast der Schneiderin doch wohl nichts verraten?«

Tante Gladys lachte auf. »Wo denkst du hin? Ich habe es ihr nicht erzählt, sondern … na ja … umschrieben. Ich habe gesagt, dass ich ein Outfit brauche, um stilvoll für Recht und Ordnung zu sorgen. Und daraufhin hat sie mir ein Catwoman-Kostüm genäht. Ich finde, das passt doch gut. Ich bin die dunkle Ritterin von Ashworth Park.«

Ich verkniff mir das Lachen und zwang mich zu einem anerkennenden Nicken. Passend zum Catsuit hatte sie auch noch ein Einbruch-Mini-Kit mit Taschenlampe, Walkie-Talkies, einem Seil, Kaugummi und Haarnadeln mitgebracht (auch wenn mir nicht ganz klar war, wozu wir all das brauchen würden).

Ich hingegen sah nicht aus wie die dunkle Ritterin von Ashworth Park in Lackleder, sondern eher wie … ein stinknormales Teenagermädchen mit sonderbarem Blumenfetisch. Schuld daran war das Sommerkleid mit – Achtung, diesmal nicht mit Rosen-, sondern großflächigem Lilienprint, das mir Lady Ashworth für die Wahlkampfparty im Rathaus rausgelegt hatte, dazu trug ich ein Paar bequem eingelaufene Ballerinas aus New York. Für Ashworth-Park-Verhältnisse fiel dieses Outfit dezent aus – was gut war, denn der Plan, in einer Tüllbombe bei DeWitt einzubrechen, wäre schon an der Hausmauer gescheitert.

»Uhrenvergleich«, verkündete Tante Gladys und streckte mir ihren Arm entgegen. »Zwanzig nach acht. DeWitt hat vor exakt zehn Minuten mit Julian das Cottage in Richtung Ashworth Park verlassen. Ganz ehrlich, dafür dass der Junge dichtet wie ein debiles Kleinkind, hat er sich bereits als ziemlich nützlich erwiesen. Vielleicht steckt ja doch mehr Grips in unserem makellosen Schönling, als ich dachte.«

Und ob Grips in Julian steckte. Als ich zurück in die Serie geschleudert worden war und mich mit den altbekannten

Kopfschmerzen und in strömendem Regen hinter DeWitts Gartenhaus wiedergefunden hatte, hatte ich plötzlich Julian vor DeWitts Haustür entdeckt. Und da hatte ich begriffen, dass er es gewesen war, der plötzlich aufgetaucht und DeWitt und Blackwood davon abgehalten hatte, hinter dem Gartenhäuschen zu suchen.

»Julian Ashworth. Sind Sie das? Gütiger Gott, ich habe Sie für einen Einbrecher gehalten«, hatte DeWitt über den Rasen gerufen und die Flinte sinken gelassen. Blackwood war flink wie ein Wiesel hinter den Büschen verschwunden, damit Julian ihn nicht sah.

»Einen guten Abend, Mr DeWitt. Ich fürchte, ich habe Ihre Alarmanlage ausgelöst. Ich bitte um Verzeihung.« Julian hatte die Hände erhoben, als führe er nichts Böses im Schilde.

»Was führt Sie so spät abends noch in mein Cottage?« Wieder ganz in seiner Rolle als schleimiger Gentleman, nahm DeWitt Julian am Arm. »Ist etwas passiert? Ihrer Familie geht es doch gut, oder?«

»Oh, alles bestens. Wissen Sie … ich bin hier, um …« An dieser Stelle begann Julian zu stottern. »Um … Sie um etwas Zucker zu bitten. Nachbarschaftshilfe sozusagen. Clarissa möchte Pfannkuchen backen, und da Sie unser nächster Nachbar sind, dachte ich –«

»Pfannkuchen. Um diese Uhrzeit?« DeWitts Stimme klang misstrauisch.

Julian nickte. »Da haben Sie natürlich recht. Das ist aber nun mal … ein alter Brauch der Familie Ashworth. Wir essen am liebsten … Mitternachtspfannkuchen. Das ist Clarissas Spezialität. Um die Uhrzeit schmecken sie einfach am besten, das sollten Sie auch mal ausprobieren.«

»Nun gut, Zucker kann ich Ihnen gern mitgeben, Julian«, versicherte ihm DeWitt, verschwand für einen Moment im Haus und überreichte ihm anschließend eine Tüte Zucker. Julian bedankte sich, wartete, bis die Luft rein war, und lief dann schnurstracks zu mir hinter das Gartenhäuschen.

Ich war noch nie so glücklich gewesen, ihn zu sehen. Dass er mir gefolgt war und mich vor DeWitts Flinte gerettet hatte, beeindruckte mich schwer. Und auch heute Morgen hatte er sich geduldig Tante Gladys' Einbruchsplan angehört und im Anschluss zugestimmt, uns zu helfen.

Exakt eine Stunde vor Beginn der Wahlkampfparty hatte er an DeWitts Gartentor geklingelt und ihm berichtet, dass der Lord plötzlich Muffensausen vor der Rede im Rathaus bekommen hatte und DeWitt bat, sie ein letztes Mal mit ihm einzuüben.

Und nun, vor zehn Minuten, waren Julian und DeWitt schließlich in DeWitts Oldtimer in Richtung Ashworth Park aufgebrochen. Was Lydia und Jasper betraf, so hatten wir von Giles per Telefon erfahren, dass sich die beiden bereits im Rathaus aufhielten. Nur von Blackwood fehlte jede Spur, doch da sein Motorrad nicht in der Auffahrt parkte, lag die Vermutung nahe, dass er sich entweder auswärts oder ebenfalls in der Nähe des Rathauses befand.

»Julian hat versprochen, dass er DeWitt mindestens eine Stunde aufhalten wird«, sagte ich. »Wir können loslegen.

Diesmal sollten wir es allerdings tatsächlich vermeiden, den Rasen zu betreten. Auch wenn DeWitt nicht zu Hause ist, ist es nicht gut, wenn plötzlich die Alarmanlage losgeht.«

Tante Gladys nickte und kletterte voraus über die Mauer. Weil es heute nicht regnete und in der Dämmerung noch etwas Tageslicht übrig war, ging die Sache leichter, trotzdem war ich erstaunt, wie fit Tante Gladys war.

»Was ist, Waffelhörnchen, kommst du?«, rief sie mir von der anderen Seite der Mauer aus zu.

Diesmal schaffte ich es ohne fremde Hilfe über den Zaun. Auf DeWitts Grundstück angekommen, staksten wir durch die Blumenbeete, setzten mit einem großen Sprung über ein Rasenstück und landeten gekonnt vor DeWitts blau gestrichener Haustür.

»Problem Nummer eins gelöst«, verkündete Tante Gladys und begann, mit einer Haarnadel im Schloss herumzustochern. Ich hob skeptisch die Augenbrauen. Ob das funktionieren würde? Aber kurz darauf klickte es und sie öffnete lautlos die Tür. »Ich hab es dir ja gesagt. Einfacher Kinderkram. In Ashworth Park ist es weitaus schwieriger, elegant Hummer auszunehmen, als Türen zu knacken. Und jetzt los. Wir müssen das Video finden. Sobald DeWitt zurückkehrt, wird er es ins Rathaus bringen wollen.«

»Ach du liebe Güte. Hier wohnt DeWitt?«, rief ich, während ich eine alte Stehlampe anknipste und mich neugierig in DeWitts Wohnzimmer umsah. Passend zum schnuckeligen Äußeren war das Wohnzimmer mit wuchtigen Holzmöbeln, einer alten, abgesessenen Couch mit Häkelkissen und Blümchenvorhängen ausgestattet, die bestimmt noch von der alten Lady DeWitt stammten.

»Ganz offensichtlich häkelt DeWitt in seiner Freizeit«, stellte Tante Gladys nüchtern fest.

Ich folgte ihrem Blick. Zusätzlich zu den schrägen Oma-Möbeln und den Häkelkissen hatte jemand jeden Zentimeter der Wand mit Topflappen ausgekleidet. Hier hingen kleine Topflappen, große Topflappen, quadratische Topflappen, runde Topflappen, gestreifte Topflappen und Topflappen mit Tiermotiv, die aussahen wie Eulen, Kätzchen oder Hundeköpfe. Wer zur Hölle brauchte so viele Topflappen? Das war der scheußlichste Wandbehang aller Zeiten.

»DeWitt und Gehäkeltes? Das spricht bloß dafür, dass er knapp bei Kasse ist, sonst hätte er dieses Cottage längst einer Runderneuerung unterzogen –« Ein Geräusch ließ mich innehalten. Die Decke über uns knarzte leise. »Tante Gladys! Hast du das gehört? Ich dachte, wir wären alleine.«

Tante Gladys warf mir einen beunruhigten Blick zu. »Ich höre es auch. Über uns ist jemand!«

»Wer ist das?«, stotterte ich.

»Bestimmt DeWitt!«, vermutete Tante Gladys.

»Aber –«

»Julian!« Tante Gladys ballte die Fäuste. »Bestimmt hat er sich verplappert. Wenn ich den in die Finger kriege, dann –«

»Vorhaltungen bringen jetzt auch nichts. Los, wir verstecken uns«, zischte ich und sah mich um. »Da. Unter den Esstisch, schnell.«

Das Geräusch kam immer näher und jetzt knarrten auch

die Treppenstufen. Jemand kam zu uns herunter! Rasch schlugen wir die Tischdecke hoch, krochen unter den alten Esstisch und warteten ab.

Zusammengekauert sahen wir uns an. Bestimmt dachte Tante Gladys das Gleiche wie ich. War das tatsächlich DeWitt? Wie war er so schnell zurückgekehrt? Oder war es doch Blackwood? Aber hätten wir dann nicht das Brummen eines Motors hören müssen?

Das Geräusch kam noch näher und klang plötzlich nicht mehr, als stammte es von einem Menschen. Es hörte sich eher an wie das sanfte Tapsen von Pfoten auf dem Parkettboden. Einen Augenblick später tauchte Gatsbys haariger Hundekopf unter dem Esstisch auf. Er bellte freudig und leckte mir über das halbe Gesicht.

»Gatsby! Was tust du denn – autsch«, rief ich. Vor Verblüffung hatte ich mir den Kopf an der Tischplatte gestoßen. Der Hund sah ganz normal aus, zumindest soweit ich das unter dem Tisch beurteilen konnte. Ganz und gar nicht ausgehungert oder gequält. Er hatte sogar ein neues glänzendes Halsband mit seinem Namen darauf bekommen.

Gatsby wedelte mit dem Schwanz.

»Oh. Da ist Gatsby! Aufgabe Nummer zwei ebenfalls gelöst«, murmelte Tante Gladys und kletterte unter dem Tisch hervor. »Komisch, ich dachte, DeWitt würde den Hund in einem Zwinger halten. Aber bis auf das billige Hundefutter, das er ihm aufgetischt hat, scheint es dem Tier tatsächlich gut zu gehen. Vielleicht ist DeWitt gar kein so großes Ekelpaket, wie wir immer gedacht haben.«

Das wagte ich zu bezweifeln. Auch Hundeliebhaber konnten ja gemeingefährliche Verbrecher sein. Ich kraulte Gatsby am Hals. »Jetzt, wo wir Gatsby haben, sind wir ja schon fast am Ziel«, überlegte ich. »Wir müssen bloß noch Lord Ashworths Video finden, nicht wahr?«

»Tja, jetzt wird es komplizierter.« Tante Gladys zog eine große Papierrolle aus ihrem Rucksack und breitete sie auf dem Esstisch aus. »Schokodonut, das hier sind die Pläne des Hauses. Das Cottage ist größer, als ich erst gedacht habe. Und uns bleibt nicht mehr viel Zeit, bis DeWitt zurückkommt. Wir sollten uns aufteilen. Du durchsuchst das Erdgeschoss und ich die oberen Stockwerke. Wir prüfen jeden Schrank, jede Schublade, sehen unter jedem Bett nach. Irgendetwas muss es hier geben.«

Der Gedanke gefiel mir gar nicht. Was, wenn Julian DeWitt nicht lange genug ablenken konnte und DeWitt doch früher auf der Matte stand. Was würde er tun, wenn er mich alleine überraschte? Aber auch dafür hatte Tante Gladys eine Lösung parat: die Walkie-Talkies aus ihrem Einbrecher-Kit.

»Du hast wirklich an alles gedacht, Tante Gladys.«

»Als Catwoman muss man sich ja schließlich mit Einbrüchen auskennen«, kommentierte sie mit ernster Miene, schritt zur Stehlampe und knipste sie demonstrativ aus. »Denn du begehst ja wohl einen Anfängerfehler nach dem anderen, Marzipanröllchen. Los jetzt. Wir suchen im Dunkeln weiter.«

Langsam lief uns die Zeit davon. Was auch immer DeWitt besaß, um die Ashworths zu vernichten, es musste schleunigst gefunden werden. Doch das Suchen an sich war nicht die schwierigste Angelegenheit. Das Problem war vielmehr, dass Tante Gladys und ich keinen Schimmer hatten, wonach wir eigentlich Ausschau halten mussten. Die Möglichkeiten reichten von einem Videoband, was wir für am wahrscheinlichsten hielten, über Fotos bis hin zu Dokumenten. Wenn der Lord uns doch nur verraten hätte, was DeWitt gegen ihn in der Hand hatte. Doch so tappten wir im Dunkeln.

Und das nicht nur sprichwörtlich betrachtet. DeWitts finsteres Haus zu durchsuchen, war nicht so einfach wie gedacht. Noch dazu entdeckte ich in jedem Raum Dinge, die ich eigentlich gar nicht finden wollte, wie etwa fünf Fläschchen Old Spice, das Lieblingsaftershave DeWitts (hier roch es zum Glück nach nichts, keine Ahnung, warum er es verwendete), eine David-Hasselhoff-CD-Kollektion (DeWitt hatte also auch einen grauenvollen Musikgeschmack, passte ja) und, noch gruseliger, ein Terrarium mit Tausenden lebenden Heuschrecken. Igitt!

Warum hielten sich DeWitt und Lydia denn lebendige Heuschrecken als Haustiere? Morgans Bruder besaß ein ähnliches Terrarium, aber die Tiere dienten als Nahrungsquelle für seine Vogelspinne namens Queen Latifah. Pfui Teufel. Voller Panik sah ich mich im dunklen Wohnzimmer um, aber von einer Vogelspinne (freilaufend oder hinter Glas) war nichts zu sehen. Egal. Weiter.

Inzwischen hatte ich die Küche, das Wohnzimmer, das

Bad, die Vorratskammer und das Klo (würg!) durch, aber ich hatte kaum beachtenswerte Gegenstände gefunden. Bis auf die oben erwähnten Dinge schien es mir, als würde De-Witt kaum persönliche Gegenstände im Haus aufbewahren. Wie es aussah, wollte er tatsächlich schleunigst die Insel verlassen, wenn er erst hatte, was er wollte.

Nur, was wollte er eigentlich? Ging es ihm tatsächlich nur um das Geld? Wenn er schnell reich werden wollte, gab es dort, wo er hergekommen war, bestimmt andere Möglichkeiten, unrechtmäßig an Geld zu gelangen. Warum reiste er extra auf eine Kanalinsel, um einer Adelsfamilie Geheimnisse zu entlocken, mit denen er ihren guten Ruf ruinieren konnte?

Etwas frustriert rollte ich den Grundriss des Erdgeschosses aus und leuchtete mit meiner Taschenlampe darauf, während mir Gatsby über die Schulter sah. Ich hatte alle Räume durch, mal abgesehen von einem kleinen Zimmer, das etwas versteckt links vom Wohnzimmer lag und auf dem Grundrissplan die Aufschrift »Bibliothek« trug. Ich suchte die Tür und rüttelte an der Klinke.

Mist. Verschlossen. Andererseits war das wohl ein untrügliches Zeichen dafür, dass etwas Wertvolles dahinter verborgen sein musste. Ich beschloss, Tante Gladys anzufunken.

»Gangsterbraut an Butterkeks«, kam es aus dem Gerät. »Höre dich laut und deutlich. Was gibt's?«

»Wir haben hier etwas gefunden.« Gatsby neben mir bellte zur Bestätigung.

»Wie erfreulich. Ich auch. Was ist es denn?«

»Eine Tür. Leider verschlossen. Und bei dir?«

»Ein Safe. Ebenso verschlossen. Aber ich glaube, das haben Safes so an sich.«

»Und? Denkst du, du kannst ihn öffnen?«

»Mit einer Haarnadel jedenfalls nicht. Safes sind schwieriger zu knacken, wenn du weißt, was ich meine.«

Allerdings. Im Fernsehen knackte normalerweise niemand einen Safe einfach so mit links. Das ging nicht so einfach wie bei Türen. Meistens benötigte man einen frisch aus dem Knast entlassenen Ex-Ganoven, ein Stethoskop und Zeitdruck, und selbst dann gelang es erst wenige Sekunden, bevor der Bösewicht (oder die Polzei, je nachdem auf welcher Seite man stand) den Tatort stürmte.

»Kannst du es zumindest versuchen?«, erkundigte ich mich. »Gut möglich, dass DeWitt das Video da drin aufbewahrt.«

Durchs Walkie-Talkie ertönte das metallene Rattern des Drehknaufs. »Bin dabei. Hast du die Tür schon geöffnet?«

»Nein. Kannst du mir helfen?« Unsicher starrte ich die verschlossene Tür vor mir an.

»Das kannst du wohl auch alleine. Nimm eine Haarklammer. So wie ich vorhin.«

»Meinst du wirklich?« Seufzend klemmte ich mir das Walkie-Talkie unters Kinn, zog eine Klammer aus meinem Haar und stocherte ohne Plan in dem Schlüsselloch herum. »Aber ich habe doch keine Ahnung, wie ich –« Verwundert brach ich ab. Wie von Zauberhand schwang die Zimmertür vor mir auf.

Abgefahren. Ich war eine waschechte Einbrecherin.

»Und?«

»Sie ist offen.«

»Ich sagte doch, dass es einfach ist«, kam es zurück. »Und jetzt sag schon, was liegt dahinter?«

Ich machte einige Schritte in den dunklen Raum hinein und lief plötzlich gegen eine quer durchs Zimmer laufende Schnur, auf der mit Wäscheklammern befestigte Fotos baumelten. Im Lichtkegel der Taschenlampe erkannte ich ein Bett, dermaßen mit Klamotten, Büchern und Schulheften übersät, dass man kaum mehr darin schlafen konnte. Der Stuhl daneben bot dasselbe Bild. Abgesehen von den frisch entwickelten Fotos erinnerte mich dieser Raum hier verdächtig an mein eigenes Zimmer in New York.

»Ich bin in Jaspers Zimmer«, verkündete ich, schlüpfte unter der Leine hindurch und vermied es, auf die Klamotten, die Schulhefte und die Bücher zu treten, die überall herumlagen. »Wie es aussieht, hat er es sich in der Bibliothek gemütlich gemacht.«

»Jaspers Zimmer? Oh, wie enttäuschend«, kam es aus dem Walkie-Talkie. »Eine abgesperrte Tür zu einem Teenagerzimmer ist absolut nicht verdächtig. Vermutlich hat er sie bloß verschlossen, um ein paar Liebesbriefe zu verstecken, die er an seine neue Angebetete schicken will. Siehst du irgendwo Liebesbriefe, Abby?«

»Hier steht tatsächlich eine Schreibmaschine«, antwortete ich und machte ein paar Schritte auf das Gerät zu. Doch in diesem Moment drängte sich mir ein anderer Gedanke auf:

War das hier etwa das Gerät, auf dem die Erpresserbriefe geschrieben worden waren?

»Was ist nun mit den Liebesbriefen? Bitte sag, dass sie nicht auf Französisch geschrieben sind! Habe ich schon gesagt, dass ich Franzosen nicht ausstehen kann?«, plapperte Tante Gladys aus dem Walkie-Talkie, während ich den Papierkorb unter dem Schreibtisch umkippte und den Inhalt in Augenschein nahm. Das erste zerknüllte Blatt, das ich fand, kam mir äußerst bekannt vor. Es war der erste Erpresserbrief, den Lord Ashworth erhalten hatte. Oder zumindest einer der halb fertigen, früheren Entwürfe davon. Etwas weiter rechts entdeckte ich die beige Tasche, die ich an DeWitt gesehen hatte, als ich ihm das Geld am Busbahnhof abgenommen hatte.

Warum fand ich das alles in Jaspers Zimmer? Konnte es sein, dass … Nein. Unmöglich. Das durfte einfach nicht wahr sein.

»Tante Gladys?«, rief ich ins Walkie-Talkie. »In Jaspers Zimmer befindet sich –«

»Cupcake?«, unterbrach mich Tante Gladys' Stimme aus dem Walkie-Talkie. »Sag mal, hast du zufällig eine freilaufende Vogelspinne rumkrabbeln sehen? In dem Terrarium in Lydias Zimmer befindet sich ein großer Sprung, das Tier muss daraus entkommen sein. Sollte DeWitts Prinzessin nicht lieber ein Kätzchen halten als ein achtbeiniges, haariges Monster?«

Eine freilaufende Vogelspinne in der Dunkelheit war schlimm. Aber den Erpresserbrief hier in Jaspers Zimmer zu finden … das war … ich fand keine Worte dafür. Mein Kopf dröhnte, als wäre eine Abrissbirne dagegengeknallt.

»Vergiss die Vogelspinne!«, rief ich aufgeregt ins Walkie-Talkie. Mein Herz klopfte wie wild, während ich mich bemühte, mir einen Reim auf die Schreibmaschine, den Brief, die Tasche und den quickfidelen Gatsby zu bilden. Hatte Jasper die Briefe geschrieben? Hatte Jasper Gatsby entführt? Hatte er sich deswegen auch nicht darum gekümmert, seinen Hund zu suchen? Alles ergab plötzlich Sinn. »Tante Gladys! Wir haben unseren Erpresser.«

Tante Gladys schnappte nach Luft. »Ist DeWitt etwa zurück?«

»Ich wünschte, es wäre DeWitt.« Verzweifelt strich ich den Brief auf der hölzernen Schreibtischplatte glatt. »Es war Jasper. Es sieht ganz so aus, als hätte *er* die Briefe geschrieben. Jedenfalls steht die Schreibmaschine in seinem Zimmer.«

Tante Gladys schwieg, als brauchte sie eine Weile, um das zu verdauen.

»Wir wissen alle, dass der Junge kriminelle Züge an sich hat … aber das? Bist du sicher?«, murmelte sie schließlich. Seit ich Tante Gladys kannte, wirkte sie stets tough und abgebrüht – immerhin lebte sie schon zwanzig Jahre in der Serie und hatte so gut wie alles miterlebt: Skandale, Unfälle, Gedächtnisverluste, Entführungen. Aber nun klang sie, als traue sie ihren Ohren nicht.

»Ich bin mir sicher. Todsicher. Tante Gladys, Jasper ist genauso mies wie DeWitt. Vielleicht sogar noch mieser. Immerhin zieht DeWitt Fremde über den Tisch, Jasper seine eigene Familie!« Meine Schläfen brannten. In einem Anflug von Zorn knüllte ich das Papier wieder zusammen und schmiss es gegen die Wand. »Und ich habe gedacht, er wäre bloß … irgendwie missverstanden.«

Tante Gladys schwieg. Ich konnte förmlich vor mir sehen, wie sie vor dem Safe saß, ihre roten Haarsträhnen zwirbelte und nachdachte. »Aber das ergibt keinen Sinn. Mit seinem Vater hat Jasper sich eigentlich immer ganz gut verstanden, jedenfalls hat er sich mit ihm längst nicht so oft gestritten wie mit seiner Mutter. Warum sollte er Lord Ashworths Karriere ruinieren? Das wäre einfach nur boshaft. Und wofür braucht der Junge das Geld? Er hat doch alles, was er braucht. Gebügelte Unterhosen. Frühstück bis zum Mittag. Täglich frisches Obst, selbst im Winter. Warum ist er denn nicht zufrieden?«

Leider hatte ich auch darauf sinnvolle Antworten parat. »Ich habe da eine Theorie, Tante Gladys. Es wäre doch möglich, dass Jasper von der Affäre von Lord Ashworth und Lily Bloom weiß und sich nun an Lord Ashworth rächen will.«

»Weil er Mitleid mit der armen, betrogenen Cordelia hat? Sehr unwahrscheinlich«, brummte Tante Gladys sarkastisch.

»Nicht nur deshalb. Sondern eher, weil Jasper … na ja, sehr idealistisch denkt. Er glaubt zu wissen, was richtig und was falsch ist. Auch wenn es bedeutet, Grenzen zu überschreiten.« Während ich sprach, geisterte mir Jaspers Einsatz für Butler Giles durch den Kopf. »Bestimmt möchte Jasper nicht, dass die Ehe seiner Eltern den Bach runtergeht.«

»Und anstatt deren Ehe zu zerstören, zerstört er lieber deren Existenz. Äußerst idealistisch, dieser Junge.« Tante Gladys pfiff durch die Zähne. »Aber warum will er das Geld? Wenn er in einigen Jahren an sein Vermögen kommt, könnte er sich doch jede seiner Zigaretten mit Hundert-Pfund-Scheinen anzünden.«

»Aber bis dahin will er nicht warten. Mit dem Geld möchte er von der Insel verschwinden. Womöglich nimmt er DeWitt mit. Immerhin ist er derjenige, dem Jasper jetzt am meisten zu vertrauen scheint.«

»So wie du es sagst, klingt es irgendwie doch ganz plausibel«, gab Tante Gladys zu.

War es auch. Das war die ganze, unschöne Wahrheit. Endlich hatte ich die Serienfigur Jasper Ashworth vollends verstanden, auch wenn sich kein Gefühl der Genugtuung in mir breitmachte. Im Gegenteil. Ich wünschte mir, ich hätte nie erfahren, wie dreist und hinterlistig dieser Junge tatsächlich war.

Wie hatte ich auch glauben können, dass das schwarze Schaf einer einfallslosen Serie doch mehrere Facetten aufwies als nur die eines Bösewichts, der mutwillig alles um sich herum zerstören musste? Ich hatte mich tatsächlich von ihm täuschen lassen und hasste mich dafür. Toll gemacht, Miss Troubleshoot. Ausgezeichnete Menschenkenntnis.

Verärgert wischte ich mir eine Träne weg und verkniff mir ein Schluchzen. Leider rutschte es mir dann doch ziemlich laut heraus und Gatsby warf mir einen mitleidigen Blick zu, was mich erneut aufschluchzen ließ. Und noch mal. Na toll. Deborah schüttelte wahrscheinlich gerade den Kopf und ärgerte sich darüber, dass wir sie nicht mitgenommen hatten. Ihr wäre das garantiert nicht passiert.

»Gangsterbraut an Rosinenbrötchen. Weinst du etwa?«, kam es durchs Walkie-Talkie.

»Nein!« Und noch ein Schniefen. Ich musste an die mysteriöse Beschreibung von mir selbst denken, die ich in dem Kapitänsbüro gefunden hatte. Vielleicht lag er mit »weinerliches Gemüt« doch gar nicht so falsch.

»Doch, du weinst, das höre ich doch. Aber besser, du erfährst jetzt, dass dieser Junge keine Skrupel hat, als später auf die harte Tour. Wenn du dich erst auf ihn eingelassen hättest, würdet ihr wahrscheinlich bald als Rosingtons Gangsterpärchen Nummer eins auf der Anklagebank sitzen. Du hattest ihn tatsächlich ganz gern, oder?«

Ich schwieg. Jetzt schämte ich mich für die Schmetterlinge im Bauch, die ich gespürt hatte, immer wenn er nach meiner Hand gegriffen hatte. Oder als wir uns beinahe geküsst hatten.

»Oh, Abby, ich bin ja so strohdumm«, fuhr Tante Gladys fort, weil von mir keine Antwort kam. »Warum denke ich erst jetzt daran? Womöglich ist es ja diesmal gar keine Froschschenkel essende, kettenrauchende Französin, für die er nun all diese schmalztriefenden Sonnenuntergänge fotografiert. Ich war während des Balles so sehr damit beschäftigt, dich und Julian zu verkuppeln, dass ich gar nicht daran gedacht habe, dass du und Jasper womöglich ineinander –« Tante Gladys brach ab und seufzte. »Aber es ist wohl besser, du schlägst ihn dir aus dem Kopf. Weil er einen Dachschaden hat. Und außerdem –«

»Ich weiß schon.« Und außerdem, weil er eine Serienfigur war. Weil eine solche Liebe aussichtslos war. Als hätte man sich in einen unerreichbaren Popstar verliebt. Ich hatte selbst immer über die Mädchen gelästert, deren einziger Lebensinhalt es war, *One Direction* zu treffen.

»Und außerdem … soeben im Anmarsch ist«, vervollständigte Tante Gladys und gab ein aufgeregtes Quieken von sich.

»W…was?« Vor Schreck plumpste mir das Walkie-Talkie auf den Boden.

»Dreh nicht durch, Himbeertörtchen, aber ich sehe ihn vom Fenster aus. Er ist gleich an der Haustür. Womöglich ist er gekommen, um … um das Video aus dem Safe zu holen und damit zurück ins Rathaus zu verschwinden. So ein Mist, und ich habe den Safe noch nicht aufbekommen.«

Grundgütiger! Mir wurde abwechselnd heiß und kalt, während ich mich verzweifelt in Jaspers Zimmer umsah. Ich musste mich irgendwo verstecken. Und zwar schleunigst. Aber in diesem Zimmer gab es keinen Schrank und auch sonst nichts Geeignetes, wohinter man einen ausgewachsenen Menschen verstecken konnte. Abgesehen vielleicht von den schweren samtenen Vorhängen, die bis zum Boden reichten. Aus Mangel an Alternativen schlüpfte ich dahinter und hielt die Luft an. Es war zwar nicht das schlaueste Versteck, aber die Zeit drängte.

»Und was jetzt?«, wisperte ich ins Funkgerät und spähte vorsichtig hinter den Vorhängen hervor. Dummerweise hockte Gatsby direkt vor dem Fenster und starrte es mit schief gelegtem Hundekopf an. Der Hund würde Jasper direkt zu mir führen.

»Na, was wohl? Du musst verhindern, dass Jasper nach oben geht.«

»Und wie, bitte schön, soll ich das tun, hinter den Vorhängen?«

»Du steckst hinter den Vorhängen?« Tante Gladys' Stimme klang panisch. »Verflucht, du kannst dich doch jetzt nicht verstecken! Wir müssen an das Video ran. Und bis der Safe offen ist, brauche ich noch mindestens zehn Minuten. Tu es für mich. Los jetzt!«

Verdammt. Warum tat Tante Gladys mir das an?

»Was soll ich denn anstellen, damit Jasper nicht nach oben geht? Soll ich mich ans Geländer ketten und ihm den Weg versperren? Oder ihm sagen … dass im Obergeschoss ein Wasserrohr gebrochen ist und alles überflutet? Tante Gladys, er ist nicht blöd, er wird gleich kapieren, dass hier irgendetwas nicht stimmt.«

Das war leider die Wahrheit. Ich war eine katastrophale Lügnerin und es war mir noch nie gelungen, Jasper hinters Licht zu führen. Er war von Natur aus misstrauisch, und wenn es um mich ging, noch viel mehr.

»Dann versuch etwas anderes. Mein Gott, Abby, du trägst dieses Wahnsinnskleid. Und noch dazu mag dich dieser Junge ganz offensichtlich.«

»Tut er nicht.«

»Dir muss doch etwas einfallen, um seine Aufmerksamkeit auf dich zu lenken.« Tante Gladys ließ meinen Einwand nicht gelten. »Verliebte Jungs finden alles toll, was von ihrer Angebeteten kommt. Liegt an den Hormonen. Los, erzähl ihm einen Witz.«

»Ich bin nicht witzig.«

»Dann versuch es mit Jonglieren. Sing ihm ein Lied vor. Rezitiere ein Gedicht. Mach einen Handstand. Irgendwas. Du schaffst das. Gangsterbraut over and out.«

In diesem Augenblick hörte ich, wie die Haustür geöffnet wurde. Bestimmt schöpfte Jasper schon Verdacht, weil sie nicht abgeschlossen war.

»Robert? Bist du hier? Die Tür war offen«, hallte auch schon Jaspers Stimme durchs Haus. Für einen kurzen Moment fragte ich mich, wer denn bitte schön Robert war, aber dann fiel mir ein, dass DeWitt auch einen Vornamen besaß. Für mich war er immer nur DeWitt, der Widerling mit dem einen Namen. Wie der Joker. »Wir wollten uns doch vor zehn Minuten vor dem Rathaus treffen.« Nun hallten seine Schritte durchs Wohnzimmer, bis er an der Türschwelle zu seinem Zimmer war. »Uns wurde übrigens kein Penny des verlangten Geldes bereitgestellt, also schätze ich, es ist Zeit, heute Abend … wuaaah!«

Bevor ich wusste, was ich tat, hatte ich mich Jasper in den Weg gestellt.

»Abby?« Jasper machte vor Schreck einen Satz nach hinten und starrte mich an, als hätte ich mich in einen von Lady DeWitts gehäkelten Topflappen oder ein Alien mit drei Köpfen verwandelt.

Entgeistert starrte ich zurück. Er trug einen schwarzen Anzug, eine Fliege, glänzende Schuhe, hatte sein sonst so verstrubbeltes Haar mit einem Kilogramm Pomade am Kopf fixiert und sah damit aus wie ein Mini-DeWitt. Der Anblick machte mich noch wütender. Er hatte seine Seele tatsächlich an den Teufel verkauft.

»Oh, hallöchen, Jasper! Du hast mich aber erschreckt.« Ich bemühte mich um einen freundschaftlichen Ton, während ich mich mächtig zusammenriss, um ihm nicht jedes seiner glattgepressten Haare einzeln auszureißen.

Was in aller Welt sollte ich ihm jetzt nur erzählen? Ich wünschte, ich hätte mich letztes Jahr für die Arbeitsgruppe Jonglieren angemeldet. Deborah konnte jonglieren. Sie war der Ansicht, es steigere die Konzentrationsfähigkeit.

»Wie … wie bist du hier reingekommen?«, stotterte er und sah einen Moment lang ziemlich ratlos aus.

»Die Tür stand offen«, log ich. »Ich wollte bloß –«

»Was?« knurrte er. Das Überraschungsmoment war vorüber und nun funkelten mich seine Augen wieder an. »Braucht ihr noch mehr Zucker? Oder vielleicht zur Abwechslung Milch? Für eure großartigen Mitternachtspfannkuchen, du und Julian? Komisch, von dieser Tradition der Ashworths hatte ich noch nie gehört.«

Für diesen Kommentar hätte ich ihm gut und gerne eine geknallt. »Okay, wir waren nicht hier, um Zucker zu holen«, gab ich zu. »Sondern um nach Gatsby zu sehen.«

»Ihm geht es gut, okay? Siehst du ja«, meinte er lapidar und deutete mit dem Kinn auf den Hund, der einen der

Topflappen von der Wand gezogen hatte und darauf herumkaute. Merkwürdigerweise hielt ihn Jasper nicht davon ab. »So gerne ich noch mehr spannende Geschichten über dich und Julian hören würde, heute Abend habe ich dafür leider keine Zeit.«

»Aber –«

»Ich sagte doch schon. Keine Zeit. Könntest du mir jetzt bitte aus dem Weg gehen?«

»Wuaaah. Spinne!«, ertönte plötzlich eine Stimme aus dem Obergeschoss, gefolgt von einem Poltern, direkt über unseren Köpfen. Der hässliche, mehrarmige Leuchter mit den Lampenschirmen wackelte.

Jasper richete den Blick irritiert zur Decke. »Hast du das eben gehört?«

»Nö. Was denn?« Ach du meine Güte. Was war da oben bei Tante Gladys bloß los?

Seine Augen verengten sich. »Entweder ich höre Gespenster oder hier ist noch jemand außer uns.«

»Ach so, das. Das war bloß ich. Ich habe ›Ich glaub, ich spinne‹ vor mich hingemurmelt. Wegen der vielen Topflappen an der Wand … die sind doch megahässlich, findest du nicht? Gut, dass Gatsby sie gerade alle auffrisst.«

Jasper hob eine Augenbraue, als hätte er schon bessere Lügen gehört. Wortlos machte er kehrt und lief in die Richtung, aus der die Stimme gekommen war.

»Ist hier jemand?«, rief er laut durch das Haus. »Das Poltern kam aus Roberts Arbeitszimmer.« Er ging vorsichtig zum Treppenaufgang.

Nein.

»Warte!«, rief ich, einer plötzlichen Eingebung folgend, und Jasper blieb neben der Couch stehen.

»Was noch?« Sein Gesicht war mir abgewandt, ich konnte keine Regung erkennen.

»Du willst die Wahrheit hören?« Ich lief zu ihm. »Warum ich wirklich hier bin? Ich wollte zu dir.«

»Zu mir? Warum?« Er wandte sich mir wieder zu und musterte mich von Kopf bis Fuß. Sein Blick wanderte von meinen Augen über mein Schlüsselbein bis hinab zu meinen Beinen und ich spürte, wie ich rot wurde.

»Darum.« Ich hatte mich nie für besonders mutig gehalten. Aber ich konnte es sein, wenn es darauf ankam. Also tat ich das Einzige, was mich und Tante Gladys jetzt noch retten konnte. Ich machte einen Schritt auf Jasper zu und presste meine Lippen auf seine, so fest, dass ich spüren konnte, wie seine Knie plötzlich nachgaben und Jasper unter meiner stürmischen Umarmung beinahe das Gleichgewicht verlor.

Doch er küsste mich nicht zurück. Im Gegenteil. Er löste sich von mir, packte mich an den Schultern und hielt mich eine halbe Armlänge von sich weg. Ungläubig starrte er mich an und einen Moment lang fürchtete ich, dass er meinen Plan durchschaute. Doch ehe ich mich versah, küssten wir uns erneut und landeten auf Lady DeWitts zerknautschtem Blümchensofa zwischen den hässlichen (aber doch erstaunlich weichen) Häkelkissen.

Okay. Mein Ablenkungsmanöver lief besser als geplant. Meine Wangen brannten und mein Herz pochte, als wollte es jeden Moment seinen Dienst quittieren, und trotzdem, oder genau deshalb, wollte ich gar nicht mehr damit aufhören, ihn zu küssen. Jasper schien es ähnlich zu gehen. Und bestimmt hätte Tante Gladys zehn Safes knacken können, in der Zeit, als er meinen Hals mit Küssen übersäte, durch mein Haar strich und immer wieder meinen Namen flüsterte. Und es fühlte sich richtig gut an. So wie sich Küsse anfühlen mussten.

Plötzlich schaltete sich mein Verstand wieder ein und die Enttäuschung darüber, was Jasper getan hatte, breitete sich erneut in mir aus wie ein Virus, der sich nicht entfernen ließ.

Ich konnte nicht weitermachen. Jasper war ein elender, skrupelloser, Hunde kidnappender Idiot, der es nicht verdient hatte, von mir geküsst zu werden. Nicht einmal zur Ablenkung. Das war ja fast so, als würde ich DeWitt höchstpersönlich küssen. Hätte ich doch bloß auf Tante Gladys gehört und einen Witz erzählt.

Doch bevor ich den Mut aufbrachte, die romantische Stimmung zu zerstören, löste sich Jasper von mir und fädelte seine Finger durch meine. »Bitte lass uns diesen dummen Streit vergessen, Abby. Ich fürchte nämlich, es gelingt mir einfach nicht, dich nicht mehr zu mögen.«

»Jasper –«, begann ich ernst, aber er ließ mich nicht zu Wort kommen.

»Ich habe es versucht, aber dann habe ich mir vorgestellt, wie Julian dir Reitstunden gibt und ihr Pfannkuchen backt, und ich fand es fürchterlich. Ich dachte, es wäre mir egal, wenn Julian alles Glück dieser Welt nur so zufällt. Aber das ist es nicht. Dieses eine Mal ist es das nicht.«

Ich schluckte und schwieg. Die Eindringlichkeit seiner Worte überraschte mich.

»Denn ich mag dich, Abby. Mehr, als ich mir selbst eingestehen wollte. Seit du mich mit diesem Chili vergiftet hast.« Er fuhr sich durchs Haar. Die Pomade löste sich und jetzt sah er wieder mehr wie Jasper aus. »Na gut, in dem Moment mochte ich dich vielleicht nicht so sehr. Aber ich mag dich, weil … du das Besteck in der falschen Reihenfolge benutzt. Weil du über Julians Gedichte lachst. Und weil du in Tante Gladys Kleidern immer ein wenig verkleidet aussiehst. Aber gleichzeitig so atemberaubend, dass mir die Spucke wegbleibt.« An dieser Stelle lächelte er, und entgegen meiner Vorsätze ließ ich zu, dass er meine Unterlippe küsste. »Und doch habe ich versucht, dich nicht an mich ranzulassen. Weil du mich belügst. Weil ich nichts über dich weiß. Und, entgegen aller Logik, doch wiederum genug weiß, um mich in dich zu verlieben.«

Ich erstarrte. Meine Lippen setzten immer wieder zu einer Antwort an, aber es wollte mir keine über die Lippen kommen. Wie vom Donner gerührt sah ich zu, wie Jaspers Lächeln allmählich einem unsicheren Ausdruck wich. Er wartete auf eine Reaktion. Irgendeine Reaktion.

»Das war ziemlich heftig, oder? Mist, jetzt habe ich dich verschreckt. Aber glaub mir, das war nicht einstudiert oder so. Wie hätte ich wissen sollen, dass du mich küsst? Was ich gesagt habe, war einfach … echt.«

»Echt«, echote ich stumm.

»Ja. Echt.« Er ließ meine Hand los. »Glaubst du mir etwa nicht?«

Echt. Ich konnte nicht sagen warum, aber dieses Wort ließ etwas in mir explodieren. »So echt wie deine Briefe, die du an deinen Vater schickst? Die Drohung, Lord Ashworths Karriere zu zerstören? So echt wie die Kohle, die du von ihm forderst? Dir ist schon klar, dass es so etwas wie einen Jugendknast gibt?«

Jasper ließ meine Hand los. Erst jetzt fiel sein Blick auf seine Zimmertür, die immer noch offen stand. »Wer hat dir das erzählt?«

»Ich habe es selbst rausgefunden. Und jetzt sag schon, steckst du da mit drin? Und womöglich auch Lydia? Es war ja neulich nicht zu übersehen, wie vertraut eure Nachhilfestunden ablaufen.«

Jasper zog eine angewiderte Grimasse. »Oh Mann … Du denkst, Lydia und ich …? Abby, wenn du es genau wissen willst: Als du uns gestern gesehen hast, haben wir über niemand anderen als dich geredet. Sie hat versucht, mich zu trösten, und ist mir dabei kurzerhand um den Hals gefallen. Sie ist eigentlich ganz in Ordnung.« Jasper rutschte näher an mich heran, nahm eine meiner Haarsträhnen und drehte sie zwischen seinen Fingern. »Und ich glaube, sie fand es richtig toll, dass du sie im Schuppen vor Blackwood bewahrt hast. Kann ich nur zu gut nachvollziehen.«

»Lenk nicht ab.« Diesmal würde ich nicht zulassen, dass er wieder anfing, mich mit Liebesschwüren einzulullen …

oder mich noch mal zu küssen. »Ich will wissen, was du mit DeWitts Plan zu tun hast.«

»Okay.« Er erhob sich und zupfte an einem der Topflappen herum. »Das mit dem Geld war nicht Roberts Idee. Sondern meine. Ich habe vorgeschlagen, das Geheimnis zu Geld zu machen und von hier zu verschwinden. Aber es gab Umstände, die meinen Plan ins Wanken gebracht haben. Dich zum Beispiel.«

Ich war also ein Umstand. Für den Fall, dass ich durch Jaspers Liebeserklärung an Bodenhaftung verloren hatte, wirkte dieses Wort wie ein wohltuender Anker. »Mich. Wie freundlich. Allerdings wäre es besser, wenn du stattdessen etwas Mitleid mit deinen Eltern haben würdest. Sie sind bestimmt keine Unschuldsengel, aber was du hier abziehst, grenzt an Wahnsinn. Ich dachte, ich kenne dich, aber in Wirklichkeit bist du nur ein –«

»Ein was?«

»Ein abscheuliches, pseudo-rebellisches Ungeheuer ohne Moral, Anstand und Gewissen. Und mit einer Scheißfrisur.«

Ha! Treffer. Ich hoffte, das würde im Fernsehen zu sehen sein.

Jetzt wurde Jasper wütend und riss den Topflappen von seiner Halterung. »Und was ist mit mir? Überlegt denn hier keiner, wie es mir damit geht?«

Ich rollte mit den Augen. »Okay, es ist bestimmt nicht sehr appetitlich, Lord Ashworth beim Herumknutschen mit Lily Bloom zu sehen, aber deshalb gleich Drohungen zu versenden und der ganzen Stadt davon zu –«

»Mein Vater und Lily Bloom haben was miteinander?«, echote Jasper. »Von welchem Video sprichst du?«

Verwirrt starrte ich ihn an und kam mir plötzlich reichlich dumm vor. »Na, von dem Geheimnis, das heute Abend an die Presse –«

»Du denkst, *das* ist das Geheimnis.« Der röchelnde Laut, den Jasper von sich gab, klang, als hätte er gerade eine Handvoll Chili verdrückt. »Abby, es gibt kein Video. Genauso wie es keine Affäre mit Lily Bloom gibt.«

Ich fühlte mich plötzlich wie der dämlichste Detektiv der Welt, der die ganze Zeit über die falsche Fährte verfolgt hatte. Wenn Lord Ashworth keine heimliche Geliebte hatte, wonach hatten wir dann gesucht? Und was befand sich in dem Safe, den Tante Gladys inzwischen hoffentlich geknackt hatte?

»Aber … was ist es denn dann?«, stotterte ich, bis Jasper plötzlich die Augen aufriss und mir seine Hand auf den Mund presste. Durch mein Kleid spürte ich seine Wärme und für einen klitzekleinen Moment hätte ich am liebsten wieder meinen Verstand abgestellt und mich in diese fluffige rosa Wolke verzogen, wo man wunderbar herumknutschen konnte, auch wenn der andere in Wahrheit ein Dreckskerl war. Aber Jasper hatte nicht vor, mich zu küssen.

»Robert ist hier«, flüsterte er stattdessen und sah sich um.

Und wieder brauchte ich einen Moment, um es zu schnallen. Vielleicht waren es die Nachwirkungen der fluffigen rosa Knutschwolke.

»Robert?«

»DeWitt.«

Jetzt hörte ich es auch. Eine Autotür fiel zu.

»Versteck dich. Ich lenke ihn ab, dann kannst du ungestört verschwinden. Alles klar?« Er schob mich in eine dunkle Abstellkammer, in der sich uralte Einmachgläser stapelten, und knallte die Tür zu. Wenige Augenblicke später hörte ich DeWitts Stimme im Vorzimmer.

»Nichts für ungut, Jasper, aber dein Bruder ist geistesgestört. Erst hat er mich geholt, um mit dem Lord die Rede durchzugehen, und ich habe zugestimmt, damit er keinen Verdacht schöpft.« Es raschelte, DeWitt hängte gerade sein Sakko an die Garderobe. »Wir sind in den Pferdestall gegangen und ich wollte schon fragen, was der Lord so kurz vor der Party bei den Pferden tut, aber dann hat mich der Junge eingesperrt, behauptet, dass das Tor klemmt, und ist einfach verschwunden.«

»Julian hat … dich eingesperrt?« Jasper klang fassungslos.

»Zum Glück hat Blackwood mich befreit. Aber stell dir vor, jemand hätte ihn entdeckt. Offiziell ist er gar nicht mehr auf der Insel.«

»Das wäre auch besser. Er hat mich beinahe umgebracht.«

»Ich werde ihn entlassen, wenn die Sache vorbei ist, okay? Nur vorerst brauchen wir ihn noch. Er hat nun den Auftrag, für deine Sicherheit zu sorgen. Und natürlich für meine. Und dass er das kann, hat er soeben im Pferdestall unter Beweis gestellt.« DeWitt schnaufte verärgert. »Wenn du mich fragst, war das ein Ablenkungsmanöver, um Zeit zu schinden. Hast du etwa deinem Bruder von unserem Plan erzählt?«

Jasper verneinte. Jede Wette, dass er ahnte, dass ich Julian eingeweiht hatte. »Denkst du wirklich, Julian ist schlau genug für ein Ablenkungsmanöver?«

»Auch wieder wahr. Egal, ob es Absicht war oder Pech, nun sehe ich aus wie Cooper, der Stalljunge.«

Ich grinste unwillkürlich. Das hätte er wohl gern. Dazu fehlten ihm aber noch mehrere Monate Gewichtestemmen und Energieriegel. Oder Stallarbeit, je nachdem.

»Willst du ins Badezimmer gehen, bevor wir fahren?«, erkundigte sich Jasper. Still dankte ich ihm. Das Badezimmer war oben, damit konnte ich verschwinden.

»Nein, keine Zeit.« Der Kerl war nicht nur irre, sondern auch ein Ferkel. Aber in einer geruchslosen Serie blieb selbst das ohne Folgen. »Aber was ist eigentlich mit dir passiert? Deine Haare sind zerwühlt. Deine Wangen glühen. Und du hast wieder diese nervösen Flecken am Hals.«

»Ich schwitze.«

»Es war jemand hier, nicht wahr?«

DeWitt roch den Braten sofort. Kein Wunder, ich wusste noch zu gut, wie Jasper ausgesehen hatte, nachdem wir aufgehört hatten, uns zu küssen. Hoffentlich hatte er wenigstens daran gedacht, seine Fliege wieder zu richten und die oberen beiden Hemdknöpfe zuzumachen. Ich dankte dem Himmel, dass ich zumindest keinen Lippenstift aufgetragen hatte. Der hätte mich zweifellos verraten.

»Von wem sprichst du?«, fragte Jasper jetzt.

»Verkauf mich nicht für dumm. War es etwa Tante Gladys' nervige kleine Nichte? Womöglich war es das, wovon mich

Julian ablenken sollte. Um ihr Zeit zu geben, dich umzustimmen. Wenn Blackwood nicht wäre, säße ich immer noch bei diesem verdammten Pferd im Stall fest –« DeWitt brach ab und schwieg für einen Moment. »Moment mal. Ich habe euch beide überrascht, nicht wahr? Ist sie immer noch hier?«

Mist. DeWitt war schlauer, als ich gedacht hatte.

»Sie war nie hier«, log Jasper. »Ich treffe mich schon seit Tagen nicht mehr mit Abby. Ich dachte, das wüsstest du längst.«

DeWitt hörte ihm gar nicht zu. »Wo ist sie?« Seine Schritte verlagerten sich ins Wohnzimmer und ich hörte das Rascheln der Tischdecke, als er sie anhob. So viel zu meinem bombastisch guten Versteck von vorhin. »Du hast sie hier irgendwo versteckt, oder?«

Ich ahnte, was als Nächstes geschehen würde. DeWitts Schritte hielten vor dem Wandschrank inne. Im nächsten Moment riss er die Tür auf. Ein heller Lichtschein fiel in den kleinen Raum und ließ mich blinzeln, während sich DeWitts dunkler Schatten vor mir aufbaute.

»Ach! Da ist sie ja. Verliebte Teenager sind so einfach zu durchschauen, dass es mich richtig beschämt.« Ein merkwürdiges Lächeln huschte über seine Lippen, während er mich musterte. Ob mein Haar ähnlich zerwühlt aussah wie das von Jasper?

»Darf ich fragen, was Miss Barrington-Whitley in meiner Vorratskammer sucht?«

Aus Verzweiflung griff ich nach dem nächstbesten Einmachglas und hielt es ihm vor die Nase. »Miss Barrington-Whitley sucht Lady DeWitts famose Aprikosenkonfitüre. Für die Pfannkuchen. Die hatte noch gefehlt«, verkündete ich kurzerhand. Die Ausrede war wirklich blöd, aber sie verfehlte ihren Zweck nicht. Während DeWitt mich entgeistert anstarrte, nutzte ich die Gunst der Stunde, drängte mich an den beiden vorbei, zog die Haustür auf und flüchtete durch die Parkanlage auf Nimmerwiedersehen.

20

Tante Gladys war die beste Tante der Welt, auch wenn sie nur meine Serientante war. Sie war nicht einfach ohne mich aus dem Cottage abgehauen, sondern hatte ihren Fahrer mehrere Hundert Meter entfernt parken lassen, um auf mich zu warten.

»Oh, Tante Gladys, Gott sei Dank konntest du aus dem Haus verschwinden. Und danke, dass du auf mich gewartet hast«, keuchte ich atemlos, als ich mich zu ihr auf den Rücksitz plumpsen ließ.

»Hallo, Cremeschnittchen. Oder sollte ich eher Bonnie zu dir sagen? Wie Bonnie und Clyde? Wie lange habt ihr beide eigentlich rumgeknutscht?«, blaffte sie und bedeutete dem Fahrer, loszufahren. »Ihn zu küssen, damit ich den Safe öffnen und verschwinden konnte, war eine schlaue Idee. Hätte glatt von mir stammen können. Aber ich habe das Schloss vor geraumer Zeit geöffnet und konnte sogar noch die hübsche viktorianische Drageeschüssel mitnehmen, die ich Lady DeWitt zu Lebzeiten geliehen hatte und die sie mir nie zurückgegeben hatte. Möchtest du ein Bonbon?«

Nein danke. Ich hatte keine Lust auf Bonbons, schon gar

nicht von einer toten Lady. Die waren bestimmt seit Jahren abgelaufen. »Tante Gladys, jetzt sag schon, wie hast du den Safe aufbekommen? Und was steckte darin?«

»Die Kombination war sein Geburtsdatum. Ich habe DeWitts Reisepass gefunden. Eins Zwei Null Zwei Eins Neun Sechs Null. Der 12. Februar 1960.

Ich erstarrte. Der Code war sein Geburtsdatum? Mir fiel plötzlich ein, dass mir DeWitt die Kombination für seinen Safe tatsächlich am Busbahnhof genannt hatte. Und ich hatte vermutet, dass er mich angeflunkert hatte. Warum hatte ich nicht eher daran gedacht?

»Und was war darin?« Die Spannung war kaum auszuhalten. »Jasper hat mir erzählt, dass es kein Video gibt. Und keine Affäre zwischen Lord Ashworth und Lily Bloom.«

»Gar nichts. Er war leer.«

Fassungslos starrte ich sie an, doch Tante Gladys lächelte hintergründig. »Aber ich habe in seinem Büro das hier gefunden.« Sie griff in ihre Tasche und zog einen Stapel Quittungen hervor. »Haufenweise Rechnungen vom Blumenladen. Und zwar für Tigerlilien mit gesprenkelten Blättern. Da guckst du, nicht wahr?«

»Rechnungen …« Oh ja, da guckte ich tatsächlich. Aber nicht vor Erstaunen, sondern vor Wut. Für ein paar dämliche Rechnungen hatten wir uns den ganzen Stress angetan?

Tante Gladys grinste mich immer noch an. Inzwischen hielt der Wagen vor dem Rathaus von Rosington. Die wuchtigen Säulen davor hoben sich eindrucksvoll gegen die Dunkelheit ab. »Das sind nicht irgendwelche Blumen. Das sind die Blumen, die Bobby Mason Cordelia geschickt hat.«

»Bobby Mason? Lady Ashworths toter Geliebter?«

Tante Gladys lächelte. »Nun ja, er ist vielleicht nicht ganz so tot. Eher quicklebendig. Und chirurgisch wiederhergestellt. Nach berühmtem Vorbild, versteht sich.«

Meine Nackenhärchen stellten sich auf, als es mir dämmerte. »Du meinst ... DeWitt ist Bobby Mason?« Meine Stimme überschlug sich beinahe vor Aufregung. »Aber ich dachte, man hat seine Leiche gefunden. Ich dachte, er liegt auf einem Friedhof in London begraben. Ich dachte –«

Ich brach ab. Was bedeutete schon, was ich dachte? Wieder einmal hatte ich vergessen, in Serien-Maßstäben zu denken. Natürlich war Cordelias alter Lover nicht tot. So was passierte in Seifenopern ständig. Und die Serie hatte sogar schon Vorzeichen geliefert, wie den Blumenstrauß, den er kürzlich verschickt hatte. Bobby Mason war also wieder da, nannte sich Robert, war inzwischen ein angesehener Zeitungsboss und trotzdem notorisch pleite. Vermutlich hatte George Clooneys Gesicht zu viel gekostet.

»Es ist nicht schwer, eine fremde, aufgequollene Wasserleiche exakt da zu platzieren, wo die Polizei nach Bobby Masons echter Leiche gesucht hat«, überlegte Tante Gladys weiter. »Er hat seinen eigenen Tod vorgetäuscht und später den Namen seiner Frau angenommen, um als Robert DeWitt nach Ashworth Park zurückzukommen. Um ... Ja, warum eigentlich?«

»Darum.« Ich deutete durch das Rücksitzfenster der Limousine auf das Rathaus. Über die Treppe marschierte soeben ein elegantes Pärchen ins Gebäude. Die Feier hatte schon begonnen. »Um sich an Lady Ashworth zu rächen. Weil sie ihn vor vielen Jahren abserviert hat. Und nun hat er Jasper, der ihm hilft.«

»Nur, wobei hilft er ihm eigentlich? Es gibt ja kein Video.«

»Keine Ahnung.« Wir wussten zwar jetzt, wer DeWitt wirklich war, aber wir hatten trotzdem keinen Schimmer, was er genau gegen die Ashworths in der Hand hatte. »Fest steht, dass er Jasper dazu braucht.«

»Sieh nur. Da sind die beiden«, antwortete Tante Gladys. In diesem Augenblick fuhr ein Oldtimer vor und DeWitt und Jasper stiegen aus dem Wagen. Seite an Seite erklommen sie die Treppen und verschwanden zwischen den Säulen.

Mein Herz machte einen aufgeregten Hüpfer. »Was jetzt?«

»Erst mal ruhig bleiben«, befahl Tante Gladys. »Wir müssen ihnen hinterher. Du musst Jasper unbedingt sagen, wer DeWitt wirklich ist und dass er Jasper dazu benutzen will, um sich an seiner Mutter zu rächen. Und ich versuche in der Zwischenzeit, herauszufinden, wann Lord Ashworth plant, seine Familie auf die Bühne zu holen. Vermutlich ist das Jaspers Gelegenheit, auszupacken. Womit auch immer.«

»Okay.« Ich fuhr mir durch die Haare, die noch immer elektrisiert von den blöden Häkelkissen waren. »Wie sehe ich aus?«

»So als hättest du mit einem durchgeknallten Jungen viel zu lange auf DeWitts Sofa geknutscht. Warte.« Sie zückte ihren roten Lippenstift und diesmal konnte ich mich nicht dagegen wehren. »So, besser.«

Der Rathaussaal war zwar längst nicht so prunkvoll wie die Räumlichkeiten in Ashworth Park, aber dafür glich der riesige Raum einem Blumenmeer in Rot, Weiß und Blau, den Farben der britischen Flagge. Links erstreckte sich ein langes Büfett mit allerlei Köstlichkeiten, rechts spielte eine Band und ganz am Ende des Saales erhob sich eine Bühne mit Stehpult. Lord Ashworth hielt gerade seine seit Tagen einstudierte Rede, als Tante Gladys und ich den Saal betraten.

»Ich bin bereit, mich für jeden Bürger dieser Insel einzusetzen. Für die Armen, Schwachen und Kranken. Wenn Sie mir morgen Ihre Stimme geben, werden Sie es nicht bereuen«, beendete er seine Ansprache, die in tosenden Applaus mündete. Lady Ashworth stand an seiner Seite und nickte ihm zufrieden zu.

»Ich habe eine Frage«, meldete sich eine Stimme aus der Menge. Es war Marge Petterson, eine Frau, die ich schon vom Rosenball kannte. Lady Ashworth versorgte sie bei Wohltätigkeitsveranstaltungen stets mit ihrem ausrangierten Hausrat und tat dabei, als wäre sie Mutter Teresa. »Was ist mit den Armen? Nichts für ungut, Lord Ashworth, aber

Ihnen hat es nie an etwas gefehlt. Wie wollen Sie sich denn für die Schwächsten unserer Insel einsetzen?«

Der Lord schien einen Moment lang wie gelähmt, doch dann griff sich Lady Ashworth das Mikro und rettete ihn. »Oh, da liegen Sie falsch, verehrte Mrs Petterson. Auch wir kennen Entbehrungen. Wir können auf Ashworth Park keinen Aufzug einbauen lassen, weil es der Denkmalschutz nicht erlaubt. Gestern Abend haben wir auf den Zwischengang verzichtet, weil Clarissa vergessen hatte, Büffelmozzarella zu kaufen. In der Dusche ist mein Shampoo ständig vor meinem Conditioner leer. Ganz zu schweigen von all den Entbehrungen, die entstehen, wenn man auf Platz einhundertzweiundsechzig der britischen Thronfolge steht und gesellschaftlichen Verpflichtungen nachkommen muss. Mrs Petterson, Sie sehen, Verzicht ist mir nicht fremd.«

»Luxusprobleme.« Tante Gladys machte eine Geste, als wolle sie sich den Finger in den Rachen stecken. »Egal, was DeWitt und Jasper Schlimmes zu verkünden haben, es ist allemal besser als das hier.«

Da hatte sie allerdings recht.

»Ich kann mir das nicht länger anhören«, erklärte sie und ignorierte die schrägen Blicke der Gäste auf ihr Catwoman-Kostüm. »Ich versuche, an ein Programmheft zu kommen, inzwischen findest du Jasper, einverstanden?«

Ich nickte und stellte mich auf die Zehenspitzen, um Jaspers zerstrubbelte Frisur in der Menge auszumachen, doch davon war nichts zu sehen. Stattdessen erspähte ich Lydia, die am anderen Ende des Saals an einem Cocktail nippte und es offensichtlich genoss, keinen Hausarrest mehr zu haben. Giles, der heute als einziger des Servicepersonals arbeiten musste und mir freundlich zuwinkte. Und weiter hinten entdeckte ich schließlich Clarissa, Cooper und Julian an der Bar. Cooper aß gerade Erdbeeren aus einer Schale und ich erwischte Clarissa dabei, wie sie ihn verträumt dabei beobachtete.

Entgeistert starrte ich meine Freundin an. Während der letzten Tage hatte ich kaum Zeit gehabt, Clarissa über ihr Liebesleben auszuquetschen, aber jetzt fiel es mir plötzlich wie Schuppen von den Augen. Konnte es etwa sein, dass Cooper derjenige war, der sie tatsächlich interessierte? Und war Cooper eigentlich noch mit Lydia zusammen? Hmpf. Versteh mal einer Serienbeziehungen.

In diesem Augenblick erblickte mich Julian. Er kam auf mich zu, nahm mich am Arm und zog mich zur Seite. »Ich habe DeWitt im Stall eingesperrt. War das nicht eine Spitzenidee von mir, Abigale? Aber dann kam Blackwood daher, und ich konnte nichts mehr tun.« Er betrachtete mich für einen Moment. »Was hat euch so lange aufgehalten?«

»Julian, es war furchtbar«, wisperte ich ihm zu. Clarissa und Cooper waren nicht eingeweiht, sie sollten möglichst nicht mitbekommen, was Jasper und DeWitt vorhatten. Und außerdem sahen sie gerade so süß zusammen aus. »Es ist eine wirklich lange Geschichte. Tante Gladys und ich haben den Safe zuerst nicht aufbekommen, aber dafür haben wir Gatsby gefunden. Und dann tauchte plötzlich Jasper aus dem Nichts auf und dann –«

»Jasper und du, ihr habt euch wieder vertragen, stimmt's?«, fiel er mir ins Wort.

Ich runzelte die Stirn. »Was hat das denn damit zu tun? Aber wenn wir schon von ihm sprechen, hast du ihn gesehen?«

»Habt ihr euch geküsst?«, wollte Julian stattdessen wissen.

»Was?« Wie von Sinnen starrte ich ihn an. Erst schöpfte DeWitt Verdacht und dann auch noch Julian. Warum in aller Welt wusste es jeder? Stand mir das auf die Stirn tätowiert?

»Ganz bestimmt hat er dich geküsst. Oh, wenn ich den in die Finger bekomme!« Julian zog das Jackett seines Smokings aus, als wäre ihm plötzlich heiß geworden, dann wandte er sich an den Barkeeper. »Sir. Können Sie mir bitte eine Bloody Mary mixen?«

»Aber Sir Julian, da drin ist –«

»Ich weiß. Seien Sie großzügig mit dem Wodka.« Er machte eine wegwerfende Handbewegung, dann wandte er sich wieder mir zu. »Also gibst du es nun zu, oder muss ich Jasper erst selber fragen?«

Ich seufzte. »Okay. Ja, wir haben uns geküsst. Aber nicht, weil ich es unbedingt wollte. Herrje, ich musste dafür sorgen, dass Tante Gladys nicht entdeckt wird, und dazu musste ich ihn irgendwie ablenken. Ich war verzweifelt.«

Julians meerblaue Augen musterten mich aufmerksam. »Und warum grinst du dann schon die ganze Zeit?«

»Ich grinse doch gar nicht.«

»Doch. Tust du.«

Okay. Widerspruch zwecklos. Julian hatte recht. Ich grinste. »Ich grinse ja nur, weil … sich diese dicke Lady da drüben gerade Mayonnaise in ihr Dekolleté gekleckert hat.«

»Schlechte Ausrede.« Julian schüttelte ernst den Kopf. »Ich hab es sofort geahnt. Weil es nämlich dasselbe hirnverbrannte Grinsen ist, mit dem Jasper gerade hier langgelaufen ist. Ihr beide seid wirklich einfach zu durchschauen.« Julian nahm seinen Drink entgegen, nippte daran und verzog das Gesicht. »Widerlich. Und das trinken die Leute ständig auf Partys?«

Ich nahm ihm den Cocktail aus der Hand und drückte ihn einem Mädchen in die Hand, das Julian schon seit geraumer Zeit schmachtend anstarrte. »Für dich. Ein Geschenk. Julian Ashworths Lippen haben gerade den Glasrand berührt.«

Enttäuscht blickte Julian seinem Cocktail hinterher. Bestimmt ging das Mädchen jetzt heim und baute sich für das Glas einen Schrein. »Du hast meinen Drink verschenkt.«

Ich ignorierte seinen Hundeblick. »Ein letztes Mal, Julian. Wo steckt Jasper?« Journalisten, Geschäftsleute und Kleinstadtpolitiker pressten sich durch den Saal, aber von Jasper fehlte immer noch jede Spur. »Ich muss ihn finden. Es würde zu lange dauern, um dir alles zu erklären, aber glaub mir, die beiden haben immer noch vor, heute Abend eine Bombe platzen zu lassen. Irgendeinen Skandal.«

Er presste die Lippen aufeinander. »Und was gedenkst du jetzt zu tun?«

»Ich muss ihm etwas Wichtiges sagen. Etwas, das Tante Gladys und ich vorhin im Cottage über DeWitt herausgefunden haben. Etwas, das Jasper veranlassen könnte, seinem neuen besten Kumpel nicht länger aus der Hand zu fressen. Danach wird Jasper endlich wieder zur Vernunft kommen.«

»Er ist hinter der Bühne verschwunden. Dort gibt es einen Proberaum«, murmelte Julian schließlich und bestellte sich einen neuen Drink. Der Barkeeper rollte mit den Augen und begann zu mixen.

»Und wie komme ich dahin?«

»Du musst erst ins Foyer, dann die Treppen hinunter.«

»Danke.« Ich machte auf dem Absatz kehrt, doch bevor ich ging, blieb ich kurz bei Clarissa und Cooper stehen. »Bitte, passt auf Julian auf. Keine Bloody Marys mehr für ihn, okay?«

Während ich Julians Wegbeschreibung folgte, ärgerte ich mich immer noch darüber, dass er mich so leicht durchschaut hatte. Aber konnte es sein, dass er recht hatte? Warum glühten meine Wangen? Und warum lächelte ich unentwegt wie eines dieser Glücksbärchis auf Drogen, obwohl der Serienfamilie gerade der Super-GAU drohte? Ich sollte doch versuchen, einen Eklat zu verhindern und Lord Ashworths Karriere zu retten, aber stattdessen … dachte ich ohne Unterbrechung an den Kuss.

Und an Jaspers Liebesgeständnis. Das Romantischste, das ich jemals gehört hatte. Und ich hatte ihm einen Haufen gemeiner Dinge an den Kopf geworfen, die ich nie wieder zurücknehmen konnte.

Inzwischen war ich an der Treppe angelangt, die unter die

Bühne führte. Ich wollte gerade um die Ecke biegen, da unterbrach mich DeWitts laute Stimme mitten in den Gedanken.

Ich schnappte nach Luft und presste mich an die Wand. Mist. DeWitt war bei ihm. Wie sollte ich Jasper denn jetzt verraten, dass DeWitt in Wirklichkeit Bobby Mason hieß, der vergrämte, operierte, Lilien verschickende Ex-Lover seiner Mum war und deswegen Rache an den Ashworths nehmen wollte? Ich musste abwarten, um Jasper doch noch alleine zu erwischen, bevor es zu spät war. Und dann sollte er sich gefälligst noch mal überlegen, ob es so klug war, jemandem zu vertrauen, der seinen eigenen Tod vorgetäuscht hatte.

INNEN - RATHAUS - VORABEND DER WAHL

JASPER *(leise)*

Sollen wir das wirklich durchziehen, Robert? Was wäre, wenn wir einfach von der Insel verschwänden? Ohne etwas zu verraten? Ohne heilloses Chaos zu hinterlassen? Wenn ich das Tafelsilber mitgehen lasse, haben wir auch genug Kohle, um einstweilen -

DEWITT *(unterbricht ihn)*

Sind das etwa Skrupel?

JASPER

Nein. Das heißt, ja. *(Denkt nach.)* Vielleicht hat Abby recht. Vielleicht bin ich ein … abscheuliches, pseudo-rebellisches Ungeheuer ohne Moral, Anstand und Gewissen. Und mit einer Scheißfrisur.

DEWITT

Aber es ist die gleiche Frisur wie meine.

JASPER *(schweigt)*

DEWITT

Wer sagt so etwas?

JASPER

Abby.

DEWITT *(wütend)*
Was kümmert dich dieses Mädchen, das du morgen schon nicht mehr sehen wirst? Oder willst du jetzt doch bleiben? Auf dieser Insel? Zwischen all den langweiligen Teegesellschaften und Pferdeturnieren? Und das alles, um mit Abby zusammen zu sein?

JASPER *(schüttelt den Kopf)*
Ich habe mit keinem Wort erwähnt, dass ich mit ihr zusammen sein möchte. Sie ist nicht so wichtig wie das hier. Wir reisen ab. Morgen früh, komme was wolle.

DEWITT
Dann bring die Sache zu Ende.

JASPER *(senkt den Kopf)*
Aber muss ich das wirklich vor all den Wählern tun? Das Amt bedeutet unserer Familie so viel und mein Vater war eigentlich immer ganz in Ordnung.

DEWITT
In Ordnung? Er hat dich belogen. Und jetzt zahlt er nicht mal mehr Geld, um sein Geheimnis für immer in der Versenkung verschwinden zu lassen.

JASPER
Aber -

DEWITT *(nimmt Jasper in den Arm)*
Hab keine Angst. Geh auf die Bühne und lüfte das Geheimnis. Sag ihnen, dass mein richtiger Name Bobby Mason lautet. Der Bobby Mason, der offiziell für tot erklärt wurde. Und dann verrate ihnen auch, was Lord Ashworth vor dir geheim gehalten hat, um den Schein zu wahren. Dass du nicht sein, sondern mein Sohn bist.

JASPER
Und wenn sie mir nicht glauben?

DEWITT
Wir haben Beweise. Das Ergebnis des Vaterschaftstests, den sie alle für einen läppischen Drogentest gehalten haben. Und jetzt los. Heute ist der Tag der Abrechnung. Nun bist du am Zug.

21

Starr vor Schock blickte ich auf die Glühbirne, die vor dem Proberaum flackerte und verdaute dabei die Information, die mir die Serie gerade präsentiert hatte: Jasper war DeWitts und Lady Ashworths Sohn. Lydias Halbbruder. Und Lord Ashworth hatte es die ganze Zeit über gewusst.

Unmöglich. Das konnte nur ein schlechter Scherz sein.

Während ich das Gespräch im Kopf Revue passieren ließ, fiel mir auf, dass sich mein verknalltes Grinsen verabschiedet hatte. Und zwar, seit ich gehört hatte, wie Jasper im Proberaum über mich gesprochen hatte. Ich war tatsächlich nichts weiter als ein … ein Umstand. Eine unerwünschte Nebensache.

In diesem Moment bog Jasper um die Ecke und erschrak.

»Abby?«, hauchte er. Er spähte kurz in den Umkleideraum zu DeWitt, dann packte er mich energisch am Handgelenk und zog mich um die nächste Ecke. »Ich wollte es dir schon im Cottage sagen, damit du es nicht heute Abend erfährst, aber dann –«

»So denkst du also tatsächlich über mich! Ich bin euch nur im Weg! Dir und deinem … richtigen Vater.« entfuhr es mir. Eigentlich hätte ich mir überlegen sollen, wie ich Jasper jetzt noch von seinem Plan abbringen und damit den Serien-Super-GAU verhindern konnte. Stattdessen war mir, als hätte man mir das Herz in Stücke gerissen.

»Was?« Jasper klang schockiert. »Glaubst du etwa, dass ich das eben ernst gemeint habe? Du weißt doch genau, wie Robert darüber denkt, dass ich in dich … na ja.« Er kratzte sich verlegen am Kopf.

»In mich *was*?« Meine Unterlippe zitterte. Jetzt waren wir schon so weit, dass er es gar nicht mehr aussprechen wollte.

»In dich verliebt bin.« Er schaffte es nicht, mich dabei anzusehen.

»Aber wenn du das hier durchziehst …« Ich deutete nach oben in Richtung des Festsaals. »Was passiert dann mit …«

»Mit uns?« In seinem Blick spiegelte sich blanke Verzweiflung. »Das … das weiß ich nicht, Abby. Darüber habe ich mir bis heute keine Gedanken gemacht. Ich hätte nie im Leben gedacht, dass du und ich tatsächlich …« Wieder brach er ab, diesmal um sich die Haare zu raufen.

»Dann tu es nicht.« Tränen stiegen mir in die Augen, aber ich zwang mich, nicht loszuheulen. Stattdessen ergriff ich seine Hand und sah ihn eindringlich an. »Jasper, wenn es tatsächlich echt war, was du im Cottage zu mir gesagt hast –«

Weiter kam ich nicht. Kräftige Schritte näherten sich, bis DeWitt höchstpersönlich um die Ecke bog. Als er mich sah, hielt er kurz inne. Bei seinem kalten Blick spürte ich ein unangenehmes Zittern in den Beinen. Dieser Typ würde über Leichen gehen, da war ich mir sicher.

»Wir haben zu tun«, brummte er unwirsch und versuchte, Jasper von mir wegzureißen.

Jasper schüttelte DeWitts Hand ab. »Ich gehe alleine«, verkündete er und warf mir über die Schulter einen Blick zu, den ich nicht deuten konnte. Dann gingen sie über die Treppen nach oben ins Foyer.

Fassungslos sah ich den beiden nach, als mir plötzlich die Beine umknickten, ich das Gleichgewicht verlor und auf den kalten Fliesenboden zustürzte. Doch da waren keine Fliesen mehr. Ich war auf dem Weg zurück in meine Welt.

England
versus USA
c'est gourmand
I am NOT Lily of the valley
say no more!!
I ♥ GB
SMACK